거ㄷ

거미남

蜘蛛男

에도가와 란포 지음
이종은 옮김

도서출판 b

• 차례 •

거미남

蜘蛛男

1929년 8월부터 1930년 6월까지 『고단구락부』에 연재하였다. 희대의 살인마 거미남의 멈출 줄 모르는 악행과 그의 정체를 간파한 명탐정 아케치 고고로의 대결을 박진감 넘치게 다루고 있다. 모리스 르블랑과 구로이와 루이코를 참조하여 보다 대중적인 모험활극으로 이야기를 풀어냄으로써 큰 성공을 거두었다. 작품 속 사건은 1928년 6월 16일에 발생하여 11월 4일에 종료된 것으로 추정된다.

거미남

거미남이라고 하면 연배가 있는 분들은 지레 "아, 구경거리 거미남?"이라며 속단할지 모르겠다. 예전에 아사쿠사浅草 롯쿠六区 에 거미남이라는 괴상한 구경거리가 있었다. 몸통 길이가 고작 4치¹ 정도밖에 안 되지만 손은 가늘고 긴 데 비해 다리는 움츠린 것처럼 짧아 거미와 흡사한 모습을 한 불구자다. 섬뜩하기로는 이 이야기의 주인공도 방금 말한 괴물 못지않지만 작가는 좀 다른 의미로 말한 듯하다.

거미라는 곤충은 여덟 개나 되는 털투성이 다리를 괴상하게 바르작대는 모습도 소름이 돋을 정도로 싫지만, 본성 또한 잔인 무도한 놈이다. 심지어 동족끼리도 서로 잡아먹기 때문에 두

....
1_ 약 13cm. 1치寸=3.03cm.

마리가 함께 살 수 없을 정도이다. 부부 사이인데도 수거미는 암거미의 빈틈을 노리다가 비호같이 덤벼들어 위태위태하게 부부의 목적을 이루는가 하면, 잔학무도한 암거미는 수거미가 방심한 틈을 타서 소중한 남편을 우적우적 먹어치운다. 모골이 송연한 괴물이다.

이 이야기의 주인공은 잔인무도하고 음산하기가 꼭 거미 같은 인물이기 때문에(그것도 암거미와 더 유사하다) 이름하여 '거미남'이 되었다.

부주인공은 영민한 아마추어 탐정으로, 이 이야기는 아마추어 탐정 대 '거미남'의 깊은 원한이 서린 끝없는 대결의 기록이다.

13호실의 임차인

Y초町(물론 도쿄다)에는 간토빌딩이라고 개인이 경영하는 그리 크지 않은 오피스 빌딩이 있다. 어느 날 아침 그 빌딩 사무실에 멋진 신사가 찾아왔다. 직원이 명함을 받아 보니 '미술상美術商, 이나가키 헤이조稻垣平造'라고 적혀 있었다.

이나가키 씨는 굵은 등나무 지팡이에 몸을 기대고 흰 조끼 가슴에 달린 흰 체인 장식을 만지작거리며 거만한 말투로 말했다.

"사무실이 비었으면 빌리고 싶소만."

간토빌딩은 입지가 좋고 임대료가 저렴해서 꽤 인기가 있었지만 무슨 까닭인지 사무실 하나는 이상하게 임차인이 잘 들어오지 않았다. 미신을 믿는 경영자가 13호라는 번호가 불길하다며 그 번호를 비우고 방 번호를 전부 바꿔버릴까 생각할 정도였다. 지금도 딱 13호실만이 공실이다.

"13호."

이나가키 씨는 그렇게 되뇌며 히죽 묘한 웃음을 지었다.

"13호 좋지. 오늘 바로 짐을 옮겨놓을 거니까."

그는 그 자리에서 불룩한 지갑을 열어 보증금과 한 달 치 임대료를 지불했다.

빌딩은 관공서가 아니기 때문에 임차인의 신원조사 같은 건 하지 않는다. 호적등본도 요구하지 않을 뿐 아니라 보증인도 필요 없다. 그럴싸한 풍채와 돈만 있으면 어떤 말 뼈다귀 같은 자라도 아무 때나 사무실을 빌릴 수 있다. 그렇다고 이나가키 씨가 말 뼈다귀 같다는 게 아니라, 만일 '미술상 이나가키 헤이조'라는 명함이 순 가짜라 하더라도 의심하는 사람만 없다면 트집 잡힐 일도 없다는 말이다.

임대료 납입 영수증을 받고 사무실에서 나온 이나가키 씨는 자택으로 돌아가 이사 준비를 할 줄 알았다. 하지만 결코 그러지 않았다. 그는 어느 길모퉁이 공중전화로 들어갔다.

"거기 K가구점이죠? 간토빌딩 13호실의 이나가키라고 하는데 몹시 급해서요. 그쪽에서 알아서 물건을 좀 골라주시겠어요? 사무용 데스크와 회전의자, 일반 의자 세 개 정도, 그리고 대형 진열장 하나, 가격도 알아서요. 얼른 배달해 주십시오. 물론 기성품이어도 상관없습니다, 대금은 물건 오면 직접 드릴 테니."

그는 K가구점 외에도 G화랑, S표구점을 비롯해 두세 군데 전화를 걸어 사무실을 장식할 일체의 물건들을 빠짐없이 주문했다. 이나가키 씨는 정말 이상한 미술상이었다. 한번도 거래한 적 없는 화랑과 표구점에 공중전화를 걸어 주문한 물건으로 장사를 하려는 듯했다. 그렇게 해서 대체 어디서 차익금을 뽑아낸다는 걸까. 별 이상한 장사꾼이 다 있다.

그날 오후 2시경 간토빌딩 13호실은 벌써 화랑 오피스처럼 그럴 듯하게 장식이 끝나 있었다. 대여섯 평의 실내에는 사방에 크고 작은 유화와 판화가 걸려 있었다. 한쪽 구석에는 유리가 끼워진 커다란 진열장에 석고 흉상과 팔다리를 본뜬 석고상, 온갖 빛깔의 항아리 같은 것이 화려하게 장식되어 있었고, 또 한쪽 구석에는 흰 캔버스와 액자가 빼곡하게 쌓여 있었다.

한가운데는 큰 데스크가 놓여 있었는데 그 주위에 의자 몇 개가 적당히 배치되어 있었다. 데스크 맞은편 회전의자에는 13호실의 새 주인인 이나가키 헤이조 씨가 앉아서 메모 용지에 부지런히 펜을 놀리고 있었다. 마치 일 년도 넘게 이 방에서 사무를 본 듯한 모습이었다.

그럼 여기서 잠시 독자들을 위해 이나가키 씨의 풍채에 관해 말했으면 한다. 그렇다고 그의 풍채가 별나다는 말은 아니고 특이한 점이라면 상인답지 않게 콧수염을 기르고 턱수염을 삼각형으로 다듬어 좀 거만해 보인다는 것 정도였다. 하지만 요즘은 별로 유행하지 않는 수염 덕분에 키가 훤칠하게 크고 마른 사십대 남자 이나가키 씨가 어딘지 모르게 영국 신사같이 고상한 위엄이 풍기는 것은 분명했다. 그는 뼈가 앙상하고 갸름한 얼굴에 피부색은 창백했으며 숱이 많은 머리는 깔끔하게 빗질이 되어 있었다. 다만 커다란 대모갑[2] 안경이 전체적인 인상과는 어울리지 않았다.

옷은 얇은 검정 서지 재킷에 흰 마직 조끼, 가는 줄무늬 서지 바지를 입고 있었는데, 그런 수수한 차림이 잘 어울렸다.

그런 이나가키 씨가 데스크 앞에서 부지런히 펜을 움직이고 있는데 문에서 똑똑 소리가 났다. 벌써 방문객이 찾아온 것이다.

"들어오세요."

이나가키 씨가 화통한 베이스 톤의 목소리로 대답하자 조심스럽게 문이 열렸다. 뜻밖에도 문틈으로 열일고여덟쯤 되는 아가씨의 얼굴이 살짝 보였다.

"들어오세요."

한 번 더 말하자 겨우 안으로 들어온 아가씨는 입구와 데스크 중간쯤에 서서 머뭇거렸다. 엷은 색 서지 기모노를 입고 붉은 무늬가 있는 하부타에 오비[3]를 매고 있었다. 별로 예쁘다고는 할 수 없는 내성적인 아가씨였다.

이나가키 씨가 답답하다는 듯이 손짓을 하며 데스크 앞으로

....

2_ 玳瑁甲. 대모갑은 당시 안경테로 많이 썼던 셀룰로이드에 비해 고급 소재로 바다거북의 일종인 대모의 배와 등의 얇은 반투명 껍질을 벗겨내 여러 겹 붙여 만든다.
3_ 羽二重帯. 얇고 부드러우며 윤이 나는 순백색 견직물로 만든 띠.

오라고 하자 아가씨는 일단 두세 걸음 앞으로 다가왔다. 하지만 거기서 또다시 머뭇거리더니 오비 속에서 작은 종이쪽지를 꺼냈다.

"저기, 오늘 아침 신문에서 봤어요."

그렇게 말하며 종이쪽지를 데스크 끝에 살며시 놓았다. 신문에서 오린 세 줄 광고였는데 다음과 같은 내용이 인쇄되어 있었다.

여직원 모집, 17~18세, 애교 있는 분,
화랑 접객 담당, 급여 높음, 오후 3~5시 방문 면접.
　　　　　　　　　　　Y초 간토빌딩 이나가키 화랑

보아하니 이나가키 씨는 사무실도 빌리기 전에 이런 신문광고부터 낸 듯했다. 그는 간토빌딩 13호실이 공실이라는 사실을 미리 알았던 것일까. 이 사람은 하나부터 열까지 새로운 방식으로 일했다. 상품을 동종 업계 소매상에서 매입한다든지, 그걸 공중전화로 주문한다든지, 사무실도 빌리기 전에 신문광고부터 낸다든지 모두 정상은 아닌 것 같아 보였다. 요즘은 장사를 그렇게 하는지도 모르겠지만.

그건 그렇고, 이나가키 씨는 잠시 지원자 아가씨를 빤히 쳐다보더니 퉁명스럽게 말했다.

"이거 어쩌나요, 구인 광고에 냈던 직원은 좀 전에 구했는데요."

독자들도 알다시피, 이나가키 씨가 사무실로 이사온 후 이 아가씨가 첫 방문객이다. 그런데 이미 사람을 구했다니 대답이 이상하지 않은가. 이 사람의 일 처리 방식은 다 이상했다.

텅 빈 저택

그 후 가게 문을 닫는 5시까지 이나가키 화랑은 개업하자마자 대성황이었다. 손님이라고 해도 단골고객이 아니라 온통 여직원 지원자밖에 없었지만 이나가키 씨는 뭐가 그렇게 좋은지 마치 즐거운 사무라도 보듯 끊임없이 찾아오는 어린 아가씨들에게 끈질기게 같은 말만 되풀이했다.

"이거 어쩌나요, 구인 광고에 냈던 직원은 좀 전에 구했는데요."

하지만 마지막에 온 아가씨는 예외였다.

그 아가씨는 광고 조건대로 나이는 열일고여덟쯤이었고, 세련된 양장 차림에 둥근 모자를 깊이 눌러쓰고 반짝이는 살구색 스타킹을 신고 있었다.

이나가키 씨는 로이드안경⁴ 속의 눈을 가늘게 뜨고(버릇 같았는데 이 사람은 늘 졸린 것처럼 눈을 가늘게 떴다. 그가 눈을 크게 부릅뜨면 어떨까 생각해보니 오싹해졌다) 데스크 건너편

....
4　렌즈가 둥글고 테가 두꺼운 안경으로 1920~30년대에 유행하였다. 미국의 희극배우 해럴드 로이드가 영화에 많이 쓰고 나와 그렇게 불렸다는 설과 당시 안경테 소재로 많이 쓰인 셀룰로이드의 줄임말이라는 설이 있다.

에 꼿꼿이 서 있는 아가씨를 보았다. 마치 전신을 핥기라도 하듯 샅샅이 살펴보았다.

아가씨는 몸집이 작고 살집이 있는 편이었지만 그럼에도 불구하고 꽉 껴안으면 낭창거리며 허물어질 것만 같았다. 건강해 보이는 가무잡잡한 얼굴에 강아지처럼 흠칫거리며 가만있지 못하는 눈, 위로 말려 올라간 꽃잎 같은 입술, 좁은 인중, 낮지만 왠지 매력 있는 코가 특징이었다.

이나가키 씨는 한동안 이 아가씨를 바라보더니 처음으로 매번 되풀이하던 그 말을 하지 않았다.

"이름은?"

"사토미 요시에里見芳枝라고 합니다."

아가씨는 전혀 수줍어하지 않고 꽤 끼를 부리며 대답했다. 이나가키 씨의 눈이 안경 속에서 더욱 가늘어졌다.

"우리 가게는 일손이 부족해요. 접객 담당이라 해도 다른 일도 해야 하는데 괜찮겠어요? 상품 정리나 장부 작성, 내 비서노릇 같은 일. 그 대신 급료는 주급으로 매주 십오 엔씩 드리죠. 그런 조건인데 괜찮겠어요?"

"네, 괜찮습니다. 채용해주신다면 어떤 일이라도 하겠습니다."

"그런데 부모님께 허락은 맡았겠죠? 오늘 여기 온다고 말씀드렸나요?"

"아니요, 부모님께는 아직 말씀드리지 않았어요. 오늘도 친구 집에 간다고 말하고 나왔어요. 하지만 제가 여기서 일하면 부모님께서도 분명 기뻐하실 거예요. 제가 일하는 걸 늘 격려해주시거든요."

그 말을 듣자 이나가키 씨는 가늘게 뜬 눈으로 아가씨의 얼굴을 지긋이 바라보았다. 그리고 무슨 까닭인지 다짐을 받듯 또다시 같은 질문을 했다.

"당신이 오늘 여기 온 건 집에서는 아무도 모르겠네요. 친구들한테는 말하지 않았나요?"

"아뇨, 아무한테도 말하지 않았어요. 혹시 채용되지 않으면 창피할 것 같아서요."

"좋아요. 그럼 오늘부터 당신을 채용하죠. 그런데."

그는 잠시 시계를 보았다.

"아, 벌써 5시네. 늘 5시에는 가게를 닫아서 근무시간 외이긴 하지만 우리 집도 알아두고 창고 물건도 한번 봐두었으면 하는데, 괜찮다면 지금 함께 갈까요? 뭐 별로 멀지도 않고 자동차로 가니까 힘들지도 않을 테고, 저녁식사 때쯤에는 돌아갈 수 있을 거예요."

"저어."

사토미 요시에는 약간 주저하는 듯했지만 사장의 연령이나 인품을 보니 신뢰해도 될 것 같아 과감히 말했다.

"괜찮습니다. 같이 갈게요."

"그럼 먼저 밖에 나가 있어요. 그래요, 저기 건너편 사거리에서 기다리세요. 여기 정리 좀 하고 금방 나갈 테니."

딱히 정리할 것도 없으면서 이나가키 씨는 그런 핑계를 대고 요시에를 먼저 건물 밖으로 내보냈다.

요시에는 꽤 벌이가 좋은 일을 구해서 기쁜 나머지 눈치채지 못했지만 이나가키 씨의 행동은 점점 이상했다. 하지만 그가 앞으로 보여줄 기괴하기 짝이 없는 행동에 비하면 이런 일은 사실 아무것도 아니었다.

요시에는 그가 말한 사거리에서 기다리고 있었다. 잠시 후 바로 코앞까지 자동차 한 대가 서행해왔다.

"사토미 씨. 얼른 타요."

자동차 안을 보니 이나가키 씨가 떡하니 타 있었다. 요시에는 그의 행동이 이상하게 여겨지기는 했으나 찬찬히 생각해볼 겨를이 없어 그냥 차에 올라탔다.

자동차는 Y초에서 동쪽으로 달리더니 얼마 후 료코쿠바시^{両国橋} 근처인 S초에 정차했다.

"잠깐 거래처에 볼일이 있어서요. 사토미 씨도 아예 이참에 인사를 해두면 어떨까요."

이나가키 씨는 요시에를 차에서 내리게 하고 운전사를 돌려보냈다. 그리고 좁은 뒷골목으로 들어가더니 무슨 생각인지 설명을 덧붙였다.

"아참, 깜빡했다. 주인이 여행가고 없겠는걸. 오늘 좀 이상하네요."

그는 복잡한 뒷골목을 몇 번이나 돌다가 반대편 큰길로 나와 또 차를 잡았는데 이번에는 반대로 서쪽으로 달리라고 했다. 그리고 왔던 길의 두 배는 더 달리고 나서 고지마치구^{麴町区}

R초에 차를 멈추게 했다. 사무실에서 나왔을 때도 이미 5시가 넘었지만 다른 곳에 들르느라 시간이 오래 걸렸기에 그때는 이미 가로등이 밝혀져 있었다.

"많이 늦었네요. 이제 다 왔어요."

이나가키 씨는 자동차를 돌려보내고 R초의 어느 한적한 뒷골목으로 들어갔다. 담만 죽 보이는 조용한 고급 주택가였다. 인적도 드물고 외등이 얼마 없어 커다랗고 컴컴한 동굴로 들어가는 기분이었다.

"집에서 걱정하시면 안 되는데요……."

요시에는 오히려 이런 식의 모험을 즐기는 아가씨였다. 하지만 그때만큼은 불현듯 무서운 느낌이 들어 선뜻 그런 동굴 같은 곳으로 들어갈 수 없었다.

"벌써 반 정[5]이나 왔어요. 지금 돌아간다 해도 마찬가지예요. 일부러 여기까지 왔는데 조금만 더 갑시다."

이나가키 씨는 개의치 않고 성큼성큼 저만치 앞으로 걸어갔다. 요시에는 매사가 우스워 보였고, 만약 그럴 수 없는 경우라면 결국은 눈 딱 감고 모험을 하는 유형이었지만 오늘 밤 같은 상황은 잘 판단이 서지 않았다. 그러나 한편으로는 적잖은 호기심을 불태우며 서양인 같은 사십대 남자를 따라가고 말았다.

반 정을 더 걸으니 양옆의 큰 저택 사이로 아담한 대문의 중류주택中流住宅이 나왔다. 입구에 전등이 없어 어두웠기 때문에

....
5_ 약 55m. 1정町=109m.

문패도 보이지 않았지만, 이나가키 씨는 대문 미닫이를 드르륵 열고 컴컴한 집 안으로 들어갔다.

"집사람이 외출했나 봅니다. 이렇게 다 열어놓고 나가다니 칠칠치 못하기는."

이나가키 씨는 그런 말을 하며 어둠 속에서 잠시 부스럭거렸다. 이윽고 현관에 전등이 들어왔다.

대문에서 1간^{6}만 들어가면 바로 현관 격자문이 나왔다. 그 안의 장지문^{7}이 밝아지더니 3조^8 남짓 되는 현관에서 이나가키 씨가 요시에에게 들어오라고 손짓하는 모습이 보였다.

요시에는 고용주의 자택이 생각보다 너무 옹색해서 어이가 없었다. 이나가키 씨의 부인은 어떻게 나가야^9 아낙처럼 문을 열어놓은 채 외출할 수 있단 말인가. 게다가 하녀도 없이 주인이 귀가해서 스스로 현관 등을 켜는 형편인데 내 급료나 제대로 줄 수 있을까. 그런 생각을 하다 보니 여간 못미더운 게 아니었다.

8조짜리 안방으로 들어가 방석도 없이 다다미 바닥에 앉으려니 요시에는 불안을 넘어서 뭐라 말할 수 없는 공포에 휩싸였다. 그럴 수밖에 없었던 것이 이나가키 씨의 주거지라는 가옥이 실제로는 평소 사람이 살지 않는 공가처럼 보였기 때문이다.

....

6_ 1간間=1.8m
7_ 障子. 방 사이에 칸을 막아 끼우는 문으로, 종이로 두껍게 안팎을 싼 맹장지와는 달리 주로 문살에 종이를 바른 형태이다.
8_ 약 1.5평. 다다미 1조疊의 크기는 180cm×90cm.
9_ 長屋. 에도 시대에는 영세 상인이나 직공들이 거주하던 일본의 전통 다세대 주택. 건물 내부를 여러 채로 나눠 각각 출입문을 만들었으므로 중류주택과는 달리 따로 대문이 없다. 1920~30년대에는 빈곤한 서민들의 주거지였다.

집 안을 둘러봐도 옷장도 없고 탁상도 없다. 현관 봉당[10]에는 게다 한 켤레 보이지 않았다. 무엇보다 장식단[11]이 비어 있었다. 벽이나 장식단에 아무것도 없는 것이 아무래도 이상했다. 상태를 보아하니 부인이 외출했다는 것도 속이 빤한 거짓말이 틀림없었다.

"놀랐군요."

이나가키 씨는 요시에의 당황한 표정을 보고 내심 실실 웃으며 말했다.

"사실 여기는 우리 집이 아니거든요. 다른 누구의 집도 아니고 그냥 공가예요. 미리 문을 열어두고 전등도 항상 켜 있게 손써놓은 거지. 놀란 것 같군요. 그래도 설마 이제 와서 비명을 지르거나 도망치는 그런 멍청한 짓을 하는 건 아니겠죠. 물론 소리쳐도 소용없어요. 근처에 있는 집이라곤 모두 꽤 큰 저택뿐이라. 인가에서 한참 떨어진 외딴집이나 마찬가지예요. 도망치고 싶어도 내가 들어오면서 이미 문단속을 해놓았기 때문에 그 가는 팔로는 어찌할 도리가 없을 거예요. 알겠어요? 아가씨는 똑똑하니까 이런 경우 어떤 태도를 취하는 게 자신에게 유리할지 알겠죠? 나는 나쁜 남자예요. 세상 사람들이 말하는 악인이죠. 그러니까 지금같이 불리한 상황에서 나에게 반항하면 오히려 내 생각대로 되는 거예요. 이제 알겠어요? 나는 이나가키 화랑

....

10_ 土間. 마루를 깔지 않고 흙바닥을 그대로 둔 곳.

11_ 床の間. 다다미방에서 바닥을 한층 높게 만든 곳. 주로 벽에는 족자를 걸고 인형이나 꽃꽂이로 장식한다.

주인, 아가씨는 여직원, 그리고 여기는 주인의 자택이라고 하죠. 그러니까 쓸데없는 논쟁이나 반목은 생략하고 유쾌하게 서로 이야기나 나누면 어떨까요."

요시에는 그 말을 듣는 순간 입술에 핏기가 사라지는 것 같았다. 하지만 그녀는 눈에 띄지 않게 얼른 당황한 기색을 감췄다. 마음속으로는 공포 때문에 마구 떨렸지만 겉으로는 아무렇지 않은 척 말했다.

"그런데 이렇게 이상한 공가로 데려온 이유가 있나요?"

"좋았어요. 역시 똑똑하군요. 그러면 나도 안심이죠. 지금 그 말은 왜 찻집이나 호텔 같은 장소가 아니라 이런 공가를 선택했느냐, 그걸 물어본 거죠? ……그렇죠, 이런 스산한 집을 택한 건 특별한 이유가 있기 때문이죠. 곧 알게 되겠지만."

이나가키 씨는 신사적인 태도를 무너뜨리지 않았을 뿐 아니라 마치 잡담하듯 아주 부드럽게 말했다. 그런 태도가 상대방에게 어떤 난폭한 말보다도 더 섬뜩하고 무시무시하게 느껴진다는 걸 잘 알고 있는 듯했다.

욕조의 거미

"우리 집 창고를 보여준다고 약속했었죠. 어쩌죠? 아쉽지만 이 집에는 창고가 없어요. 그 대신 더 좋은 걸 보여드리죠. 욕실이에요. 이 작은 집에 어울리지 않게 근사한 욕실이 있거든요."

이나가키 씨는 무슨 심산인지 그런 말을 하고 방 바깥쪽 툇마루를 지나 집 뒤편의 컴컴한 곳으로 갔다. 잠시 후 갑자기 그쪽이 밝아졌다. 욕실 전등을 켠 것이다.

요시에는 결코 정조를 무시할 정도로 닳고 닳지는 않았다. 이런 경우라면 보통은 여자들이 어떤 태도를 취할지 잘 알고 있었지만, 영리한 그녀는 이제 와서 발버둥 쳐도 아무 소용없다는 것을 재빨리 깨달았다. 그녀는 구세대 여자들처럼 죽음을 불사하면서까지 몸을 지킬 정도로 유난을 떨 생각은 없었으므로 상황이 글렀다면 더욱 주눅 들지 말아야겠다고 생각했다. 평소에도 자신이 남자들을 우습게 여겼다는 생각이 불끈 솟구쳤다.

"어머 깨끗한 욕탕이네요."

그녀는 욕실 쪽으로 다가가 안을 들여다보며 아무렇지도 않게 말했다. 하지만 마음처럼 간드러진 목소리는 나오지 않았다.

"그렇죠. 이곳만큼은 어제 내가 말끔히 청소를 했으니까. 그런데 물은 끓여 놓지 않았어요. 내가 아무리 대담하기로서니 굴뚝에 연기가 나게 할 리는 없으니까요."

이나가키 씨는 요시에가 의외로 담담해 보여 매우 만족한 눈치였다.

욕실은 한 평 정도밖에 안 되었지만 사분의 일 정도가 욕조였고, 나머지 공간도 벽이며 바닥이며 전부 흰 타일이라 청결해 보였다. 욕조 또한 흰 타일이었고, 천장도 희게 칠해져 있어 욕실 전체가 새하얗게 반짝반짝 빛났다. 수염을 기른 양복 차림의 신사가 양말이 다 젖은 채로 그 안에 서 있는데, 그 모습을 아름다운 소녀가 입구에서 상반신만 들이민 채 들여다보고 있는 광경은 정말이지 기괴했다.

요시에는 무서운 예감 때문에 자꾸만 눈앞이 흐려지고 약간 어지럽기까지 했다. 하지만 애써 아무렇지 않은 척 욕실 안을 바라보던 중 문득 묘한 것을 발견했다. 공가인데 욕실 선반 위에 트렁크가 놓여 있는 것이 아무래도 이상했다. 내가 이 집에 따라 들어온 것부터가 모두 꿈 아니었을까. 그런 속편한 생각을 하며 그녀는 소형 트렁크를 바라보았다.

"아, 이거요?"

이나가키 씨는 냉큼 요시에의 표정을 읽고 가방을 꺼내 열어젖히더니 그녀 앞에 쑥 내밀었다. 그 안에는 놀랍게도 여러 가지 모양의 칼이 나뒹굴고 있었다.

"벤케이[12]의 일곱 연장 같죠? 아하하하하하하"

가방 속의 물건이 범상치 않은 데다가 이나가키 씨의 위협적인 웃음소리에 놀라 요시에의 얼굴에는 핏기가 사라졌다.

"이상한 생각이 드나 보네요."

이나가키 씨는 공포에 질린 그녀를 자못 유쾌하게 바라보며 말했다.

12_ 弁慶. 헤이안 시대 말기 승려이자 무사로 전해지는 인물. 벤케이의 일곱 연장은 곰 손 모양의 갈고리 웅수熊手, 긴 낫인 치겸薙鎌, 쇠막대기, 나무망치, 톱, 도끼, U자형 갈고리 사스마타刺股를 말한다.

"하지만 조금도 이상할 것 없어요. 여길 봐요. 이 목욕통에 이미 물을 길어놓았어요. 누가 길어놓았을까요? 저죠, 모두 내가 준비해놓았어요. 물론 이 가방도 내가 어제 가져다 놓았죠. 어째서 내가 욕실을 청소하고 물을 길어놓고, 심지어 이런 일곱 연장까지 준비해 놓았을까요.

왜 그런지 아세요? 모두 요시에 씨를 위해서죠. 아까는 요시에 씨일지 누구일지 이름도 얼굴도 알 수 없었지만요. 그러나 내 광고를 보고 온 아가씨들 중 혹시 당신같이 생긴 사람이 있지 않을까 그런 기대를 한번 해봤어요. 사실 기대하기 힘든 일이었죠. 그런데 웬걸요, 오늘 가게로 온 열여덟 명의 아가씨 중에 다행히 요시에 씨가 있었어요. 얼굴도 몸도 목소리도 마음도 모두 내가 생각한 대로였어요. 만약 오늘 요시에 씨가 와주지 않았다면 나는 아마 내일도 모레도 그 사무실에 출근해서 지원자 아가씨들을 만나고 있겠죠. 그리고 이곳에 올 날짜가 좀 늦어졌겠죠."

이나가키 씨는 안경 너머 실처럼 가는 눈으로 요시에의 전신을 구석구석 훑으면서 아주 즐거운 듯 드문드문 설명을 이어갔다.

"한번 생각해보세요. 우리가 왜 S초에 들렀다 왔을까요. 거래처는 그냥 둘러댄 거고, 우리가 간토빌딩에서 어디로 가는지 운전사가 알면 안 되기 때문이죠. 나는 서쪽으로 가야 했지만 일부러 동쪽으로 가는 모습을 보여준 거예요. 그리고 다른 자동차로 갈아탔죠. 그렇게 해두면 이나가키 화랑과 이 공가의 연관성을 완전히 끊을 수 있으니까요. 그리고 하나 더 생각해보세요.

나는 화랑에서 당신이 오늘 여기 온 걸 아는 사람이 있냐고 물었죠. 당신은 부끄러워 아무한테도 말하지 않고 왔다고 대답했고요. 그래서 나는 안심할 수 있었어요. 그러면 이나가키 화랑과 사토미 요시에 씨는 전혀 관계가 없는 거니까요. 이 집과 이나가키 화랑이 관계없고, 이나가키와 당신이 관계없다면 그걸로 나는 안전한 거죠. 하지만 내 계략은 훨씬 주도면밀해요. 그 사무실은 오늘 아침 빌렸어요. 그리고 두 번 다시 갈 일이 없을 거고요. 나는 그곳에 물건을 그대로 두고 행방을 감춰버린 거죠. 그러기 위해서 그 의자와 데스크나 석고상 같은 건 전부 모르는 가게에 전화해서 가져다 놓으라고 했어요. 그런 물건은 아무 단서도 안 돼요. 이나가키 화랑은 창업 후 단 하루 만에 폐업한 셈이죠. 아시겠습니까, 다시 말해 그런 화랑 같은 건 처음부터 있지도 않았던 거예요.

게다가 가장 웃긴 건, 나는 대체 어디 사는 누구일까요? 내 주소는 어디일까요? 내 이름은 무엇일까요? 아무도 몰라요. 이나가키라고요? 하하하하하, 이나가키가 대체 누군가요? 내가 이나가키 화랑의 주인이 아닌 것과 마찬가지로 이나가키 씨도 아니죠. 하하하하하."

이름을 사칭했다는 이나가키 씨는 정말 우스꽝스럽다는 듯이 웃음을 터뜨렸다.

그가 입을 다문 후에도 요시에는 상심한 사람처럼 아무 말 없이 멍하니 천장만 바라보았다.

"어머."

그녀는 갑자기 비명을 지르며 두세 걸음 뒤로 물러섰다. 이나가키 씨의 진의를 깨닫고 두려움을 느꼈기 때문은 아니었다. 그녀가 영리하다고는 하나 아직 세상 물정 모르는 어린 아가씨이기 때문에 그 정도 이야기를 듣고 상대의 진짜 목적을 헤아릴 능력까지는 없었다. 그러기에는 이나가키 씨의 계략이 너무 비정상적이고 잔인무도했다. 방금 그녀가 놀랐던 것은 마침 그때 소름끼치는 왕거미 한 마리가 욕조의 흰 타일 표면으로 기어 나왔기 때문이었다.

"아, 거미로군요. 당신은 나보다도 이런 벌레가 더 무서운가 보죠?"

이나가키 씨는 그렇게 말하고 능숙하게 거미를 잡아 냉큼 욕조 안으로 던졌다. 거미는 물벌레처럼 긴 다리를 벌리더니 물 표면으로 쓱쓱 날아올랐다. 하지만 이나가키 씨는 거미가 가장자리로 올라올 때마다 잔혹하게 다시 물속으로 밀어 넣었기 때문에 결국 지치게 된 거미는 물에 빠진 사람처럼 마구 발버둥을 치며 광란의 춤을 추기 시작했다.

"춤을 추는군, 춤을 춰. 단말마斷末魔의 무도인가."

이나가키 씨는 그런 순간에도 잔혹한 장난을 즐겼다. 그는 애써 거미를 물에서 건져내더니 무슨 생각인지 죽어가는 왕거미를 요시에의 발치로 획 던졌다.

마침 거미가 그녀 뒤에 떨어졌기 때문에 요시에는 "악" 하고 소리를 지르며 어쩔 수 없이 이나가키 씨 쪽으로 몸을 피했다. 이나가키 씨는 마치 그걸 기다렸다는 듯이 가까이 다가오는 그녀의 몸을 와락 끌어안으며 속삭였다.

"그럼 이제는 우리가 광란의 춤을 출 차례야."

짐승 같은 사람

그 후 몇 시간이 더 지나고 한밤중이 되자, 그 집 안방에는 사토미 요시에가 마치 상처 입은 싸움소처럼 숨을 헐떡이며 지친 몸을 축 늘어뜨리고 있었다. 강제로 벗겨진 옷가지, 흐트러진 머리카락, 피가 맺힌 육체, 전부 가짜 이나가키 씨의 끝없는 잔혹성을 말해주었다. 이나가키 씨는 방 한구석에서 중국인처럼 무표정한 얼굴로 상처 입은 피해자를 지그시 바라보았다.

빈지문[13]은 꽉 닫혀 있었지만 슬금슬금 스며드는 밤기운에 실내는 서늘해지고, 깊은 밤 호젓한 고급주택가는 소리 없는 세계처럼 고요하기만 했다.

이윽고 요시에는 조용히 일어나서 매무새를 고쳤다. 그리고 구석에 있는 남자를 증오와 경멸의 눈으로 흘겨보며 방에서 나가려 했다.

"어딜 가려고."

남자는 몸을 약간 움직이더니 가라앉은 목소리로 물었다.

"돌아가야죠. 설마 이대로 여기서 자고 가라는 말씀은 아니시

<hr>

13_ 雨戸. 비비람을 막기 위해 설치한 덧문으로 한 짝씩 끼웠다 뺐다 할 수 있다.

겠죠. ……하지만 마음 놓으세요. 수치스러운 일을 내 입으로 떠들고 다니지는 않을 테니."

요시에는 뱉어내듯 또박또박 힘주어 말했다.

"돌아가? 어디로?"

"우리 집으로요."

"저런, 아직도 잘 모르나 보네. 이해력이 별로 안 좋은 아가씨인가. 이걸로 용무가 끝났다고 생각하다니 착각도 유분수지. 이런, 설마 이렇게 끝내려고 내가 그 고생을 했겠어? 가명으로 사무실을 빌리고, 집기를 매입하고, 일부러 이런 공가를 고르고, 방향이 다른 S초까지 우회해서 수색하지 못하도록 증거를 다 인멸한 건 무엇 때문이라고 생각하는데? 뛰어난 범죄자의 주도면밀한 준비라는 생각이 안 들어? 그런데 나는 아직 범죄라고 할 만한 짓도 안 했잖아."

가엾은 요시에는 그 말을 듣고도 상대가 의미하는 바를 확실히 알지 못했다. 또 이상하게 미치광이 같은 말을 하기 시작하는구나, 그저 그렇게 생각할 뿐이었다.

"아까 왜 네게 욕실과 트렁크 속의 물건을 보여줬다고 생각하는데? 내가 하는 일 중에 무의미한 일은 없어. ……아, 새파랗게 질려 떨기 시작하네. 드디어 이해가 가는 거야? 정말 딱하군. 농담이 아니고 정말 너를 위해 울어주고 싶은 심정이야. ……글쎄, 안타까운 내 마음이라고 하면 될까. 나는 너를 사랑해. 누구 못지않게 사랑해. 그럼에도 불구하고 너를 욕실에 데려갈 거야. ……다른 평범한 연인처럼 내가 갖고 싶은 건 네 마음이 아니거든. 나는 네 몸이 갖고 싶어. 목숨을 원한다구. ……아, 나는 인간이 아니야. 악마지. 아니면 무시무시한 미치광이거나 잔혹한 야수의 화신일 수도 있고. ……."

요시에는 너무 무서워서 꼼짝할 수 없었다. 마치 고양이 앞의 쥐처럼 울 수도 소리를 지를 수도 없었다. 손가락 까딱할 힘까지 다 빠져나간 것 같았다. 하지만 보지 않으려고 할수록 고뇌에 빠진 그의 무시무시한 표정이 눈에 들어왔다. 듣지 않으려 할수록 그의 무자비한 저주가 귀에 들렸다.

이윽고 남자가 벌떡 일어나는가 싶더니, 이상야릇한 표정을 지으며 원숭이 같은 걸음걸이로 느릿느릿 그녀에게 다가왔다. 요시에는 너무 공포스러운 나머지 몸의 근육이 철근처럼 경직되어 도망치기는커녕 오히려 고개를 앞으로 내민 채 눈을 돌리지도 깜빡이지도 못하고 한 발 한 발 다가오는 남자의 얼굴을 바라보고 보고 있었다. 매우 위급한 상황이었음에도 불구하고 신기하게도 그녀는 방금 전까지 실처럼 가늘었던 남자의 눈이 어느새 보통 크기가 되더니 번쩍 떠지는 것을 은연중에 알아차릴 수 있었다.

남자는 요시에에게 다가갔다. 그리고 그녀의 목에 팔을 휘감아 질질 끌고 툇마루를 지나 아까 그 욕실로 갔다. 그는 요시에의 귀에 입을 들이대고 뜨거운 입김을 내뿜으며 아주 천천히 속삭였다.

"요시에 씨. 나는 연인을 사랑하는 것만으로는 만족하지 못해. 사랑하면 사랑할수록 그 상대를 못살게 굴고 싶어지거든. 그리고 마침내 연인이 피투성이가 되어 단말마의 고통에 시달리는 아름다운 모습을 보지 않으면 도무지 직성이 안 풀려."

잠시 후 두 사람의 괴이한 모습이 툇마루에서 사라졌다. 욕실로 들어간 듯했는데 꽉 닫힌 유리문 사이로 뭐라 형언할 수 없는 섬뜩한 비명 소리가 새어나왔다. 그 소리는 뭔가 쿵쿵 부딪히는 소리와 뒤섞여 언제까지고 끊어졌다 이어지기를 반복했다.

작은 악마

미술상 이나가키 헤이조는 어찌하여 물도 데워놓지 않은 욕실로 요시에를 데리고 들어간 걸까. 욕실 선반에 준비해둔 가방에 여러 가지 섬뜩한 흉기가 들어 있는 것을 보아 가련한 아가씨를 무참하게 살해하려는 계획이었을까. 욕실 유리문 사이로 새어나온 소리는 그녀의 단말마적 비명이 아니었을까. 결국 그녀는 괴신사怪紳士 때문에 독거미처럼 헛된 죽음을 맞이했을까.

어찌 되었건 욕실 사건이 일어난 지 사흘째 되던 날, 신문 세 줄 광고란에는 요전과 마찬가지로 또다시 이나가키라는 이름으로 이상한 광고가 실렸다. 도대체 괴신사는 또 무슨 계략을 꾸미고 있는 것일까.

세일즈맨 모집, 언변 무관, 수완 무관, 학력 무관, 정직하고 온화한
독신청년 희망, 월 수당 100엔, 그 외 여비 지급, 방문 면접.
　　　　　　　　　　　　Y초 간토빌딩 이나가키 화랑

　언뜻 보면 평범한 구인 광고였지만 차근차근 살펴보면 어딘지
이상했다. 학력이야 그렇다 쳐도 세일즈맨인데 언변과 수완이
필요 없다니 이상한 일이었다. 온순하고 정직하기만 해서는
세일즈맨의 업무를 감당해낼 수 없다. 조건이 완전히 반대였다.
게다가 '독신청년'이라니 더욱더 이상했다. 어떤 고용주라도
믿음이 가는 기혼자를 선호하는 것이 당연할 텐데 이 광고는
그 반대였다.

　그뿐만 아니라 월 수당 100엔과 그 외의 여비라니 무경험자에
게 주는 급여치고는 너무 후했다.

　언변도 수완도 학력도 무관하다고 하니 돈이 궁한 청년이라면
누구라도 덤벼들 만했다. 이 신문광고가 게재된 그날만 백 명쯤
되는 지원자가 간토빌딩으로 몰려들었다.

　이나가키 씨는 13호실을 빌렸던 날(즉 사토미 요시에를 공가
로 끌고 간 날)만 여기로 출근했을 뿐, 그 후 두 번째 광고를
낼 때까지 줄곧 가게를 닫아두고 한번도 나타나지 않았다.

　하지만 오늘은 지원자를 선발하기 위해 아침부터 나와서
꽤 모던한 화랑 주인 같은 모습으로 커다란 데스크 앞에 앉아
있었다.

　옆의 진열장에는 요전 날 사들인 석고상 외에도 오늘 그가

자동차로 실어온 미술학도용 인체 석고상이 몇 개 더 놓여 있었다(역시 이나가키 화랑 어딘가에 석고상 같은 걸 넣어두는 창고가 있는 듯했다).

벽에 걸린 유화와 방 한구석에 높이 쌓여 있는 액자들은 며칠 전 그대로였다. 액자에 입혀진 금가루가 초여름 햇살에 반짝거렸다.

이나가키 씨는 떼로 몰린 지원자를 한 사람 한 사람 불러들여 변함없이 즐겁게 면접을 보았다. 그 모습만 보면 과연 그날 밤 독거미처럼 흉악했던 이나가키 씨와 같은 사람인가 의심스러울 정도로 편안하고 점잖았다. 뛰어난 범죄자는 때로 무척 능란한 배우이기도 한 법이다.

거의 반나절이 걸려 여섯 명의 합격자가 선발되었다. 그런데 이나가키 씨의 채용시험은 정말 이상했다. 건강하고 진취적이며 장사꾼 기질이 있는 청년, 그러니까 다른 시험관이라면 틀림없이 합격시킬 만한 우수한 청년들을 죄다 떨어뜨렸다. 그리고 무슨 질문을 해도 웅얼거리며 확실히 대답하지 못하는 청년만 뽑았다.

그들은 세상 물정 모르고 내성적인 대신 정직하기로는 소처럼 우직해 보이는 이십 세 전후의 핼쑥한 청년들이었다. 다시 말해 백 명 중에서 가장 멍청하고 제 역할을 못할 것 같은 청년들만 뽑은 셈이었다.

합격자가 정해지자 이나가키 씨는 그 여섯 명을 테이블 앞에 세워놓고 이상한 지시를 내렸다.

"보시다시피 여기는 유화와 액자, 석고상을 판매하는 화랑이에요. 그중에서도 주요 업무는 미술 교습용 인체 석고모형을 미술학교, 중학교, 여학교 등에 판매하는 것이죠. 이 진열장에 있는 것들이 모두 그런 물건들인데 꽤 잘 만든 석고상이죠? 여러분들이 할 일은 이 석고상 견본을 하나씩 들고 가서 시내에 있는 중학교와 여학교를 돌아다니며 판촉하는 거예요.

그런데 오늘 가지고 간 물건은 일단 견본으로 증정합니다. 상대에게 호감을 얻은 후 그다음부터 슬슬 진짜 판촉을 시작한다는 게 내 영업방침이거든요. 그러니 처음에는 전혀 힘들 일이 없어요. 상대가 기분 좋게 석고상을 받아주기만 하면 되는 거죠. 나중에는 지방도 돌 거예요. 하지만 우선 시작은 시내부터 해보죠."

이나가키 씨는 순회할 학교명과 판촉해야 할 물품의 특징, 증정할 때의 언사 등을 단단히 교육시킨 후, 석고상 여섯 개를 운반용 나무상자에 넣어 일당과 전차비, 도시락 비용 등과 함께 여섯 명의 세일즈맨에게 나눠주었다.

정직한 청년 여섯 명은 각자 형태가 다르지만 부피가 꽤 큰 나무상자를 소중하게 끌어안고 목적지를 향해 흩어졌다. 생각해보면 이나가키 씨의 영업방침은 너무나 이상했지만, 그들은 모두가 발탁된 멍청이들이었기 때문에 아무런 의심도 하지 않았다. 그저 벌이가 좋은 일을 얻었다는 기쁨에 희희낙락하며 밖으로 나섰다.

하지만 그들 중 단 한 청년은 보기만큼 멍청하지 않았다.

그는 학교를 다녀본 적도 없고 정해진 거처도 없이 떠도는 불량청년 히라타 도이치平田東一였다. 열아홉 살밖에 안 되었지만 대단한 술꾼이었고 상습적으로 도둑질과 소매치기를 했다. 그만큼 빈틈없고 머리 회전이 빠른 자여서 세 줄 광고를 보고도 뭔가 재미있는 일이라 직감했다. 그는 재빠르게 고용주의 속내를 파악해 주문대로 멍청한 시늉을 할 정도였다. 더욱이 반듯하지 않은 생활을 하는 탓에 안색은 창백했고 눈은 언제나 과음으로 게슴츠레해서 외양만큼은 꾸미지 않아도 이나가키 씨의 주문에 딱 맞았다.

그는 지시받은 대로 학교에 가는 대신 보따리를 들고 간다神田의 상점가로 가서 어느 초라한 표구상이 눈에 띄자마자 바로 안으로 들어갔다.

잠시 후 표구상에서 나온 히라타의 품 안에는 이나가키 씨가 준 4엔 외에도 지금 석고상을 담보로 표구상 주인을 설득해 받아낸 2엔까지 도합 6엔쯤 되는 용돈이 들어 있었다. 그의 요량대로라면 내일 또 뻔뻔스럽게 이나가키 화랑에 출근해서 급료를 받고 두 번째 석고상을 가로챌 수 있을 듯했다.

표구상 주인도 별로 선한 사람은 아닌 것 같았다. 그는 부정한 물건이라고 짐작은 하면서도 2엔이라는 터무니없이 싼값에 혹해 석고상을 사들여서는 냉큼 가게 앞 작은 쇼윈도에 진열했다. 석고상은 사람 팔을 본뜬 것으로 어깻죽지에서 잘려 있었는데, 둥근 막대기 같은 것을 꽉 쥔 형상이 실물 크기로 정말 정교하게 만들어져 사각 석고판 위에 놓여 있었다. 흔치 않은 구도였고

만듦새도 훌륭했기 때문에 적어도 사들인 가격의 세 배는 받고 팔 수 있을 것 같았다.

히라타는 그날 카페에서 술을 마시며 밤을 지새웠다. 그리고 다음 날 아침 10시쯤 졸린 눈을 비비며 일당 4엔을 위해 설레는 마음으로 간토빌딩에 갔다.

그런데 이게 웬일인가. 이나가키 화랑 13호실의 문은 잠겨 있고, 그 앞 복도에 어제 본 멍청한 세일즈맨 다섯 명만 멍하니 서 있는 것 아닌가.

"어떻게 된 일이죠?"

그가 물어보았다.

"8시쯤부터 기다렸는데 사장이 나오지 않아요. 8시에 출근하라고 했으면서 너무하네요."

한 청년이 별로 화도 내지 않고 대답했다.

복도를 쓸고 있던 청소부에게 물어보니 다음과 같은 대답이 돌아왔다.

"이나가키 씨는 이 사무실을 빌린 후 단 이틀 계셨어요. 한번은 젊은 아가씨들이 많이 찾아왔죠. 여직원을 채용한 모양인데 그 후로 주인이나 그 여직원이나 코빼기도 볼 수 없었어요. 그러더니 어제는 젊은 남자들이 우글거려서 이번에는 남직원인가 했는데, 오늘은 또 문을 잠가 놓았네요. 정말 이상한 가게예요. 아무래도 이 13호실은 세입자들이 진득이 있질 못하는 모양이네요. 어째 기분이 으스스하죠."

'그렇군. 어쩌면 상대가 꽤 악당인지도 모르겠어.'

히라타는 좀 당황스러운 듯 그렇게 중얼거렸다. 그리고 잘 생각해보니 학교 근처에도 가보지 못한 자신조차도 구인 광고나 어제의 지시가 이상하게 여겨지는 것이었다. 일부러 덜떨어진 놈들을 채용한 것도 이상했고 얼마나 벌 수 있을지 모르겠지만 석고상을 파는 데 여섯 명이나 고용한 것도 이상했으며, 학교에 그냥 물건을 가져다주라는 것도 이상했다. 무슨 그런 영업방침이 다 있나 싶었다.

악인이라면 타인의 악행을 보고 그냥 지나칠 수 없는 노릇이었다. 그는 그걸 밑천 삼아 어떻게든 단물을 빨아먹을 수 있겠다는 생각이 퍼뜩 들었다.

불량청년 히라타는 진짜 악인다운 악인도 아니고 이나가키 씨의 진의를 깨달을 만한 머리도 없었지만(만약 그가 그걸 알았더라면 틀림없이 새파랗게 질려 맥도 못 추고 경찰에 달려갔을 것이다), 왠지 용돈벌이는 할 수 있을 것 같은 예감이 들었다. 그는 빌딩 사무실로 가서 이나가키 씨의 집주소를 물어 다른 다섯 멍청이를 따돌리고 급히 찾아갔다. 하지만 그 동네에 그런 주소는 있었지만 이나가키라는 문패를 단 집은 그림자도 보이지 않았다.

한참 근처를 어슬렁거리며 물어보기도 했는데 아무도 그런 사람을 알지 못했다.

"슬슬 의심이 생기네. 13호실에 느긋하게 붙어 있으면 꽤 돈벌이가 될 줄 알았는데. 혹시 그 남자가 이대로 모습을 드러내지 않으면, 나도 그 가게 직원이니까 급료를 못 받았다는 구실로

남아 있는 상품이나 가구를 팔아치우면 되겠네. 재미있어지는
군."

히라타는 깜찍한 속셈을 가지고 다시 간토빌딩으로 돌아갔다.

의족의 범죄학자

잠시 방향을 틀어 이 이야기의 또 한 명의 중심인물인 구로야
나기 박사에 대해 이야기해 보자. 즉, 괴인怪人 이나가키 씨나
작은 악마 히라타와 다섯 세일즈맨이 그 후 어떻게 되었는지
다른 각도에서 설명하려는 것이다.

이나가키 씨가 간토빌딩 13호실에 모습을 보이지 않게 된
지 일주일쯤 지난 어느 날이었다. 고지마치구 G초에 있는 구로야
나기 박사 저택 안쪽 서재에서는 우연히도 주인인 구로야나기
도모스케畔柳友助 씨가 조수인 노자키 사부로野崎三朗 청년과 이나
가키 화랑에 관해 대화를 나누고 있었다.

구로야나기 박사는 일본의 셜록 홈즈라고 해도 될 만한 민간
범죄학자 겸 아마추어 탐정이다. 그렇다고 홈즈처럼 어떤 사건
이라도 맡는 직업 탐정은 아니었다. 정말 취미 삼아 관계자들이
애먹는 큰 사건에 관해 조언이나 하는 정도였기 때문에 법조계나
경찰 관계자들 사이에서는 유명했지만 일반인들에게는 잘 알려
져 있지 않았다. 그는 어지간히 마음에 내키는 사건이 아니라면
맡지 않았고, 사람들이 찾아와도 잘 만나지 않았다. 하지만

한번 사건을 맡으면 반드시 해결하였으며 성격이 기인奇人에 가깝다는 점은 소설 속의 홈즈를 빼다 박았다고 해도 무방했다.

박사를 기인이라고 하는 데는 이유가 있었다. 구로야나기 도모스케 씨는 법의학을 전공한 의학박사이자 학계에서도 유명한 범죄학 권위자였지만 교단에 서지 않았고 관직의 길도 걷지 않았다. 그는 명예와 이익에 연연하지 않았으며 하루 종일 서재에 틀어박혀 사람들과 교류도 하지 않고 독서삼매경에 빠져 있었다.

그는 이른바 사람을 기피하는 성격이었다. 그럼에도 불구하고 흔치 않은 범죄사건이 일어나면 다른 사람이 된 것처럼 활력 있게 꼼꼼한 추리를 했다. 그뿐만 아니라 불구의 몸인데도 때로는 위험을 무릅써가며 범죄사건의 소용돌이 속으로 뛰어드는 사람이었다.

박사는 한쪽 다리가 불편했다. 몇 년 전 외유 중에 당한 철도사고 때문에 한쪽 다리를 허벅지 부분까지 잃게 되어 늘 의족을 찼다. 목발 없이 지팡이만으로도 걸을 수 있었지만 심하게 절뚝거렸다. 박사가 집에 틀어박혀 고독한 생활을 하는 것도 수치스럽게 사람들 앞에 이런 흉한 모습을 드러내고 싶지 않았기 때문인지 몰랐다. 게다가 박사는 사람들 앞에서 결코 의족을 벗지 않았다. 목욕도 문을 닫아놓고 자택 욕실에서만 했다. 허벅지의 절단 부위가 꽤 흉한 것이 분명했다.

풍채를 말하자면 키는 큰 편이었고, 다리가 불구인 점을 제외하면 어딘가 셜록 홈즈와 닮았다. 머리는 그리 많이 벗겨지지 않았고, 제멋대로 곱슬거리는 긴 머리카락, 구레나룻 없이 수척하게 갸름한 얼굴, 찡그린 눈썹 아래 쏘아보는 듯한 큰 눈과 긴 코, 일자로 다문 얇은 입술은 영국의 명탐정과 마찬가지로 얼음 같은 냉철함과 면도날 같은 예지를 드러냈다.

나이는 박사 말로는 서른여섯이라지만 언뜻 보기에는 더 많게 느껴졌다.

박사와 마주앉아 있는 조수 노자키 사부로는 스물네 살의 잘생긴 청년으로 외국 탐정소설에 심취하더니 그 버릇을 끊지 못하고 정말로 아마추어 탐정을 지망하게 되었다. 박사의 명성을 흠모해 문하에 들어온 지도 벌써 세 달쯤 되었는데, 지금은 고독한 박사에게 꼭 필요한 말동무가 되었다. 시인 기질도 있었지만 매우 예리한 지혜의 소유자라 때로는 박사를 깜짝 놀라게 할 만큼 뛰어난 논리를 펼 때도 있었다.

서재는 박사의 취향대로 고풍스러웠는데, 천장이 높고 목각 장식이 위압감을 주는 음침한 양실이었다. 사방에는 기다란 붙박이 책장이 천장까지 설치되어 있었고, 책등에 금장 글자가 찍힌 고풍스런 책들이 좌르륵 꽂혀 있었다. 서재 중앙에는 조각이 새겨진 커다란 집필용 데스크가 있었는데, 박사는 그 거울같이 빛나는 데스크 위에 팔꿈치를 올려놓고 있었다. 말끔히 면도한 박사의 뺨이 데스크 표면에 그대로 비쳤다. 박사는 데스크 위에 펼쳐진 스크랩북을 보며 이런 말을 했다.

"신문기사의 상당수가 엉터리이고 신용할 수 없다는 건 누구나 알아. 하지만 그런 신문을 내가 중요하게 여기며 스크랩해두는 의미를 알겠나? 신문기사는 읽는 방식에 따라 큰 도움이 되거든. 특히 범죄 방면으로는 세상의 온갖 비밀이 신문기사의 행과 행 사이에 숨겨져 있다 해도 무방해. 내가 신문을 읽는 방식은 좀 다르지. 각 신문사 탐방기자의 사소한 문투까지 다 파악하고 있기 때문에 어느 신문의 어느 기사를 어느 기자가 썼는지 대충 알 수 있어. 그래서 이 기자가 이런 식으로 썼으니 사실은 이러이러할 것이라고 추정할 수 있지. 그래서 내가 활자에는 드러나지 않는 미묘한 점까지 추리할 수 있는 거야.

가령 어떤 범죄사건이 일어났다고 가정해보자고. 각 신문은 제각기 조금씩 다른 기사를 실어. 한편에서는 흑이라고 하고 또 한편에서는 백이라는 식으로 정반대 기사가 나올 수도 있지. 나는 그런 게 가장 흥미로우면서도 중요하다는 생각이 드는데, 집필한 기자의 평소 성격(무엇을 어떤 식으로 잘못 짚곤 하는 특징 같은 것)이나 그 기사가 다른 신문과 어떤 차이가 있는지를 비교해보고, (그 방식을 다른 신문에도 적용해서) 분석, 종합, 유추와 같이 빼도 박도 못할 논리의 틀을 거쳐 사건의 진상을 뽑아내는 거지.

나는 그런 식으로 데스크 앞에 앉아 신문기사를 비교, 연구하는 것만으로도 큰 사건의 중요한 단서를 잡은 적이 한두 번이 아니거든. 자네에게 신문 스크랩을 부탁하는 건 그런 이유에서이지 결코 호기심이 넘쳐서가 아니야. 내 탐정사무에는 빠질 수 없는 중요한 업무거든."

구로야나기 박사는 애제자인 노자키에게 친절한 교사처럼

탐정비법이라 할 만한 사항을 말해주었다. 성미가 까다로운 박사는 노자키 이외에는 누구에게도 이런 태도를 보인 적이 없었다.

"그리고 신문광고라는 것도 매우 흥미롭지. 특히 세 줄짜리 광고란에 실린 여러 글귀에는 생각지도 못한 범죄가 숨겨져 있기도 하거든. 하루에 적어도 대여섯 개는 좀 이상하다 싶은 게 있어. 고작 세 줄짜리 광고문에서 복잡한 사회문제, 범죄사건 등을 상상해서 여러 가지 플롯을 짜보는 건 단지 유희라 해도 정말 재미있거든. 아니지, 그런 논의보다도 실제 예를 하나 제시해보겠네. 이건 세 줄 광고를 모은 스크랩북이야. 최근 것 중에 여기 좀 재미있어 보이는 게 있군. 읽어보게."

박사는 그렇게 말하고 스크랩북의 한 부분을 손가락으로 가리켰다. 노자키가 목을 빼고 읽어보니 그건 다음과 같은 내용이었다. 옆에는 <아사히신문> 6월 15일이라고 적혀 있었다.

사무실 임대, 공실 있음, 1층 6평 1실, 임대료 60엔	1171
고지마치구 Y초 간토빌딩 전화 긴자	1172
	1173

"하찮은 빌딩 임대 광고에 불과하지."

박사는 노자키의 미심쩍어 하는 얼굴을 보고 말했다.

"하지만 다소 예비지식이 필요해. 첫째, 이 간토빌딩은 공실이 하나라도 생기면 바로 이 세 줄 광고란에 광고를 내는 방법을 써. 광고료를 내더라도 비워두는 것보다 결과적으로 유리할 테니까. 둘째, 이 60엔짜리 공실 광고는 매일 빠지지 않고 나왔는데 딱 6월 15일에만 나오지 않았어. 이 두 가지 사항을 확실히 파악한 건 내가 신문의 행간을 읽은 덕분이지. 다시 말해 6월이라면 이번 달인데 16일부터 누군가가 이 60엔짜리 사무실을 빌렸다는 거야. 무슨 말인지 알겠지? 그럼 이번에는 이걸 읽어보게."

박사가 이어서 가리킨 것은 아래 광고문이었다. 마찬가지로 <아사히신문>이었는데 6월 16일자였다.

> 여직원 모집, 17~18세, 애교 있는 분.
> 화랑 접객 담당, 급여 높음, 오후 3~5시 방문 면접.
> Y초 간토빌딩 이나가키 화랑

그건 놀랍게도 자칭 이나가키라는 신사가 사토미 요시에를 유인하기 위해 낸 광고문이 확실했다. 구로야나기 박사가 그 사건에 대해 벌써 감을 잡은 것인지 아니면 그저 우연의 일치에 불과한지는 알 수 없지만 우연치고는 너무 이상했다.

"이달 초 신문에 난 간토빌딩 내 각 상점들의 연합광고를 조사해봤지만 그중에는 화랑도 없었고 이나가키라는 상호도 없었어. 그러니 16일부터 이 빈 사무실을 빌린 건 이나가키가 틀림없지. 그 점을 염두에 두고 다음으로 이걸 읽어보게."

> 세일즈맨 모집, 언변 무관, 수완 무관, 학력 무관, 정직하고 온화한 독신청년 희망, 월 수당 100엔, 그 외 여비 지급, 방문 면접.
> Y초 간토빌딩 이나가키 화랑

독자 여러분도 생생히 기억하시다시피 이는 불량청년 히라타를 비롯해서 여섯 명의 지원자가 이나가키 씨에게 감쪽같이 속아 넘어간 그 기이한 광고문이다. 아니나 다를까 혜안이 있는 이 범죄학자는 서재 밖으로 한 발자국도 나가지 않았는데도 괴인 이나가키 씨의 악행을 꿰뚫고 있다.

박사는 일단 노자키를 위해 이 광고문이 왜 이상한지 설명한 후, 다시 네 번째 세 줄 광고를 보여주었다.

사무실 임대, 공실 있음, 1층 6평 1실, 임대료 60엔	1171
고지마치구 Y초 간토빌딩 전화 긴자	1172
	1173

옆에 쓰인 날자는 6월 22일이었다.

"다시 말해, 이나가키의 가게가 간토빌딩 사무실 하나를 이번 달 16일에 빌려 21일에 퇴거했다는 결론이지. 일주일도 안 돼. 뭔가 이상하지 않나? 그 짧은 기간에 두 번이나 모집광고를 냈어. 게다가 그 하나는 지금 말한 대로 채용조건이 일반적인 기준과 반대야. 적어도 건실한 상점이 택할 방식은 아니잖아. 간토빌딩이 뭔가 트릭으로 사용된 것 같은 느낌이 들어."

박사는 노자키의 얼굴을 바라보며 능글맞게 웃었다.

"나는 대충 이런 식으로 신문을 읽어. 자네에게 본을 보여준 건데, 이 정도 요상한 일은 나처럼 신문을 읽으면 매일 대여섯 개 정도는 발견할 수 있을 걸세. 그런데 자네는 얼마 전부터 실제 사건에 부딪혀보고 싶다는 말을 입에 달고 살았잖아. 어때,

한번 이나가키 화랑의 정체를 알아보지 않겠나? 정말 별것 아닌 사건일지도 모르지만, 또 의외로 큰 사건일 수도 있을 테지. 어느 쪽이든 자네한테 흥미 없는 사건은 아닐 것 같은데."

노자키 청년이 박사의 지도에 따라 간토빌딩에 전화를 걸어 문의한 결과, 이나가키라고 하는 사람은 선불로 한 달 치 임대료를 내고 사무실 인테리어도 했지만 단 이틀 만에 폐업했다는 말을 들었다. 너무 이상해서 그의 집으로 편지를 보냈지만 편지는 '수취인 불명' 딱지가 붙어 돌아왔고, 신문광고로 채용했던 직원들이 와서 성가시게 소란을 피웠다고 한다.

빌딩 사무실에서도 불안했는지 이나가키 씨와의 계약을 해지하기로 했다는 것이다. 방을 정리하여 상품과 가구류는 사무실에서 보관하고 있다가 만약 이나가키 씨가 다시 빌딩에 올 경우 남은 임대료를 계산하고 물건을 내줄 생각이라고 했다. 역시나 박사의 상상은 틀리지 않았다.

"허, 이거 의외로 흥미롭겠는데."

박사는 슬리퍼 속 의족을 덜그럭거리며 약간 흥분해서 말했다.

"나도 함께 가보겠네. 자네, 자동차를 준비하게."

노자키 조수가 운전기사에게 지시하기 위해 막 일어나려던 참이었는데 밖에서 문이 열렸다. 집에 손님이 찾아왔다고 서생이 소식을 전하러 온 것이다.

"사토미 기누에里見絹枝라는 젊은 여자분인데요. 여기 소개장이 있습니다."

서생의 손에서 소개장을 받아 서둘러 내용을 훑어본 박사는 잠시 생각한 후 말했다.

"돌려보낼 수도 없겠군. 지금 나가려는 참이니 10분 정도라도 괜찮다면 만나겠다고 전하게."

아름다운 의뢰인

잠시 후 한 여자가 박사의 서재로 안내되었다. 박사와 노자키 조수는 물론 그 사실을 알 턱이 없었지만, 여자는 지난밤 이나가키가 공가로 끌고 갔던 사토미 요시에와 쏙 빼닮은 얼굴이었다. 다만 요시에보다 조금 나이가 위로 보였다. 스무 살은 넘은 듯했는데 그런 까닭에 요시에의 미모에 성숙한 육체미까지 갖추었다. 너무 아름다워서 조수 노자키는 눈이 마주쳤을 때 은연중에 얼굴을 붉혔을 정도였다.

대충 인사가 끝나자 구로야나기 박사는 조급하게 말했다.

"좀 바빠서요. 실례지만 간단히 용건을 말씀해주시겠습니까?"

"소개해주신 분께 선생님에 대해 들었는데 제발 도와주세요. 부탁드려요. 제 동생이 이달 16일 점심때쯤 외출한 후 행방이 묘연해졌어요. 경찰에도 신고했고, 이미 온갖 수단을 다 써서 찾아보았지만 도저히 알아낼 수 없었어요."

가끔 이런 의뢰자가 있었지만 사람을 찾는 하찮은 사건에 박사가 관여한 적은 없었다. 노자키 조수는 딱하지만 이 아름다운 아가씨의 부탁은 거절당하리라 생각했다. 그러나 예상외로 박사는 거절은커녕 매우 열의를 보이며 질문하기 시작했다.

"16일 점심쯤에 어디로 간다고 말도 하지 않고 나갔습니까?"

"네, 어머니께서도 평소처럼 친구네 놀러 간다고 생각하셔서 전혀 신경 쓰지 않으셨다고 해요. 친구란 친구, 지인이란 지인에게는 다 연락해보았지만 누구도 요시에를 본 사람은 없었어요. 지금껏 친하게 지내는 남자 친구도 없었고, 더 물어볼 곳도 없는 형편이에요. 말씀이 늦었지만 동생의 이름은 사토미 요시에입니다. 올해 여학교를 졸업해서 열여덟 살이죠."

"실례지만 동생분은 스스로 일을 해서 자립하고 싶다는 말을 한 적은 없습니까?"

여기까지 내용을 들은 노자키 조수는 혼자 고개를 끄덕였다.

'과연 그러네, 16일이라면 이나가키 화랑 여직원 모집광고가 났던 날인걸. 그래서 선생님께서 열심히 들으셨나 보군.'

"네, 그런 말을 한 적이 있는 것 같았어요. 하지만 어머니는 찬성하지 않으시며 늘 혼내셨어요. 우리는 일찍 아버지를 여의고 어머니와 우리 두 자매, 단 세 식구였어요. 가정에 엄한 사람이 없었기 때문에 동생이 제멋대로 굴어도 별수 없었죠."

"그러면 동생이 가족들에게 허락도 받지 않고 직장을 구했을 수도 있겠네요."

"음, 그건⋯⋯."

사토미 기누에는 박사가 왜 또 그런 걸 묻는지 의아했다.

"요시에 씨에 대해 좀 더 자세히 물어봤으면 좋겠는데 지금 마침 외출하려던 참이라서요, 번거롭겠지만 오늘 밤이라도 다시 찾아와주시겠습니까. 실은 지금 나가는 용건도 동생의 행방불명과 관계가 있을 것 같군요. 아니, 단지 제 직감일 뿐이지만 만일 직감이 맞는다면 이따 다시 오실 때 뭔가 알려드릴 사항이 생길 수도 있겠네요."

기누에는 다소 당황한 낯빛으로 돌아갔다. 박사는 곧바로 외출준비를 끝낸 후 조수 노자키를 동반하고 문제의 간토빌딩으로 향했다.

진열장의 개미

간토빌딩 직원은 구로야나기 박사의 명성을 익히 알고 있었기 때문에 난데없는 방문에도 의아하게 생각하지 않고 박사의 질문에 친절하게 대답해주었다. 유명한 범죄학자가 일부러 찾아올 정도니 역시 13호실의 임차인은 범죄와 관계된 모양이라 생각했는지 약간 득의양양한 태도로 이나가키라는 인물의 기괴한 행동에 대해 떠들어댔다.

"16일에 여직원을 한 명 채용했다고 하는데, 그 아가씨는 어떤 사람이었습니까? 혹시 이름을 아십니까?"

박사는 등나무 지팡이로 의족을 탁탁 치면서(이상하게 보이겠지만 이는 박사의 어린애 같은 버릇이었다) 요점으로 들어갔다.

"네? 저는 잘 모르겠습니다. 어쩌면 청소부가 뭔가 알지도 모르겠네요. 불러올까요?"

이윽고 피부가 가무잡잡한 사십대 청소부가 앞치마에 손을 닦으며 들어왔다. 직원이 이나가키 화랑 여직원에 대해 묻자 다행히 기억이 나는 듯했다. 그녀는 다음과 같이 대답했다.

"양장 차림을 한, 십칠팔 세쯤 되는 아름다운 아가씨였어요. 여직원을 하기에는 인물이 아까웠죠. 이름 같은 건 몰라요. 얼굴 생김새요? 어떻게 말해야 하나, 요즘 한창 인기인 동그란 얼굴에, 뭐랄까 모던 걸 같은 아가씨였어요."

"큰 눈에 쌍꺼풀이 있고, 코는 그리 높지 않겠죠. 인중이 매우 짧고, 윗입술은 위로 말려 올라간 듯하고……."

박사가 히죽 웃으며 끼어들었다. 말할 필요도 없이 그 모습은 방금 만났던 사토미 기누에의 생김새를 설명한 것이었다. 그 여직원이 기누에의 동생이라면 아마 언니와 닮았을 거라 생각했기 때문이었다.

그런데 박사의 짐작이 의외로 적중했다.

"네, 그대로예요. 그 아가씨를 아시나 보죠?"

그 말을 들은 박사는 옆에 있던 노자키 조수에게 눈짓을 하고 다음 질문으로 넘어갔다.

"그런데 그 아가씨 채용 이후 뭔가 이상한 일은 없었습니까?"

"아, 이상한 일이 있었어요."

청소부는 미주알고주알 대답했다.

"그날 5시경이었어요. 아가씨가 방에서 나와 정문 쪽으로 가는 듯했는데 13호 주인이 안절부절하며 뒤따라 나와 이상하다고 생각했거든요. 창밖 도로를 내다보니 아가씨는 누굴 기다리는지 건너편 사거리에 서 있었어요. 주인은 허겁지겁 근처 '야요이 택시' 쪽으로 뛰어갔고요. 잠시 후 13호 주인을 태운 택시 한 대가 스윽 아가씨가 서 있던 곳으로 다가가더니 아가씨도 같은 자동차에 타는 것 아니겠어요. 방금 채용한 아가씨와 함께 가다니 참 선수구나 생각했죠, 호호호호. 그리고 그 자동차는 교바시京橋 쪽으로 달렸고, 그걸 마지막으로 아가씨는 여기 다시 오지 않았어요."

"고맙습니다. 그럼 그 '야요이 택시'라는 데에 물어보면 13호실 분의 행선지를 알 수 있겠네요."

"네, 운전사도 기억할 거예요. 어딘지 물어볼까요?"

청소부가 당시 운전사에게 알아왔는데, 이나가키 씨와 아가씨가 내린 곳은 료코쿠바시 쪽의 S초라고 했다. 하지만 이는 이나가키 씨의 용의주도한 위장이었고, S초는 아무런 의미가 없음을 독자 여러분도 이미 아는 바이다.

구로야나기 박사는 다음으로 간토빌딩의 지하실 창고에 보관해둔 이나가키 화랑의 가구나 상품을 일람해보았지만 모두 새것이고 값싼 물건이라는 것 외에는 아무것도 발견하지 못했다.

박사 일행이 지하실에서 나와 사무실로 돌아가 보니 잘 맞지도 않는 낡아빠진 양복을 입은 청년이 입구에 서 있었다. 직원은 그를 보고 얼굴을 약간 찡그리며 말했다.

"또 오셨네요."

"네, 또 왔습니다. 이나가키 씨는 아직도 안 오셨습니까? 급료도 못 받아 이거 아주 난처하거든요."

청년은 시건방지게 말했다.

구로야나기 박사는 문득 이 청년에게 흥미가 생긴 듯했다.

"당신은 이나가키 화랑에 채용된 분이십니까?"

"네, 그런데요."

"세일즈맨으로요?"

"네."

청년은 귀찮다는 듯 다소 적의를 품은 눈으로 낯선 신사를 빤히 쳐다보았다. 그 태도에 박사는 한층 더 흥미가 생긴 듯했다.

"마침 다행이군요. 이 사람에게 물어봅시다."

박사는 직원에게 그렇게 말하고 청년에게 말을 건넸다.

"바쁘지 않으면 이나가키 화랑에 대해 물어보았으면 하는데 잠시 근처 카페에 같이 가실 수 있나요?"

이미 독자 여러분도 눈치챘겠지만, 이 청년은 이나가키 씨가 고용했던 세일즈맨 중 한 명으로 석고상을 간다 표구상에 팔아치운 불량청년 히라타 도이치였다. 그는 구로야나기 씨의 겉모습을 보고 이 또한 소소한 용돈벌이가 될 것이라 생각했기에 두세 마디 문답을 주고받고 나서 박사의 제안에 응했다.

박사와 노자키 조수, 히라타는 빌딩 사무실에서 나와 부근 카페로 가서 이런저런 이야기를 나눴다. 너무 장황해질 것 같아 일일이 이야기하지는 않겠지만, 결국 히라타의 입을 통해 다음과 같은 사실이 밝혀졌다.

이나가키 씨는 멍청한 청년 여섯 명을 세일즈맨으로 채용해 그들에게 석고상 하나씩을 주며 무상으로 중학교에 증정하라고 시켰다. 히라타는 명령을 따르지 않고 석고상을 착복해 간다에 있는 한 표구상에 팔아넘겼다. 물론 이 사실을 털어놓게 하기 위해 박사는 히라타에게 상당한 용돈을 주어야 했다.

이야기를 다 들은 구로야나기 박사는 무슨 생각인지 간다의 표구상으로 가보자고 제안했다. 세 사람은 바로 박사의 자동차를 타고 간다로 향했다.

며칠 전과 마찬가지로 표구상 진열장은 먼지가 뿌옇게 끼어 있어 볼품없었다. 1간 정도 되는 유리 쇼윈도에는 색이 바랜 채 진열되어 있는 흔해빠진 복제화들 사이로 한쪽 팔을 본뜬 석고상만이 새하얗게 빛나고 있었다.

히라타가 알려주지 않았는데도 박사는 금세 그 석고상을 알아보았다. 그는 절뚝이는 다리를 이끌고 쇼윈도로 다가가 유리에 이마를 바짝 대고 관찰했다.

"멋지군. 이렇게 잘 만들어진 석고상은 본 적이 없네. 게다가 구도도 정말 과감한데."

잠시 살펴보던 박사는 감탄하며 말했다.

"정말 그러네요. 흔치 않은 형태군요. 살집 같은 게 마치 살아 있는 것 같지 않습니까? 여자 팔 같아요."

노자키 조수도 맞장구쳤다.

"물론 여자겠지. 그것도 젊은 여자군. 이런 팔을 가졌으면 분명 미인일 거야."

노자키는 미인이라는 말을 듣고 문득 아까 만났던 사토미 기누에의 아름다운 얼굴을 떠올렸다. 그리고 그 사람도 이런 멋진 팔을 가졌으리라 상상하고는 스스로도 공상이 지나쳤다는 생각에 얼굴이 붉어졌다.

박사는 한참을 꼼짝 않고 석고상 한쪽을 유심히 바라보았다. 그리고 불쑥 노자키의 팔을 잡아끌며 말했다.

"자네, 이것 좀 보게. 왜 이런 거지? 이상하잖아."

목소리가 너무 나직했다. 노자키와 히라타는 박사의 말소리 때문에 오히려 놀라 그의 시선을 좇아 그 부분을 들여다봤다.

석고의 손목 부분이었는데 자세히 보니 진열장 판자 위에서부터 손목에 걸쳐 촘촘한 개미 행렬이 보였다. 설탕이 묻었을 리도 없는데 석고상에 개미가 꾀다니 너무 이상했다.

눈여겨보니 개미 행렬은 두 줄이었고 그 끝이 손목 부위에서 멈췄다. 그곳까지 가서는 더 앞으로 가지 않고 모두 되돌아왔다.

"아, 알았다. 석고에 작은 구멍이 있나 봐요. 여길 보세요. 여기로 개미가 들어가네요."

히라타가 외쳤다.

"과연 그렇군. 눈에 보이지 않을 정도로 작은 구멍이 있네. 하지만 단지 구멍이 있다고 개미 행렬이 생길까?"

세 사람은 그 기묘한 현상을 잘 이해할 수 없어 잠시 침묵에 빠졌다. 잠시 후 무슨 생각인지 구로야나기 박사가 가게 안으로 들어갔다. 그는 안에 있던 주인에게 석고상의 가격을 묻더니 터무니없이 높은 값을 부르는데도 깎지 않고 바로 포장해달라고 했다.

박사는 신문지로 포장을 한 석고상을 소중히 겨드랑이에 끼고 두 사람을 독촉해서 자동차를 세워둔 모퉁이로 황급히 갔다.

자동차 안에서도 박사는 무릎에 올려놓은 큰 석고상을 지그시 누르며 창백한 얼굴로 침묵하고 있었다. 박사의 이상한 태도에 나머지 두 사람도 어안이 벙벙해졌다. 그들도 이상하게 섬뜩한 기분이 들었다. 무엇에 씐 듯 오한이 나서 말 한마디 할 수 없었다.

박사의 집에 차가 도착했을 때는 이미 석양이 지고 난 뒤라 차에서 내린 세 사람은 서로의 표정을 읽을 수 없을 정도였다.

"아, 자네에게 좀 더 물어보고 싶은 게 있으니 괜찮다면 함께 들어가세."

박사는 히라타에게 그렇게 말하며 앞장서서 현관으로 들어갔다.

석고상의 정체

샹들리에 불이 밝혀진 서재 데스크 위에는 포장을 푼 석고팔이 놓여 있었고, 그걸 둘러싸고 박사, 노자키, 히라타, 세 사람이 서로 얼굴을 맞대고 있었다.

"히라타 군."

박사가 침묵을 깨고 말했다.

"군은 아까 자네 말고도 다섯 명의 세일즈맨이 채용되었다고 말했어요. 그 다섯 명이 중학교에 가지고 간 석고상은 모두 같은 것이었나요?"

"아니요, 안 그랬던 것 같아요. 목만 있는 상, 목이나 팔다리 없이 몸통만 있는 상, 다리 상도 있었던 것 같아요. 자세히는 기억이 안 나요."

"역시 그렇군요."

박사는 고개를 끄덕이며 혼잣말을 했다.

"정말 무시무시하군. 만약 내 상상이 맞는다면 이건 믿을 수 없이 끔찍한 범죄사건이야. 하지만 생각만 하고 있으면 소용 없어. 과연 내 상상이 맞는지 시험해 보면 알겠지. 노자키 군, 미안하지만 자네가 쇠망치 좀 찾아와주지 않겠나."

"네? 쇠망치라고요?"

노자키 조수는 흠칫 놀라 되물었다.

"어, 쇠망치. 다른 걸로는 이 악몽 같은 의혹을 해소할 수 없거든."

노자키는 쇠망치를 찾기 위해 서재를 나갔다. 그때 서생이 들어와 사토미 기누에의 방문을 알렸다. 약속대로 다시 박사의 집을 찾아온 것이다.

잠시 후 망치를 찾으러 갔던 노자키와 함께 기누에의 아름다운 모습이 서재에 나타났다. 기누에가 정중히 인사를 하자 박사는 다짜고짜 질문을 던졌다.

"동생은 당신과 많이 닮았죠?"

"무슨 말씀이신지요?"

기누에가 당황하며 되물었다.

"얼굴 말이요, 얼굴."

"네, 많이 닮았어요. 우리는 그렇게까지 생각하지는 않았지만 다른 분들은 판박이처럼 닮았다고 말씀하셨거든요."

"좀 이상한 질문이긴 한데, 동생분의 오른팔에 뭔가 표식이 될 만한 게 있을까요? 팔만 봐도 동생분인지 알 만한 표식."

"오른팔요?"

기누에는 정상이 아닌 듯한 질문을 받자 더 당황했는지 바로 대답하지 못했다. 너무 어처구니가 없어 박사의 진의를 헤아리기 어려운 모양이었다.

"그래요, 오른쪽이요. 점이라든지 상처 자국이라든지 뭐 기억나는 거 없습니까?"

"네, 있어요. 동생은 어렸을 때부터 장난꾸러기라서 오른쪽 손바닥에 크게 베인 상처가 있어요. 지금도 뚜렷이 남아 있죠. 하지만 어째서 그런 걸 물으시는지요. 아, 그럼 혹시……."

겨우 깨달았는지 기누에는 거기까지 말하고 갑자기 입을 다물었다. 그리고 얼굴이 점점 파리해지면서 입술에 핏기를 잃었다. 입술이 파르르 떨리기 시작했다.

"아니, 그렇게 놀랄 건 없어요. 그저 내 공상입니다. 아무리 그래도 그런 어처구니없는 일이 생기는 건 아니겠죠."

하지만 그건 박사의 짐작일 뿐 기누에는 그 의미를 알지 못했다. 설마 박사가 바로 앞에 있는 데스크 위의 석고상을 말하는 것이라고는 조수 노자키조차 믿기 힘들 정도였으니까.

여기서 잠깐 독자 여러분의 주의를 촉구하자면, 모두 그렇게 열중해 있는 동안 불량청년 히라타 도이치가 서재를 빠져나가 어디론가 사라졌다.

그는 사토미 기누에가 방문할 걸 알고 자리를 피해준 걸까. 아니, 히라타는 그렇게 사려 깊은 청년이 아니다. 그러면 뭔가 다른 이유가 있는 걸까. 전에 말했던 대로 소매치기나 날치기가 상습이던 그가 혹시 저택 안의 멋진 세간을 보고 또 나쁜 마음을 먹은 건 아닐까.

어느 쪽이든 그때 히라타가 서재에서 나가 밖을 돌아다닌 것은 나중에 일어날 일과 중요한 관계가 있으니 독자 여러분도 잘 기억해두기 바란다.

그 일은 좀 접어두기로 하고, 겨우 마음을 먹은 구로야나기 박사가 망치를 들었다. 그는 갑자기 생각난 듯이 말했다.

"아, 사토미 씨. 당신은 잠시 자리를 피해 있는 게 좋을 것 같군요. 만일(정말로 만일이지만) 좋지 않은 일이 생길 수도 있으니까요."

"아니요, 괜찮아요."

박사가 말하는 의미를 어렴풋이나마 헤아린 기누에가 대답했다.

"정말로 괜찮아요. 제가 이래 봬도 꽤 강단이 있으니까 어떤 일이 생기더라도 폐를 끼치지는 않을 거예요."

"그렇습니까. 제 판단이 틀릴 수도 있으니까요. 아무 일도 아니겠지만."

박사는 말이 끝나기 무섭게 망치를 들어 올려 탁상의 석고상을 가격했다.

퍽 하는 소리와 함께 흰 파편이 마구 튀었다. 받침대 위의 손끝이 산산조각 났고, 그 사이에서 납빛 포목 같은 것이 불쑥 모습을 드러냈다.

과연 박사의 상상은 적중했다. 석고상 안에는 정말 무시무시한 범죄의 증거가 숨겨져 있었다. 석고상이 박사나 노자키 조수를 감탄시킨 것은 결코 그걸 만든 사람이 훌륭해서가 아니었다. 그건 한 겹의 석고 박피 속에 싸여 있던 인육 자체의 균형미에 불과한 것이다.

박사와 노자키 조수가 놀란 것은 물론이고, 사토미 기누에가 경악하는 모습은 보기에도 끔찍했다. 기누에는 한동안 무슨 일인지 깨닫지 못한 채 그저 멍하니 부서진 손끝을 바라보고 있었다.

그녀는 마침내 그 의미를 깨달았는지 갑자기 숨을 들이켜는 바람에 반사적으로 뒷걸음을 치게 되었다. 하지만 사람들의 눈을 의식했는지 입술이 하얗게 될 정도로 깨문 채 어떻게든 버티고 서서 휘둥그레진 눈으로 심하게 부패한 살을 응시했다.

박사는 기누에의 모습을 살필 여유가 없었다. 그는 황급히 받침대에서 손목을 떼어내어 손바닥을 살펴보았다. 부패해서 짓무른 상태인데도 커다란 상처 자국이 역력히 보였다. 사토미 요시에의 팔이라는 것은 더 이상 의심할 여지가 없었다.

"어, 선생님. 사토미 씨가."

느닷없는 외침에 놀란 박사가 뒤를 돌아보니, 가엾은 기누에가 정신을 잃고 노자키의 팔에 쓰러져 있었다.

청년 사라지다

경악과 공포를 이기지 못하고 잠시 정신을 잃었던 사토미 기누에는 박사와 노자키 조수의 보살핌 덕에 곧 의식을 되찾았다. 그리고 자신이 실신한 까닭이 꿈이나 환상 때문이 아니라 결코 되돌릴 수 없는 진실 때문이라는 걸 깨달았다. 그녀는 사랑하는 동생을 잃은 주체할 수 없는 슬픔에 체면 불고하고 주저앉아 울고 말았다.

"딱하군요. 정말 끔찍하네요. 저는 오랫동안 범죄를 접했지만 이런 잔혹한 놈은 처음입니다. 그래도 아직 실망하지는 말아요. 전후 사정이나 손의 상처를 생각하면 동생분인 것 같긴 하지만 아직 단정할 수 없으니까요. 조사해서 정말 당신 동생인지 확인해봐야죠. 울고 있을 때가 아니에요. 사실을 확인해야 합니다."

박사는 쓰러져 있는 기누에의 어깨를 토닥이며 거듭 위로하다가 갑자기 생각난 듯 노자키 조수를 돌아보며 말했다.

"그런데 그 청년은 어떻게 된 거야? 히라타라고 했던가, 돌아가지는 않았겠지?"

"아까까지 있었는데, 그만 이쪽 일에 정신이 팔려서요."

"이상한 사람이군."

바로 그 순간 저택 어딘가에서 "으억" 하는 이상한 비명이 들려왔다. 남자 목소리였다. 극도로 놀랄 때 지르는 소리랄까 공포가 느껴지는 외침이었다.

"누굴까요?"

노자키 조수는 창백해진 얼굴로 가만 귀를 기울였다.

박사는 일말의 동요도 없이 벌떡 일어나더니 뭔가 짚이는 일이 있는 듯 조급하게 탁상 벨을 눌렀다.

"자네, 지금 뭔가 큰 소리를 낸 거 아니지?"

서생이 들어오자마자 박사는 급히 질문을 던졌다.

"아니요, 현관 옆방에서 독서하고 있었습니다."

서생이 허겁지겁 대답했다.

"그럼 역시."

박사는 황급히 문 쪽으로 가며 말했다.

"내가 잠시 둘러보고 올 테니 자네들은 사토미 씨를 돌보고 있게."

박사의 모습이 문밖으로 사라지더니 잠시 후 옆방에서 "노자키 군, 노자키 군" 하며 야단스럽게 부르는 소리가 들렸다.

노자키 조수가 달려가 보니 박사는 적잖이 흥분한 모습으로 고함치며 방마다 돌아다니고 있었다.

"히라타가 없어. 확실히 이쪽에서 비명 소리가 났는데 어느 방을 찾아봐도 없어. 아, 신발. 자네 현관 신발 좀 살펴보게."

노자키가 부랴부랴 현관으로 가보니 청년이 들어왔을 때 신었던 눈에 익은 신발이 떡하니 있었다. 나머지 신발도 그대로 였다. 그 사실을 보고하자 박사는 한술 더 떴다.

"그럼 자네도 찾는 걸 돕게. 신발이 있는 걸 보니 집 안에 있을 테니."

박사는 선두에 서서 절뚝거리며 방마다 찾으러 다녔다.

이상한 일도 다 있었다. 비명 소리가 난 후 고작 2~3분 사이에 사람이 없어진 것이다. 숨을 만한 곳을 다 찾아봤지만 결국 히라타를 발견할 수 없었다.

"맨발로 돌아간 걸까? 하지만 그가 맨발로 돌아가야 했던 이유가 있었을까?"

집 안을 한 바퀴 돌고 난 박사는 노자키 조수와 얼굴을 마주치 자 잠깐 멈춰 서서 중얼거리더니 또 조급하게 복도 반대편으로 걸어갔다.

잠시 후 대문 쪽 방에서 또다시 박사의 고함이 들렸다.

"노자키 군, 노자키 군. 이 창은 자네가 열었나?"

노자키가 와보니 항상 잠가놓는 손님방 창문 하나가 열려 있었다.

창밖에는 자갈이 깔린 공터가 있었다. 주차장으로 쓰는 곳이 었는데, 그 너머로 대문이 보였다.

"이상하네요. 물론 제가 그러지 않았습니다."

"그래? 그럼 어디 서생이나 하녀들에게 물어보지."

박사가 불편한 다리를 끌며 또 걸으려 했다. 노자키는 황급히 그러지 마시라고 말리며 복도로 가서 큰 소리로 사람들을 불렀다.

잠시 후 서생과 운전사, 세 하녀가 손님방에 얼굴을 드러냈다. 사람들 뒤로 사토미 기누에의 새파랗게 질린 얼굴도 보였다.

조사해 보니 아무도 그 창을 연 사람은 없었다. 한 하녀는 저녁에 청소할 때 창이 잠겨 있었던 것을 확실히 기억한다고 말했다. 그렇다면 불량청년 히라타는 도둑처럼 그 창으로 도망친 걸가. 창밖에는 온통 자갈이 깔려 있어 발자국을 발견할 수 없었지만 아무리 생각해도 다른 방도가 없는 듯했다. 하지만 그는 왜 하필이면 그렇게 불편한 방법을 택했을까. 집 안에서 물건을 훔쳐서 나간 걸까.

물론 그 생각을 한 박사도 그를 찾으러 방마다 돌아다닐 때 주의 깊게 살펴봤지만 분실한 물건은 하나도 없었다. 무엇보다 의심스러운 건 방금 전의 괴상한 비명이었다. 아무래도 히라타가 자유의지로 이 창문을 넘어 도망쳤다고 생각할 수 없는 점이 있었다.

"자네는 현관 옆방에 있었다고 했는데 사람이 몰래 빠져나간 걸 눈치채지 못했나?"

박사는 서생에게 물어보았다.

"창가에서 떨어진 곳에서 책을 읽고 있어 몰랐습니다."

서생은 정말 아무것도 모르는 눈치였다. 그 시간에 운전기사도 마침 부엌에 있었던지라 대문 쪽에 주의를 기울인 사람은 아무도 없었다.

박사는 서생에게 대문 밖까지 보고 오라고 지시했지만 밖에도 의심스런 사람은 전혀 없었다.

결국 히라타는 무슨 영문인지도 모른 채 집 안에서 연기처럼 사라졌다고밖에 달리 생각할 수 없었다. 그는 아무래도 손님방 창문으로 나간 듯했으나 딱히 그곳을 통해 몰래 나가야 할 이유를 발견할 수 없었다.

"제3자를 생각해보면 어떨까요?"

침묵을 깨고 노자키 조수가 박사의 안색을 살피며 말했다.

"좋아. 그 외에는 다른 방도가 없겠군. 자네는 제3자가 누구라고 생각하나?"

"이나가키라고 자처하는 남자요. 너무 소설 같을지 모르겠지만 저는 아무래도 그런 느낌이 듭니다. 놈은 처음부터 우리 뒤를 밟았는지도 몰라요. 속을 알 수 없는 악당이니까요. 사람을 죽이고 시신을 매물로 내놓을 정도로 유별난 놈이잖아요. 아무 의미 없이 홧김에 사람을 죽이고도 태연할 놈이에요."

"그러면 그놈이 청년을 죽였다는 말인가?"

"증거는 없죠. 하지만 그런 냄새가 풍깁니다. 히라타 군이 쓸데없는 말을 하지 않았다면 놈의 범행이 이렇게 빨리 발각되지 않았겠죠. 히라타만 없었으면 하는 생각을 하니 벌컥 화가 치밀어 살인마의 머리가 돌아버렸을 수도 있다고 봐요. '으억' 하는 소리는 목이 졸린 히라타 군이 괴로운 나머지 지른 비명이 아닐까 생각하기도 했거든요."

"목을 졸라 죽인 후 시신을 겨드랑이에 끼고 창문으로 도망쳤다는 말이군. 하하하하하하, 자네는 제법 소설가 같네. 그러면 내일쯤 히라타의 시체가 또 어디 쇼윈도를 장식할지도 모를 일이군."

박사는 농담같이 말했지만 사실 노자키 조수의 공상을 딱히 부정하는 것 같지는 않았다.

잠시 후 서재로 돌아가서 박사는 경시청 형사부 수사과에 전화를 걸어 평소 알고 지내는 나미코시波越 경부를 집으로 불렀다.

나미코시 경부라면 경시청 최고의 명탐정으로 꼽히는 유명인사인데 전에 박사에게 의견을 들으러 온 적이 있었다. 그 일이 있은 후 이 의족의 범죄학자와 나미코시 경부는 무슨 일이 생길 때마다 둘도 없는 의논상대가 되었다.

나미코시 경부는 박사의 보고를 듣고 매우 놀란 모양이었다. 제아무리 나미코시 경부라도 석고를 입힌 팔은 처음 경험한 듯했다. 그는 곧바로 찾아가서 자세한 이야기를 듣겠다며 전화를 끊었다.

수화기를 놓고 박사는 다시 사토미 기누에 쪽을 보며 말했다.

"사토미 씨, 만약 이게 동생분의 시신이라면 말도 못하게 안타까운 일입니다. 지금 경찰에서 사람이 온다니 공동으로 조사해 볼 작정입니다만, 당신은 여기 있어봤자 소용없어요. 게다가 몸도 안 좋은 거 같은데 먼저 돌아가면 어떨까요?"

그리고 덧붙여 말했다.

"노자키 군, 댁까지 모셔다 드리게."

잇달아 기괴한 일과 맞닥뜨린 탓에 겁에 질린 기누에는 문밖이 너무 어두운 데다가 동생을 죽인 악마가 아직도 어슬렁거리고 있을 것 같아서 도저히 혼자 돌아갈 용기가 없었다. 실례라는 생각은 들었으나 노자키가 "돌아가시지요"라고 말하자 선뜻 그 호의를 받아들일 수밖에 없었다.

운전기사가 떠날 채비를 하는 동안 두 사람은 좁은 자동차에 나란히 앉았다.

기누에의 집은 스가모巢鴨에 있어 꽤 먼 거리였지만, 노자키에게는 기누에와 동승한 시간이 매우 짧게 느껴졌다.

기누에는 자동차 한쪽에서 고개를 숙인 채 침묵했다.

무릎과 무릎이 부딪칠 때마다 노자키는 흠칫 놀라며 다소 긴장했지만 입으로는 위로의 말을 건넸다. 기누에가 자신을 어떻게 생각하는지 이상하게 신경이 쓰였다.

초반에는 그의 위로에 그저 고개만 끄덕이며 아무 대답도 하지 않던 기누에도 시간이 흐르자 드문드문 입을 열기 시작하더니 의지할 사람 없었던 그들 자매의 쓸쓸한 가정사에 대해 이야기했다.

"만약 동생분이 안 계시면 당신은 어머니와 단둘만 남겠군요."

"네, 정말 쓸쓸한 생활이죠. 돌아가서 어머니께 뭐라 말씀드릴지 벌써부터 그게 걱정이에요."

"사실이 확인되기 전까지는 말씀드리지 않는 편이 나을지도 모르겠네요. 이럴 때 의논을 할 만한 친척이나 가까이 지내시는 분 안 계신지요. 혼자서는 불안하실 텐데요."

노자키는 말하고 나서 얄궂은 것을 물었다는 생각이 들었다. 왜냐하면 그 질문에는 내심 기누에에게 애인이라 할 만한 사람이 있는지 확인하려는 의도도 있었기 때문이다.

"도쿄에 친척이 한 분 계시긴 해요. 하지만 아버지가 좀 유별난 분이셨기 때문에 두 분 사이가 안 좋았죠. 자별한 분이 안 계신 건 아니지만 우리는 시골에서 오래 살았기 때문에 이럴 때 가까이에서 힘이 되어주실 분은 안 계세요. 만약 그런 분이 계셨다면 여자인 제가 나서서 선생님을 찾아뵙는 일은 없었을 거예요."

노자키는 그 말을 듣자 비열하게도 기쁨 비슷한 것을 느끼지 않을 수 없었다.

"그러시군요. 곤란하시겠네요."

그는 담담한 어조로 말하고 입을 다물었다. 그러나 실상은 "안심하십시오. 이렇게 친분이 생겼으니 분명 제가 도움이 되어 드릴 거니까"라는 말이 목구멍까지 차올랐으나 너무 무례하게 들릴지 몰라서 망설인 것이었다.

노자키가 무뚝뚝하게 입을 다물고 있자 기누에는 혹시 자신이 너무 허물없이 말한 건 아닐까, 혹시 치사하게 구원을 요청하는 것처럼 들리지는 않았을까, 요새 여자답지 않게 자신감 없이 그런 생각이나 하며 내심 수줍어했다.

어색하면서도 가슴 설레는 침묵이 두 사람 사이를 흐르는 가운데 자동차가 너무 빨리 목적지에 도착해버렸다.

"댁까지 모셔다드릴까요?"

간신히 할 말을 찾은 노자키는 기누에의 안색을 살폈다.

"아니에요, 오히려 무슨 일이 있는 것처럼 보일 것 같아요."

차에서 내린 기누에는 그렇게 대답하고 고개 숙여 정중히 인사했다.

"그렇군요. 어머니께서 아무것도 모르시니 오히려 이상해 보이겠군요."

노자키가 허둥지둥 대답했다.

"그러면 실례하겠습니다. 필요한 일이 생기면 망설이지 마시고 선생님 댁으로 전화 주십시오. 제가 늘 집에 있으니까요."

노자키는 아까부터 벼르고 벼르던 말을 헤어지기 직전에야 아주 서툴게 말했다. 그리고 꾸벅 인사를 한 후 다시 차 안으로 들어갔다.

"여러 가지로 감사했습니다. 선생님께도 잘 말씀해주세요."

차가 출발하려 하자 기누에는 한 번 더 공손히 인사를 한 후 고개를 들고 노자키의 얼굴을 물끄러미 바라보았다.

차 안에 있던 노자키는 일부러 뒤를 돌아보지 않았지만 마음속에는 방금 헤어진 기누에 생각밖에 없었다. 설레는 가슴을 안고 마지막 순간 그녀가 자신을 바라본 눈길이 무엇을 의미하는지 파악하느라 제정신이 아니었다.

제2의 석고상

구로야나기 박사가 석고상의 비밀을 발견한 다음다음 날 신문에는 여직원 잔혹살인사건 제2보로 다음과 같은 기사가 실렸다. 사회면 상단 4단을 꽉 채운 표제기사였다.

또다시 여자 한쪽 다리
D중학교 미술교실에서 발견

사람인가 악마인가? 경천동지할 살인마의 소행

이미 보도한 대로 간토빌딩 여직원 살해사건은 구로야나기 박사의 혜안에 힘입어 놀라운 사실이 밝혀진 바 있다. 잔혹하게 살해된 사토미 요시에의 오른팔이 석고상으로 만들어져 간다구 O초의 표구상 쇼윈도에 진열되었던 것이다. 그런데 오늘 또다시 요시에의 시신 두 번째 부분이 다른 곳도 아닌 D중학교 미술실에서 발견되었다. 범인은 피해자 요시에의 시신을 몇 토막으로 절단해 석고를 씌운 후 사생용 표본으로 여러 곳에 판매했던 것으로 보인다. 경시청에서는 아무 의미도 없고 대담무쌍한 범행으로 미루어보아 범인이 잔혹한 정신병자일 것으로 추정하고 있다. 현재 백방으로 찾는 중이지만 아직 어떤 단서도 잡아내지 못한 상태이다.

깨진 석고상 틈으로 인육이
한 학생의 과실로 우연히 발견

어제 D중학교 16교실에서는 2학년 A반 3교시 수업 중 학생 E가 사생용 표본인 석고상을 실수로 건드리는 바람에 여자 다리를 본뜬 석고상이 단상에서 떨어져 깨졌다. E는 황급히 석고상을 주우려 표본 위로 몸을 구부렸다. 그런데 갑자기 그가 악 하고 비명을 지르며 도망가서 무슨 일인가 가까이 가보았더니 깨진 석고상 틈으로 썩어 문드러진 인육이 드러나 있었다고 한다. 놀란 미술교사 G씨가 양호실에 가져가 동료교사들과 함께 살펴보았는데, 그 석고상은 허벅지 부분부터 절단된 사람 다리에 석고를 바른 것이었다. 이러한 급보에 경찰 측에서는 감식과 S경부, 간토빌딩 여직원 살해사건 담당인 나미코시 경부 등이 출동했다. 경찰은 문제의 석고상을 회수해 제국대 F박사에게 감정을 요청하는 한편 자칭 이나가키라고 하는 범인의 지시에 따라 석고상을 D중학교에 들고 간 세일즈맨들을 수사했다. D중학교에서는 일시적으로 수업을 중지하고 교실을 청소하는 등 큰 소동이 벌어졌다.

헝겊이라고 생각했다
E군 몸서리치며 증언

"수업 중에 질문이 있어 교단 쪽으로 가던 중이었어요.

석고상 옆을 지나가는데 소맷자락이 닿자 큰 소리를 내며 석고가 떨어졌죠. 큰일이라는 생각에 석고상을 주우려는데 무릎 쪽에 큰 균열이 생기고 그 사이로 쥐색을 띤 물체가 보였습니다. 처음에는 더러운 자투리 헝겊을 석고상 심지로 채운 줄 알았는데 자세히 보니 그게 아니었어요. 인육이라는 건 몰랐지만 정말 상당히 섬뜩하게 느껴졌죠. 저는 악 소리를 지르며 비켜섰어요. 그렇게 오싹한 걸 본 건 생전 처음이었죠. 오늘은 밥도 못 먹을 것 같아요."

전대미문의 괴사건
구로야나기 의학박사 인터뷰

이 소식을 듣고 사토미 요시에 잔혹살인사건의 최초 발견자인 구로야나기 박사를 방문했다. 박사는 그 유명한 의족을 달그락거리는 소리를 내며 놀라운 의견을 제시했다.

"조만간 드러날 거라고 생각했습니다. 앞으로도 또 드러나겠죠. 외국의 예를 보아도 살인범은 대개 운반의 편의를 위해 시체를 여섯 토막으로 절단합니다. 머리, 몸통, 양팔, 양다리, 이렇게 여섯 토막을 만들죠. 이번 경우도 아마 여섯 토막일 것입니다. 즉, 아직도 나머지 네 토막은 어느 학교에 남아 있을 거란 말이죠. 이 사건은 정말 전대미문의 괴사건이라 생각합니다. 왜냐하면 시체를 석고상으로 만들어 여러 학교에 배포한 범인의 정신상태 때문이죠. 일반적인 사고로 판단할 수 없는 것 같습니다. 전체 수법을 보면 범인은 매우 영리합니다. 석고상이 깨지면 금세 내용물이 발각되리라는 것 정도는 잘 알고 있겠죠. 그럼에도 불구하고 시체를 사람들의 눈앞에 노출하는 행위를 보이는 것은 무슨 까닭일까요. 범인은 처음부터 시체를 숨기려 했던 것이 아닙니다. 오히려 시체를 희롱하며 세상 사람들을 야유하려 한 것이죠. 자신의 잔혹함을 과시하여 세간을 깜짝 놀라게 하고 싶었던 것입니다. 외국의 범죄자들에게 이런 전례를 찾아볼 수 없는 건 아니지만 석고상을 만들어 학교에 배포한다는 착상은 사실 전대미문이라 할 수 있죠. 범인은 경찰에서 말한 것처럼 틀림없이 정신병자일 겁니다. 하지만 이른바 사고력이 저하된 광인이 아닙니다. 악행에 관해서라면 그는 보통 사람 이상으로 예민한 머리를 가진 것이 틀림없습니다. 내 상상에 지나지 않지만 범인은 사토미 요시에 한 명만 죽이지는 않았을 겁니다. 어제 귀사에서도 히라타 도이치라는 청년이 그의 독수毒手에 걸렸다는 보도를 했지만, 아마 그 외에도 여성 피해자가 많을 거라 생각합니다. 정말 어처구니없이 무시무시한 자가 나타난 겁니다. 경찰이 하루 빨리 진범을 찾아내주길 바랍니다. 저도 미력하게나마 제 식으로 범인 수사를 해볼 생각입니다."

신문지 끝자락이 목욕물에 젖어 너덜거리자 그는 다 읽은 신문지를 뭉쳐 구석으로 던졌다.

그곳은 아담하지만 제법 사치스러워 보이는 서양식 욕실이었다. 모조 대리석 도기로 덮인 바닥에는 직사각형 욕조가 매립되어 있었고, 욕조 안에는 우윳빛 목욕물이 채워져 있었다. 욕실 한가득 수증기와 향기가 감도는 가운데 구로야나기 박사는 얼굴만 물 위로 드러낸 채 우윳빛 물에 전신을 감추고 있었다. 그는 자신의 인터뷰가 실린 석간을 열심히 읽고 있었다.

앞서 구로야나기 박사가 기인이라는 말을 했지만 목욕도 그의 기이한 습관 중 하나였다. 그는 거의 하루에 한 번씩 욕조에 몸을 담근 채 독서를 하거나 명상에 빠지는 습관이 있었다. 어떤 때는 욕조에서 두세 시간 있으며 자신의 생각에 도취되기도 했다. 그동안 욕실 문은 안에서 잠가놓고 아주 급한 용건은 욕조 책장에 설치해놓은 실내전화를 통해 서생이나 조수에게 전달했다. 손님이 방문한 경우에는 서생이 전화를 걸어 박사를 불러냈다.

이것이 이른바 박사의 유메도노[14]였다. 송구스런 비유지만 옛날 쇼토쿠태자聖德太子가 유메도노 명상을 토대로 이 나라의 정사政事를 처리한 것처럼 구로야나기 박사는 욕실 묵상을 통해 학문적 발상이나 범인추리에 활용할 만한 기막힌 착상을 얻었다.

문을 걸어두는 것은 묵상을 흩뜨리지 않기 위함이었지만, 한편으로는 불구가 된 흉한 다리를 다른 사람이 보게 될까

....
14_ 夢殿. 호류지法隆寺 동원東院을 대표하는 건물. 일본에 불교를 중흥시킨 쇼토쿠태자가 『법화의소法華義疏』 등을 쓸 때 꿈에서 부처가 나타나 교시를 주었다는 전설 때문에 유메도노라고 칭하게 되었다.

두려워한 까닭도 있다. 우윳빛 약탕을 목욕물로 쓰는 것도 같은 이유 때문이었다.

신문을 던진 박사는 탕에 몸을 담그고 지그시 눈을 감은 채 움직이지 않았다. 10분, 20분이 지나도 박사의 표정은 자는 것처럼 평온했다.

그때 따르릉 전화벨이 울렸다. 서생이 건 전화였다.

박사는 탕 위로 상체를 내놓고 책장 위의 수화기를 들어 화난 목소리로 말했다.

"무슨 일이야?"

"나미코시 경부가 오셨습니다. 급한 일이라고 하십니다."

서생의 목소리가 벌벌 떨렸다. 목욕 중에는 박사가 늘 화를 내기 때문이었다.

"응접실로 안내해드려."

박사는 수화기를 내려놓고 또 한 번 욕조에 전신을 담갔다.

푸른 수염

잠시 후 응접실 원형테이블 양편에는 목욕가운 차림의 구로야나기 박사와 경시청 수사과 나미코시 경부가 마주 앉아 있었다. 경부는 사건이 일어난 후 두 번째 방문이었다.

"박사님 예언이 맞았습니다. 오늘 아침 신문을 보고 중학교와 여학교에서는 여기저기 난리도 아니었습니다. 혹시 자기 학교에도 시체가 들어 있는 석고상이 있을까 봐서요. 그런데 나머지 부분, 즉 목과 몸통, 왼쪽 팔다리가 다 모였어요. 아자부麻布의 S중학교, 간다神田의 T여학교와 O미술학교, 아오야마青山의 B중학교, 이렇게 네 학교에 배포되었더군요. 그게 오늘 전부 경시청에 도착해서 얼른 대학으로 보냈습니다. 혹시 몰라 동일인의 시체인가 검사해 보려고요. 하지만 비전문가 눈에도 절단된 여섯 토막을 붙여보면 여자 한 명이 온전히 만들어질 것 같긴 했습니다."

나미코시 경부는 귀신같다는 명성에 어울리지 않게 온화한 표정으로 미소까지 띠우며 마치 거래라도 하듯 무심한 어조로 보고했다.

"정말 특이하군요. 대담무쌍한 나머지 살인 따위는 아무것도 아니라는 건지. 그게 아니라면 미치광이의 소행일 수도 있겠군요. 그래서 수사는 진행되고 있습니까?"

박사도 경부 못지않게 표정을 드러내지 않고 사무적으로 말했다.

"간토빌딩에서 이나가키의 특징을 조사해서 각 서에 통지한 건 물론이고, 시내 차고들도 수배해 그날 료코쿠바시 부근에서 이나가키와 요시에를 태운 자동차를 찾아보고 있습니다. 그들이 료코쿠바시에서 내린 건 틀림없이 행선지를 들키지 않으려는 거겠죠. 일단 내려 다른 차로 갈아탔을 겁니다. 료코쿠바시 부근의 S초를 샅샅이 뒤졌는데도 아무 단서가 없더군요."

"잘 생각하셨네요. 결과는요?"

"아직입니다. 그 밖에는 이나가키가 간토빌딩 사무실을 빌렸을 때 가구와 상품을 구입한 가게를 수소문했는데 놈은 정말 용의주도하더군요. 전화로 주문해서 어느 가게에도 얼굴을 드러내지 않았습니다. 물론 첫 거래여서 이나가키의 자택을 아는 사람도 없었고요. 혹시 몰라 이나가키가 간토빌딩에 등록해놓은 주소도 조사해 보았는데 아시다시피 그 번지에는 아무도 살지 않았습니다. 순 엉터리죠."

"그래서요?"

"그게 다입니다. 손쓸 방법이 없어요. 료코쿠바시에서 놈을 태웠던 자동차를 발견하기 전에는 수사 전망도 세울 수 없는 정도입니다. 하지만 사건이 사건이다 보니 신문에서도 많이 다뤄져서 수뇌부에서도 말이 많아요. 그 여파가 고스란히 저한테 오니 죽겠습니다. 사실 좀 불안해서 또 박사님의 지혜를 좀 빌리려고 찾아왔습니다."

"지금은 별 생각 없어요. 그냥 기다리는 겁니다."

"무엇을요?"

"범인이 내게 접근해 오는 걸요."

"접근해 온다고요?"

"놈은 내가 적이라는 걸 알았어요. 나를 미워하겠죠. 어쩌면 두려워할 수도 있겠군요. 누구라도 적은 그냥 내버려두지 않습니다. 두고 보세요. 놈은 분명 나를 감시할 겁니다. 나를 미행하겠죠. 그리고 내가 무슨 생각을 하나 찾아내서 나보다 선수를 치려 할 겁니다. 이 정도로 나쁜 놈들은 결코 적에게서 도망치지 않습니다. 오히려 반대로 적에게 접근하죠. 그게 진정 안전한 방법이니까요."

"그런가요."

나미코시 경부는 뭔가 미심쩍은 얼굴이었다.

"실제로 놈은 내가 이 사건에 손을 댔을 때부터 나한테 접근했잖습니까. 놈은 그날 내내 우리 뒤를 밟았던 겁니다. 그랬으니까 우리 집에서 히라타를 데리고 나가는 곡예를 벌였겠죠. 두고 보세요. 2~3일 안에 놈은 분명 주변에 나타날 테니까요. 이로써 나와 놈의 대결이 시작될 겁니다. 그때는 두말할 것 없이 당신에게 원조를 청해야겠죠."

구로야나기 박사는 확실히 믿을 만한 곳이 있는 것처럼 말했다. 나미코시 경부는 박사가 그렇게 확신하는 데에는 아직 털어놓을 수 없는 다른 이유가 있을지도 모르겠다는 생각을 했다.

"말씀하신 대로 이 사건은 자동차를 찾거나 현상수배 전단을 배포해 용의자를 물색하는 것 외에는 달리 방법이 없어요. 어쩌면 그 방법보다도 내 소극적인 방법이 빠를 수도 있고요."

그렇게 말하고 히죽 웃던 박사는 갑자기 태도를 바꿔 말을 이어갔다.

"그런데 저번에 부탁드렸던 건 좀 더 기다려야 할까요?"

"아차, 까맣게 잊고 있었네요. 가져왔습니다. 가출한 여자 사진 말씀이시죠?"

"네, 그거요. 최근 한두 달 동안 행방불명으로 신고된 젊은 여자들 사진을 모아달라고 했었죠."

"가능한 대로 다 모았습니다. 사진이 없는 것도 많았지만 그래도 오십여 장을 가져왔어요."

"충분해요."

박사는 사진을 받아 한 장 한 장 보더니 마침내 오십여 장 중에서 세 장만 골라 테이블 위에 펴놓았다.

"이 세 사람은 어딘가 좀 닮지 않았나요?"

"그러네요. 그 말씀을 들으니 닮은 데가 있는 것도 같습니다."

경부는 미심쩍게 대답했다.

"그런데 이 사진 속의 세 사람과 많이 닮은 사람을 최근에 본 것 같지 않아요?"

나미코시 경부는 묘한 표정을 지었다. 그리고 잠시 생각에 잠기더니 퍼뜩 어떤 일을 떠올리고는 놀라서 소리쳤다.

"사토미 기누에네요."

"닮았죠. 자매라고 할 만큼은 아니어도 적어도 미인이지만 코가 낮고 인중이 매우 좁은 건 확실히 닮았어요. 기누에 씨와 죽은 요시에 씨 경우는 자매이기도 하고, 실제로도 몹시 닮았더군요. 그렇다면 피해자인 요시에 씨와 이 사진 속 세 아가씨의 얼굴이 비슷한 특징을 가진 셈이죠."

"대체 무슨 말씀을 하시는지 잘 모르겠습니다."

나미코시 경부는 박사가 돌려 말하자 내심 조바심이 들었다.

"내 공상이죠. 심리적으로 상당히 근거 있는 생각입니다. 하지만 일반적인 사고로 공상이라고 치부해도 별수 없죠. 나는 이번 범인이 이른바 서양에서 말하는 '푸른 수염'과 유사하게 일종의 변태 아닌가 생각했어요. '푸른 수염'이라고 하면 너무 막연하긴 합니다. 그중에, 이를테면 랑드뤼[15] 같은 사람은 여자의 재산을 노렸는데 이 사건의 범인은 그렇지는 않은 것 같습니다. 다만 여자와 관계하는 족족 죽이죠. 죽여야만 직성이 풀리는 잔혹한 색정자色情者인 듯합니다. 이번이 첫 살인이 아니라 과거에도 몇몇 피해자가 있었음에도 불구하고 여태 발각되지 않은 것 같다는 생각이 들어요."

"어째서요?"

"아무 원한도 없이 그저 신문광고를 통해 모집한 여자를 시체로 만들어 절단하고, 거기다 가공까지 해서 여러 사람들 눈에 띄게 하잖습니까. 살인이 처음이라면 미친 사람 아니고서야 너무 대담무쌍하죠.

처음에는 그저 죽이기만 했을 테지만 점점 그것만으로는 만족이 되지 않아 더 잔혹해지고, 마침내 시체를 절단해 시중 여기저기에 진열해보고 싶다는 생각에 이른 거죠. 그러니까 요시에의 살해는 이미 몇 사람을 해치우고 난 후에 저지른 범죄라고 생각하는 편이 자연스럽지 않을까요."

"그런 식으로도 생각할 수 있겠네요."

"내 공상이 맞을 거라고 거의 확신합니다. 그리고 왜 신문광고를 내서 피해자를 모집했을까 그 의미를 생각해보았어요. 첫째,

---

15_ 앙리 D. 랑드뤼Henri Désiré Landru. 1869~1922. 다수의 여성을 유혹해 별장에 끌고 가서 금품을 빼앗고 살해한 후 시체를 소각하는 강도 살인범. 피해자 수가 200명 이상에 달한다. 1919년 체포되어 1922년 사형에 처해졌다.

단서를 남기지 않기 위해서입니다. 아무 연고 없는 사람을 죽이는 것만큼 안전한 것도 없기 때문이죠. 둘째, 가장 취향에 맞는 여자를 고를 수 있기 때문입니다. 그 결과 요시에 씨가 선택된 거라면 틀림없이 요시에 씨의 얼굴이 범인의 이상형인 거겠죠. 요시에 씨에게는 정말 두드러진 특징이 있어요. 코가 낮고, 인중이 극도로 짧습니다. 그래서 생각난 것이 행방불명된 아가씨들의 사진이죠. 이렇게만 말해도 다 아시겠지만, 지금 골라낸 사진 속 세 아가씨 말이에요. 행방불명되었던 당시의 상황을 조사해 보면 어떨까요. 의외로 그런 간접적인 면을 통해서도 범인의 신원을 알아낼 수 있을 것 같은데요. 한번 생각해본 거죠. 공상일 수도 있지만 다른 확실한 단서가 없으니 범인이 탄 자동차를 찾는 만큼의 노력을 여기에 한번 쏟아보는 것도 나쁘지 않을 것 같군요."

"알겠습니다. 지푸라기라도 잡고 싶을 때죠. 설사 공상이라 해도 그다지 번거로운 일도 아니고 일단 말씀하신 대로 해보겠습니다.

감사합니다. 역시 찾아온 보람이 있군요. 아무 생각도 없다고 하셔 놓고 이미 이만큼이나 추리를 진전시키지 않으셨습니까. 하하하하하하."

나미코시 경부는 그렇게 웃기는 했지만 속으로는 박사의 공상을 크게 신뢰하지 않는 듯했다.

독거미 줄

조수 노자키 사부로는 2~3일 동안 어딘지 모르게 얼이 빠져 보였다. 데스크 앞에서 일을 하다가도 어느새 일손을 놓고 멍한 눈으로 한곳만 가만히 응시하곤 했다. 박사가 눈치채고 건강은 괜찮은지 물어볼 정도였다.

어젯밤 사토미 기누에를 바래다준 이후 그는 오직 한 가지만 생각했다. 밤은 밤대로 잠을 이루지 못한 채 환영에 시달렸고, 낮은 낮대로 일이 손에 잡히지 않았다.

"이대로 헤어져야 하나. 이제는 만날 기회도 없고 이야기를 나눌 기약도 없는 걸까."

그는 본디부터 소심한 사람은 아니었지만 어찌 된 일인지 이 건에 관해서는 극도로 소심해졌다.

겨우 한번 만난 사람 때문에 이렇게 고민하다니 신기하다는 생각마저 들었다.

"눈 딱 감고 내가 한번 찾아가 볼까. 구실이 없는 건 아니니."

그는 하루에도 몇 번씩이나 그런 생각을 했다. 그리고 그걸 실행에 옮기기로 결심한 것은 나미코시 경부가 박사를 만나러 온 다음 날이었다. 오후 4시쯤, 노자키는 박사에게도 말하지 않고 몰래 저택을 나섰다. 마침 그때 박사가 오래도록 목욕을 하고 있어 **그 틈을 노린 것**이기도 했다.

목적지에 도착해서도 집 앞에서 들어갈까 말까 긴 시간 망설였다. 큰맘 먹고 격자문을 열어보니 여자들만 사는 집답게 한

평 남짓한 봉당이 깔끔하게 정리되어 있었다.

안으로 들어가서 사람을 부르자 장지문이 다소곳이 열리더니 트레머리를 한 기품 있는 노인이 나왔다.

"저는 구로야나기 박사 댁에서 왔습니다. 사토미 기누에 씨 계시는지요."

"그러십니까? 요전에 기누에가 귀찮은 일을 부탁드렸던 모양인데 여러 가지로 감사드립니다. 혹시 기누에를 데리러 오신 거라면."

노인은 요시에에게 닥친 불행 때문에 몹시 의기소침한 상태였다. 하지만 그런 속내가 드러나지 않도록 겉으로는 예스럽게 격식을 차리려는 듯했다.

"아니요, 그런 건 아닙니다."

노자키는 가슴이 두근거렸다.

그러자 노인은 의아한 얼굴로 이상한 말을 했다.

"댁에 계시다 오시지 않으셨습니까? 실은 방금 전에 박사님의 편지를 가지고 기누에를 데리러 온 사람이 있었습니다. 기누에는 그 차를 타고 갔습니다."

"박사님 댁으로요?"

"네, 그렇습니다."

"이상하네요, 몇 시예요?"

"이럭저럭 한 시간은 된 것 같습니다."

한 시간 전이면 박사는 욕실에 틀어박혀 있을 때였다. 노자키가 집을 나설 때도 자동차는 분명히 차고에 있었다. 예삿일이 아닌 것 같아 노자키는 가슴이 마구 뛰었다.

"그 편지가 집에 있습니까. 일이 좀 이상하게 돌아가는 것 같아서요."

"네, 가지고 있습니다. 잠깐 기다리십시오."

잠시 후 노인이 가지고 온 봉투를 열어보았다. 급한 일이 생겼으니 보낸 자동차를 타고 오라는 간략한 내용이었는데 박사의 필적과 전혀 달랐다.

"큰일 났네요. 가짜 편지입니다."

"네? 가짜 편지라고 하셨습니까? 그러면 기누에도 악당에게 납치되었다는 말씀입니까?"

노인은 안절부절못하고 일어서서 떨리는 목소리로 물었다.

"그럴지도 모릅니다. 하여간에 저는 일단 돌아가 봐야겠습니다. 혼자서 무서우시겠지만 제가 얼른 다시 오든지 아니면 다른 사람을 보낼 테니 잠시만 참고 계세요."

노자키는 사정이 딱한 노파를 혼자 남겨놓고 인사도 하는 둥 마는 둥 하고 나왔다. 큰길에서 택시를 잡아타고 곧장 박사의 저택으로 돌아갔다.

노자키는 서생에게 박사의 소재를 물었다. 서생이 아직 욕실에 계시다고 했지만 박사의 사정을 봐줄 때가 아니었다. 그는 실내 전화기로 달려가 벨을 눌렀다.

"무슨 일인데?"

드디어 수화기 너머로 언짢은 목소리가 들렸다.

"선생님께서 사토미 기누에 씨에게 집으로 오라는 편지를 보내셨습니까?"

"아니, 그러지 않았어."

"그럼 역시 가짜 편지네요. 선생님을 사칭해서 기누에 씨를 데리고 간 놈이 있었어요. 지금부터 한 시간 전쯤이라고 합니다. 제가 기누에 씨 집에 우연히 들렀다가 그 사실을 알게 되었습니다."

노자키는 더 이상 부끄러워만 하고 있을 수 없었다.

"바보 같으니라고."

박사가 큰 소리로 호통을 쳤기 때문에 노자키는 자신을 혼내는 줄 알고 새파랗게 질렸다. 그건 박사가 혼잣말을 한 것이었다.

"난 뭐 한 거지? 바보같이 미처 그 생각을 못하다니. ······그래도 별수 없군. 이제는 서둘러봤자 아무 보람도 없을 테니. 노자키 군, 자네는 즉시 나미코시 경부에게 전화해서 이 사태를 알린 후에 다시 기누에 씨 집으로 가게. 노인이 혼자서 불안할 거야. 그리고 가급적이면 그 근방에서 자동차를 본 사람이 있나 조사해보고, 자동차 번호나 이동 방향, 운전사의 외양 같은 걸 알아내면 나미코시 경부가 기뻐할 거야. 나도 뒤따라갈 거지만."

그리고 전화를 뚝 끊었다.

수족관의 인어

구로야나기 박사와 노자키 조수, 나미코시 경부 일행은 그날

밤 스가모의 사토미 집에서 합류하여 그 일대를 구석구석 뒤졌지
만 아무 소득도 얻지 못했다. 악마는 그림자처럼 출몰했고 단서
도 가짜 편지 외에는 터럭 한 올 남기지 않았다.

하지만 그다음 날 또다시 신문 독자들을 경악하게 할 만한
큰 사건이 일어났다.

쇼난카타세湘南片瀬 해안에서 긴 판교板橋를 건너면 에노시마江
の島로 들어가는 길목에 아담한 수족관이 있다. 아직 피서 철이
되지 않아 수족관 입장객도 시골에서 온 관광객밖에 없었는데,
비수기의 관광지답게 어쩐지 음산한 분위기였다. 특히 아침에는
손님이 거의 없고 매표소 안의 판매원과 청소하는 노인만 하품을
하며 한가롭게 잡담을 나누고 있는 형편이었다.

10시쯤 되자 드디어 한 손님이 그날 첫 입장권을 끊었다.
스케치 여행을 온 젊은 서양화가였는데 나무 철책이 쳐진 입구에
서 문을 지키던 노인에게 표를 건네고 어둡고 고요한 수족관
안으로 성큼성큼 들어갔다.

땅거미가 질 때처럼 어스레한 수족관에는 폭이 1간 정도
되는 수조가 쇼윈도처럼 양쪽에 놓여 있었다. 수조의 검푸른
물과 두꺼운 유리판을 투과한 광선은 실내 전체를 해저처럼
어렴풋하고 으스스하게 비추고 있었다.

청년 화가는 유리판에 얼굴을 바짝 대고 하나하나 세심히
관찰하며 이동했다.

수조에는 닭새우 떼가 물속에 빠진 거대한 거미처럼 거무**죽죽**
한 바위 사이를 섬뜩하게 기어 다녔다. 다른 수조에는 커다란

문어가 여덟 개의 다리를 유리판에 쩍 붙이고 있는 바람에 메슥거리는 빨판이 정면으로 무수히 보였다. 네모난 복어는 걸핏하면 화내는 옹고집쟁이 노인처럼 노심초사 바쁘게 돌아다녔고 돌돔은 풍만한 무희처럼 오색으로 반짝이는 거구를 과시하며 유유히 헤엄쳤다. 또 다른 수조에는 희귀 새우가 인광燐光을 뿜으며 이리저리 미친 듯이 날뛰고 있었다.

그런데 이게 무슨 일인가. 화가 청년이 어느 수조 앞에서 마치 감전이라도 된 듯 갑자기 펄쩍 뛰어올랐다. 그러더니 쭈뼛쭈뼛 유리판으로 다가가서 허리를 굽히고 가만히 수조를 들여다보았다. 대체 거기에는 어떤 기이한 물고기가 살고 있기에 그러는 걸까.

청년의 얼굴은 창백해졌다. 몸도 점점 경직되는 모양이었다.

"인어다, 인어."

그는 환영을 떨치기 위해 손을 휘휘 저으며 잠꼬대하듯 중얼거렸다. 그리고 잠시 비틀거리더니 크게 비명을 지르며 미친 듯이 입구를 향해 달려갔다.

나무 철책이 쳐진 입구에는 문지기 노인이 곰방대를 뻐끔거리고 있었다. 화가 청년은 수족관에서 달려 나와 불쑥 노인의 소매를 잡더니 아무 말도 하지 않고 아까 그 수조로 끌고 갔다. 노인은 청년의 기습적인 행동에 어안이 벙벙해져 저항할 새도 없었다.

"저거요, 저거."

청년은 노인의 얼굴을 유리쪽으로 끌어당기며 횡설수설했다.

노인은 한동안 무슨 일이 일어났는지 모르는 눈치였으나 마침내 수조 위쪽에 있는 물체를 보고 청년과 마찬가지로 펄쩍 뛰며 크게 비명을 질렀다.

거기에는 거대하고 아름다운 인어가 수면 위쪽으로 엎드린 자세를 하고 반쯤 몸이 가라앉은 채 숨겨 있었던 것이다.

검은 머리는 해초처럼 헝클어져 떠다니고, 고개 숙인 아름다운 얼굴은 고뇌로 일그러져 있었다. 양쪽 가슴은 종유석鐘乳石처럼 수중에 드리워져 있었고, 수조가 좁아 양다리는 꺾인 채 기괴한 곡선을 그리고 있었으며 몸은 수조 윗부분을 막고 있었다. 왼쪽 가슴 밑으로는 상처가 보였는데 희멀겋게 벌어진 살 사이로 여전히 조금씩 흘러나오는 선혈이 수조의 검푸른 물을 옅게 물들이고 있었다.

청년과 노인은 너무 놀라 그 물체가 무시무시한 살인사건의 피해자라는 생각은 물론 아직 사람 시체라는 것조차 알아채지 못한 듯했다. 이 수조의 인어는 독자 여러분도 이미 아는 살인마의 손에 살해당한 아름다운 사토미 기누에의 시체가 틀림없었다.

제3의 피해자

두 번째 살인사건과 관련해서도 범인은 전혀 단서를 남기지 않았다. 밝혀진 사실은 피해자가 첫 번째 피해자 요시에의 언니라는 것 정도였다. 그녀는 그 전날 구로야나기 박사의 가짜 편지에 속아 어딘가로 끌려갔다. 예리한 칼에 심장부를 찔렸으며, 사망 시각은 전날 밤 12시경으로 추정된다. 그 외에는 수사에 단서가 될 만한 것이 없었다.

그리고 가타세片瀬의 어부가 현장에 출동한 나미코시 경부에게 다음과 같은 내용을 자진 신고했다.

그는 전날 밤 2시경 친구 집에서 늦게까지 놀다가 귀가하던 중 가타세에서 에노시마를 연결하는 긴 판교 밑을 지나가는데 그 시간에 황급히 다리를 건너 에노시마 쪽으로 가는 그림자가 보여 깜짝 놀랐다고 한다. 어두운 밤이어서 실루엣만 보였지만 양복 차림의 두 남자 같았고, 앞뒤로 큰 자루 같은 짐을 지고 있었다는 것이다.

조사 결과 그 시각 그 부근에서 짐을 지고 다리를 건넌 사람은 없는 것으로 밝혀졌다.

빈약한 단서이지만 이를 통해 범죄 경과를 다음과 같이 추정할 수 있었다.

아마도 범인은 피해자를 그 공가로 끌고 들어가 목적을 이룬 후 참살했을 것이다. 시체를 넣은 자루를 자동차에 싣고 심야의 국도를 달려 가타세로 간다. 자동차가 지나갈 수 없는 판교는 조력자와 함께 자루를 지고 걸어가고, 수족관에 도착해서는 수조 밖에서 상부 유리판을 들어 올리고 시체를 던져 넣는다. 살인은 12시경 벌어졌지만 그들이 긴 다리를 통과한 시점이 2시인 것으로 보아 그 두 시간이 도쿄에서 가타세까지 시체를 운반한 시간이라 할 수 있다.

구로야나기 박사도 나미코시 경부에게 전화 연락을 받고 현장에 도착했다. 하지만 제아무리 박사라 한들 범인의 수완에 감탄할 뿐 어떤 단서도 손에 쥘 수 없었다.

그날 석간신문 사회면은 거의 전면이 수족관 사건으로 도배가 되었다. 모든 신문이 기누에의 사진은 물론 요시에의 사진과 수족관 전경 등을 게재했고, 자매 어머니의 비통한 심정이나 구로야나기 박사의 개인적 논평 같은 것도 덧붙였다.

사람들은 연이은 참사에 큰 충격을 받았다. 이제껏 이토록 사람들을 두려움에 떨게 한 사건은 없었다고 해도 과언이 아니었다.

첫 번째 피해자인 요시에가 무수한 지원자들 중에서 발탁되었으며, 두 번째 피해자는 요시에와 얼굴이 매우 닮은 언니였다. 또한 나미코시 경부는 구로야나기 박사의 제안대로 행방불명 신고가 들어온 젊은 여자들 중에서 요시에와 닮은 여자들을 추려내어 그들이 집을 나온 당시의 상황을 수사했다(신문기사에는 이와 같은 사실이 빠짐없이 보도되었다). 그 결과 피해자의 용모를 보면 일정 정도 범인이 선호하는 취향이 있다는 사실이 밝혀졌기에 젊은 여자들은 공황에 빠졌다.

"이번 범행에는 어떤 동기나 이유가 없다. 다만 닥치는 대로 범인의 취향에 맞는 여성이 피해자로 선택된 것이다."

이는 실로 전율할 만한 사건이었다. 더구나 무시무시한 범인이 어떤 사람인지 어디 숨어 있는지 전혀 알 수 없었다. 공포의 시대였다.

젊은 여자들이 모이는 곳에서는 반드시 '푸른 수염' 이야기가 나왔다.

"너, 어딘가 사토미 요시에랑 닮았어."

그런 말을 들으면 다들 입술색이 퍼레져서 벌벌 떨었다. 가정에서는 여자 혼자 밖에 나가지 못하게 했으며, 여학생들의 등하교를 시켜주는 부모도 많아졌다고 한다.

비난의 표적은 경시청이었다. 매일같이 간부 협의회가 열렸다. 딱하게도 그 최전선에서 날아오는 화살을 막는 사람은 나미코시 경부였다.

수족관 사건이 발생한 지 사흘 후였다. 나미코시 경부는 온갖 수단을 다 써봐도 어쩔 수 없자 기분전환이나 할 겸 구로야나기 박사를 찾아갔다. 박사의 저택 응접실에는 주인인 박사와 조수 노자키, 그리고 손님인 나미코시 경부가 마주 앉아 있었다.

노자키는 기누에가 횡사를 당한 이후 얼굴이 해쓱해져 입을 여는 것조차 힘들어했다.

"박사님 말씀대로 행방불명된 여자들 중 사진상 사토미 자매와 닮은 아가씨들을 조사해 보았는데 어제 드디어 보고가 다 들어왔습니다. 하지만 거기에도 전혀 단서가 없었습니다."

경부가 획 던지듯 말했다.

"집을 나간 당시의 상황은 알아냈나요?"

박사는 여느 때처럼 무표정했다.

"알아낸 내용은 거의 없지만 세 명 모두 일치하는 점이 있습니다."

"허허, 그거 귀가 솔깃하네요."

"아뇨, 대단한 건 아닙니다. 세 아가씨가 모두 친구 집에 가거나 볼일이 있어 나간 후로 돌아오지 않았다고 합니다. 모두 양가집 자제들인데 나갈 때 근처 큰길에서 1엔 택시[16]를 타는 습관이 있는 듯했습니다. 이상하게 그 점이 세 명 모두 일치했습니다."

"또 자동차인가요? 이 사건은 처음부터 자동차와 관련된 것이 많군요. 첫째로 범인이 요시에 씨와 함께 료코쿠바시 부근에서 갈아탄 자동차, 둘째로 기누에 씨를 가짜 편지로 유인해 데려간 자동차, 셋째로 기누에 씨의 시신을 에노시마로 운반한 자동차, 그리고 지금 또 행방불명된 아가씨들 역시 자동차를 탔군요. 대체 무슨 의미일까요?"

"그러네요. 그러고 보니 이상하게 다 자동차와 관련이 있군요."

"그건 범인이 자동차 소유자라는 걸 의미하지 않을까요? 원래 살인을 저지르는 범죄자는 대개 가난뱅이라서 자동차 같은 건 가지고 있지 않아요. 하지만 이놈은 화랑을 연 것도 그렇고 꽤 부유한 듯하군요. 만약 자동차가 있다면 굉장한 무기가 되겠죠. 자가용으로도 영업용 차로도 자유롭게 위장할 수

16_ 시내 어디를 가든지 요금이 1엔 균등인 택시. 1914년 오사카에서 처음 등장했으며, 1926년 도쿄에 도입된 후 전국적으로 확대되었다. 1937년경 미터제가 적용된 이후 한동안 명칭만 남아 있었다.

있으니까요. 범인 스스로 1엔 택시 운전사인 척하고 대기하다가 원하는 아가씨를 골라 태울 수도 있고요. 번호판을 계속 바꾸면 여간해서는 잡히지 않을 테니까요."

"범인이 자동차를 가진 것이 밝혀지면 어느 정도 수사 방침이 서겠네요."

"아뇨, 나는 반대로 수사가 더 늦어질 거라 생각해요. 왜냐하면 만약 범인이 자동차를 가졌으면, 아까 말한 요시에 씨와 함께 환승한 것도 기누에 씨를 데려간 것도 에노시마에 간 것도 모두 위험한 장소니까 틀림없이 본인 자동차를 사용했겠죠. 그렇다면 우리가 어제부터 찾던 료코쿠바시 부근에서 범인을 태운 자동차 같은 건 있을 수가 없어요. 아직 그 차의 운전사가 신고하러 오지 않은 걸 보면 아무래도 내 상상이 맞는 듯합니다. 세상이 이토록 떠들썩한데도 그 운전사가 입을 다물고 있을 리가 없거든요. 범인이나 요시에의 생김새와 풍채를 확실히 알 테니까요."

만약 박사의 상상이 맞는다면 한 가닥 희망을 걸었던 수사의 실마리가 완전히 끊긴 셈이다. 나미코시 경부는 쓴웃음을 지으며 한동안 침묵했다. 이윽고 얼굴을 들더니 그는 이런 말을 했다.

"그렇다 해도 저는 범인의 심사를 이해할 수 없습니다. 도대체 무슨 목적으로 에노시마 주변까지 시신을 운반해서 수족관같이 사람들 눈에 띄기 쉬운 곳에 노출시켰을까요. 제정신이 아니라는 생각이 듭니다."

"제가 전례 없는 범인이라고 한 것이 바로 그 점 때문이죠."

박사는 야릇한 미소를 띠며 말했다.

"범인은 과시하는 겁니다. 인기 스타인 양 뻐기는 거죠. 자신이 잡은 짐승을 허리에 차고 과시하는 사냥꾼처럼 놈은 자신의 능수능란한 살인 행각을 전시하고 있어요. 게다가 놈은 자신이 예술가인 줄 알아요. 시신을 절단해서 석고상으로 만든 것만 해도 그래요.

이번 사건의 수수께끼는 놈이 수족관 수조 속에 당치도 않은 인어를 만들어 놓았다는 거예요. 에노시마 구석까지 시신을 운반한 것은 전적으로 그 괴이한 예술가 시늉을 하기 위한 소행이죠. 그런 흉내를 낼 수 있는 수족관이라면 에노시마가 가장 가까우니까요. 우에노上野나 아사쿠사浅草에 있는 수족관은 수조가 좁거나 사람이 너무 붐벼 그런 작업을 하기에는 적당하지 않죠."

박사는 범인의 소행을 예찬하는 듯한 말투였다. 나미코시 경부는 전혀 납득이 가지 않았다.

"그게 과연 예술인지 모르겠지만 그런 예술가가 판치는 건 참을 수 없습니다."

비아냥거리는 말투였다.

"아뇨, 내 안 좋은 버릇이죠. 기막힌 범죄를 보면 나도 모르게 칭찬을 하게 되는군요. 그래도 이번 놈은 적수로 삼기에 부족함이 없네요. 나는 당신과 함께 전력을 다해 싸울 생각입니다. 오히려 즐겁군요. 솔직히 나는 이런 상대가 나타나길 얼마나

기다렸는지 몰라요."

"하지만 싸우려 해도 상대를 모르는 형편이잖습니까. 전에 박사님께서 범인 쪽에서 접근하기를 기다린다고 말씀하셨는데, 그게 언제일까요?"

경부는 점점 더 비아냥거렸다.

"내게 접근해 오고 있어요. 예를 들어 이런 거죠."

박사는 안주머니에서 서양식 봉투를 꺼내 경부에게 건넸다.

"활동사진 시사회 초대장 아닙니까?"

나미코시 경부는 여우에 홀린 듯한 표정으로 박사를 쳐다보았다.

"자세히 보세요. 그 주연 여배우를 아시잖습니까?"

"후지 요코富士洋子라, 신문에서 본 것 같긴 하군요. 그런데 무슨 말씀을 하시는 건가요."

"후지 요코는 쇼치쿠松竹 영화사 K촬영소의 스타예요. 그림자 왕국의 여왕이라고도 하죠. 일본 최고의 인기배우입니다. 지금 『영화시대』라는 잡지 인기투표에서 1위를 차지하고 있어요. 아마 K촬영소에서 최고로 많은 급료를 받을 겁니다."

나미코시 경부는 어안이 벙벙한 듯이 부지런히 움직이는 박사의 입가를 보았다.

"하하하하하, 놀라셨어요? 고백컨대 저는 영화를 잘 모릅니다. 방금 전에 노자키 군이 알려준 정보죠."

"무슨 말씀을 하시려는 건지 잘 모르겠습니다."

참다못한 경부가 중간에 끼어들었다.

"아, 그 유명한 여배우의 얼굴을 모르시나 봐요. 노자키 군, 아까 그 영화잡지를 가지고 오게."

노자키는 서재에서 『영화와 연예』라는 큰 판형의 아름다운 잡지를 가지고 와서 책을 펼치더니 경부 앞에 놓았다.

"이 사람이 후지 요코입니다."

한 페이지 전체가 화보였는데 요코의 반신상이 보였다.

"아시겠죠? 후지 요코라는 글자를 지우고 사토미 기누에라고 바꿔놓으면 아무도 의심하지 않을 정도로 많이 닮았죠. 저도 아까 그걸 보고 깜짝 놀랐어요."

"그러면 그놈이 이 여배우를 노리고 있다는 말씀입니까?"

"그렇게 생각할 수밖에 없죠. 제3의 피해자입니다."

"하지만 얼굴이 닮았다고 놈이 꼭 노린다는 보장이 없지 않습니까."

"그러면 이걸 보세요."

그렇게 말하며 박사는 안주머니에서 일본식 봉투를 꺼내서 아까 그 초대권 봉투와 나란히 놓았다.

"누가 봐도 동일인의 필적이죠. 안 그렇습니까. 이 일본식 봉투는 전에 기누에 씨가 납치되었을 때 받은 가짜 편지예요. 즉, 이 초대권은 가짜 편지를 쓴 사람, 다시 말해 이번 사건의 범인이 보낸 셈이죠."

"그렇다면."

나미코시 경부는 점점 흥미롭다는 듯이 몸을 앞으로 내밀었다.

"분야가 다르다 보니 저는 한번도 시사회 초대장 같은 걸 받아본 적이 없어요. 그런데 이번에 초대장이 왔기에 이상한 생각이 들어 조사해봤죠. 지금 말한 대로 요전 날 가짜 편지와 필적이 같고, 후지 요코는 두 자매와 판박이처럼 닮았습니다. 다시 말해 이 초대장은 범인이 내게 도전장을 들이댄 셈인 거죠. 이번에는 후지 요코를 해치울 테니 너희들도 가급적 주의해라. 이런 의미 아니겠어요. 그놈답네요. 이런 초대장을 손에 넣는 것쯤은 식은 죽 먹기라는 거죠."

"그렇게 생각할 수밖에 없군요. 그런데 놈은 왜 이렇게 무모하죠?"

"무서운 자신감이죠. 살인 예고니까요. 예고를 해도 결코 잡히지 않을 거라는 자신이 없으면 불가능한 행위죠."

"하지만 당신은 범인을 과대평가하고 계시잖습니까."

경부는 아무래도 박사의 말이 믿기지 않았다.

"아니면 나를 유인해서 한바탕 연극을 벌이려는 속셈인지도 모르죠. 어느 쪽이건 적이 초대하는데 꽁무니를 뺄 수는 없죠. 나는 갈 생각입니다."

"내일 밤이네요. 그러면 저도 가겠습니다. 의외의 수확이 있을지도 모르니까요."

나미코시 경부는 어느새 진지해졌다. 그리고 박사와 내일을 기약하고 들뜬 마음으로 박사의 저택에서 나왔다.

다음 날 구로야나기 박사는 평소보다도 길게 욕실 명상을 했다. 그사이 두세 명의 방문객이 있어서 그때마다 노자키 조수는 실내전화로 탕 속에 있는 박사를 호출했다. 하지만 "지금 생각할 것이 있으니 방해하지 말게나"라는 퉁명스런 대답만 돌아왔다. 박사는 그럴 때마다 매번 틀에 박힌 듯이 같은 말을 반복했다.

극장 미스터리

시사회는 저녁 6시부터 K극장에서 열렸다. 그날 밤은 후지 요코 주연의 대작 영화 홍보를 위한 시사회였으므로 보통 때와는 달리 영화관계자와 비평가, 문인 등 폭넓은 인사를 초대해서 변사辯士의 해설과 반주를 곁들인 상영을 했다.

구로야나기 박사가 노자키 조수와 함께 지정석에 앉았을 때는 이미 여흥을 위한 막간 희극영화가 시작되어 객석의 불이 꺼진 상태였기에 나미코시 경부를 찾을 수 없었다. 마침내 희극 상영이 끝나고 극장 안이 다시 밝아지자 가장 먼저 박사의 눈길을 끈 것은 평상시 K극장에서는 볼 수 없었던 관객들이었다. 신경질적인 표정의 장발 남자들이 있었고, 한껏 멋을 내고 양복을 입었지만 회사원은 아닌 듯한 청년들도 있었으며, 배우 같은 남녀 무리도 여기저기 보였다.

관객들을 둘러보다가 그들이 끊임없이 어느 한 방향으로 얼굴을 돌리는 것을 발견했다. 박사도 그쪽으로 시선을 돌려보니 우측 중간에 유달리 밝고 화사한 특별 초대석이 있었는데

그 앞에 앉은 사람이 사진에서 보았던 후지 요코가 틀림없는
듯했다.

"저기 말이야."

그렇게 말하며 노자키를 돌아보니 그 역시 요코 쪽을 보고
있었다. 어쩌면 그는 그녀에게서 사토미 기누에의 환영을 떠올
리는지도 몰랐다.

잠시 대답하는 것도 잊었던 노자키는 이윽고 정신을 차렸다는
듯이 요코 주변에 앉은 사람들을 보았다. 그리고 같은 열에
앉은 저 사람은 감독 N, 저 사람은 여배우 Y, 그 뒤는 천재
아역배우 K라고 박사에게 설명해주었다.

항상 비어 있던 경관석이지만 오늘은 웬일인지 대여섯 명의
제복 경관들로 꽉 차 있었다. 정치담화를 발표하는 것도 아닌데
이상한 일이라고 수군거리는 관객도 있었다. 하지만 나미코시
경부의 모습은 보이지 않았다.

'오지 않았나 보네.'

하지만 박사는 사방을 둘러보다가 의외의 장소에 있는 그를
발견하고 무심결에 미소를 지었다.

여름이라 특별 초대석 뒤쪽 문이 모두 열려 있어 바깥 복도가
잘 보였다. 요코의 좌석 뒤쪽 복도에는 긴 의자가 하나 놓여
있었고, 그 의자에 흰 가스리[17] 하오리[18]를 입은 신사가 앉아서

....

17_ 絣. 마치 천을 긁어내거나 붓으로 칠한 것 같은 규칙적인 흰 무늬. 경사나
   위사(또는 양방향)로 미리 염색한 실을 사용해서 직조한다.
18_ 羽織. 긴 옷 위에 덧입는 짧은 겉옷. 남자의 경우 외출복으로도 입는다.

요코의 뒷모습을 뚫어지게 보고 있었다. 그가 바로 나미코시 경부였다. 그는 요코의 신변에 무슨 일이 일어날지 몰라 대기하고 있는 듯했다.

나미코시 경부가 있는 곳은 찾았지만 나머지 한 사람이 어디 있는지는 전혀 알 수 없었다. 요코의 좌석 주변에도 딱히 수상한 인물이 발견되지 않았다.

"놈은 이곳으로 오고 있는 걸까요?"

노자키는 박사에게 귓속말을 했다.

"틀림없이 오고 있을 거야."

박사가 당연하다는 듯이 말했다.

"나는 아까부터 놈을 찾고 있거든."

"자네는 그놈을 아나?"

"로이드안경과 삼각형 수염 같은 거요."

"하하하하하, 그런 건 소용없어. 안경과 수염은 가장 손쉬운 변장수단이지. 아무리 대담한 놈이라도 설마 전에 했던 변장을 또 하고 이런 곳에 나타나지는 않을 걸세."

그러는 사이 어느덧 상영시작을 알리는 벨이 울렸다. 극장 안의 불이 꺼지자 정면 스크린에는 창백한 그림자 왕국의 삶이 펼쳐졌다. 연주석에서 들려오는 경쾌한 반주에 맞춰 변사 특유의 억양이 서서히 관객들을 꿈의 세계로 인도했다.

문제의 후지 요코 주연 영화였다. 요코는 요염한 뱀파이어 같은 여배우 역할이었는데, 그녀 주변을 맴도는 방탕한 세 남자, 그리고 진실한 한 청년과 연애유희를 벌이는 과정을 화려하게

그린 영화였다. 당시 일본에서도 개봉했던 불란서 영화 <몽
파리>[19]의 영향을 받은 듯 소위 레뷔[20]처럼 화려한 장면이 많아
볼거리가 넘쳤다.

영화 릴이 2권에서 3권으로 넘어갔다.

요코의 분장실 장면이었다. 무대에서와 마찬가지로 화려한
모습을 한 요코를 둘러싸고 그녀의 숭배자 대여섯 명이 의자에
앉아 있었다. 어떤 사람은 기타를 연주했고, 어떤 사람은 술잔을
들고 있었으며, 어떤 사람은 웃고, 어떤 사람은 떠들었으며,
어떤 사람은 요코에게 귓속말로 끊임없이 아첨을 했다. 방 한구
석에는 이 인기 여배우를 진심으로 사랑하는 한 청년이 쓸쓸히
고개를 숙인 채 기다리고 있었다.

요코는 그 청년에게 무슨 말을 하면서 놀렸다. 주변에 있던
허영기 있는 청년들이 한바탕 웃었다. 야비하게 웃는 얼굴이
클로즈업되어 차례로 화면에 비춰졌다. 그리고 마침내 요염하게
미소를 짓는 요코의 얼굴이 스크린을 꽉 채웠다. 그녀는 반짝거
리는 구슬들이 좌르륵 박힌 커다란 관冠을 쓰고 있었다. 웃느라
얼굴이 조금씩 움직일 때마다 관이 후광처럼 빛났다.

그녀는 웃음을 멈추지 않았다. 자신의 요염한 웃음이 관객들
을 얼마나 매료시킬지 잘 알고 있다는 듯이 아주 오랫동안

웃었다.

하지만 그때 이상한 일이 일어났다. 그녀의 커다란 얼굴은 계속 웃고 있었지만 돌연 오른쪽 눈 아래에 붉은 별 같은 점이 생긴 것이다.

그 모습만 봐도 이미 무시무시한 예감이 들었는지 객석에는 전율하는 관객도 있었다.

붉은 별은 번지듯이 점점 크게 확대되었다. 그리고 아랫부분이 물방울처럼 부풀더니 새빨간 액체가 요코의 빛나는 뺨에 똑 하고 떨어졌다.

피였다. 빛과 그림자만 있는 영화 스크린에서 새빨간 피가 나온 것이다. 관객들은 얼어붙은 것처럼 꼼짝하지 않고 침만 삼켰다.

요코는 아직도 웃고 있었다. 이번에는 진주 같은 치아 사이로 빨간 것이 조금씩 나타나더니 입술을 지나 턱으로 줄줄 흘러내렸다. 가로세로 2간이나 되는 커다란 요코의 얼굴이 아름답게 웃으면서 피를 토하고 있었다. 웃는 얼굴이 요염해질수록 입술에서 턱으로 피가 넘쳐 강물처럼 흐르는 모습이 소름이 끼칠 정도로 섬뜩했다.

영사기사는 놀라서 돌아가던 영사기를 멈췄다. 바로 그 순간 피범벅이 된 요코의 요염한 웃음도 스크린 위에 그대로 멈추는 바람에 관객들의 뇌리에 눌어붙듯 각인되었다. 장내는 캄캄해졌다.

관객들이 모두 일어났다. 여기저기서 여자들의 비명이 터져 나왔다.

요코의 좌석 주변이 소란스러워지더니 불을 켜라고 외치는 소리가 들렸다.

불이 켜지자 웅성거리는 군중들 사이로 N감독이 축 늘어져 있는 요코를 안고 우왕좌왕하는 모습이 보였다.

갑자기 사람들이 구름 떼처럼 몰려들었다.

경관이 재빨리 뛰어가 군중을 제지하고 복도에 길을 만들었다. 그사이 나미코시 경부가 요코를 안은 N감독을 호위하며 급히 극장 사무실로 갔다.

구로야나기 박사와 노자키가 인파를 헤치고 사무실 입구에 도착했을 때 나미코시 경부가 마침 밖으로 나왔다.

"어떻게 된 거죠?"

박사가 경부를 재촉하며 물었다.

"아, 구로야나기 박사님. 박사님 예측대로였습니다. 놈의 소행이 틀림없어요. 하지만 요코는 괜찮습니다. 그 화면을 보고 정신을 잃은 것뿐입니다."

박사와 나란히 서서 사람들이 몰리지 않은 쪽으로 걸어가던 경부는 분노에 차서 장내의 군중을 둘러보았다. 하지만 제아무리 경부라도 눈에 보이지 않는 적을 어찌할 수 없었다.

이 영화를 만든 N감독, K극장의 지배인 등을 불러 조사한 결과, 전날 촬영소 소시사실에서 영사했을 때에는 아무렇지도 않았으며, 필름은 어젯밤에 이 K극장으로 옮겨져 밤새 영사실에 보관했다는 사실이 밝혀졌다. 그사이에 누군가 영사실로 잠입해서 그런 장난을 친 것이 틀림없었다. 물론 영사실 문은 자물쇠가 채워져 있었지만 그런 것쯤은 철사 하나로 열 수 있는 놈도 있는 것이다.

필름을 조사해 보니 그 클로즈업 부분에 교묘하게 붉은 잉크를 묻혀 마치 피가 흐르는 것처럼 서서히 양이 많아지게 조치해 놓았다는 것을 알게 되었다.

범인은 어떤 단서도 남기지 않았다. 족적이나 지문, 유류품도 없었다. 경비원, 청소부, 숙직한 직원을 모두 취조해 보았는데 수상한 자는 없었다.

30분쯤 지나고 시사가 다시 시작되었다. 하지만 구로야나기 박사 일행은 영화를 보지 않고 극장을 나왔다. 나미코시 경부도 함께였다.

"K촬영소에 형사를 보내 요코의 신변을 지키기로 했습니다. 요코는 아까 귀가했는데 부하를 같이 태워보냈습니다."

"경부도 그놈의 마음을 알게 된 모양이군요."

박사는 경부의 어깨를 두드리며 말했다.

"그놈은 어린애죠. 그러나 무시무시한 지략과 힘을 가진 어린애예요. 오늘 밤 장난은 너무 유치했어요. 하지만 확실히 목적은 달성한 듯하군요. 놈은 고양이가 쥐를 잡을 때처럼 피해자가 두려움에 떠는 모습을 즐기죠. 놈은 점점 대담무쌍해지고 있어요. 지금까지는 그저 시체를 전시했을 뿐이었지만 이번에는 피해자를 그냥 해치우지 않고 예고를 한 거죠. 얼마나 잔혹한 예고인가요.

게다가 놈은 피해자에게 예고하는 데 그치지 않고 우리에게 도전도 했군요. 이번에는 이 여자를 해치우겠다는 거겠죠. 그래도 너희는 나를 감당할 수 없을 거야. '쫓아와서 잡아보든가' 그런 거겠죠."

"뭐라고요? 이렇게 피해자를 알았으니 요코 주변에 인간 벽을 쌓아서라도 놈이 손가락 하나 까딱 못하게 할 겁니다."

경부는 정색을 하고 이야기했다.

"네, 그래야죠."

"그건 그렇고 놈은 오늘 밤 극장에 왔겠죠?"

나미코시 경부는 갑자기 생각났다는 듯이 미묘한 표정을 지으며 말했다.

"당연히 왔겠죠. 자기가 야심차게 꾸민 연극을 보러 오지 않는 놈이 있을까요?"

7월 5일

자존심 강한 요코는 다음 날 단 하루만 집에 틀어박혀 있었을 뿐 그 이튿날부터는 카메라 앞에 섰다. 7~8월 더위를 되도록 편히 보내기 위해 감독도 카메라맨도 하루 빨리 작업을 끝내려 애쓰던 상황이었다.

주역인 요코가 빠지면 큰일이었다. 영화사도 인기 절정인 그녀가 쉬는 걸 원치 않았다. 대신 요코 주변을 지키기 위해 건장한 단역 배우 몇 명을 선발했다. 그들은 요코의 출퇴근은 물론 촬영소 내에서나 로케이션을 나갈 때도 요코 곁에서 떨어지지 않았다. 그중 두 명은 밤에도 요코의 집에서 머물렀다.

경찰은 경찰대로 눈에 띄지 않게 사복형사 몇 명이 요코 주위를 따라다녔다. 공과 사 이중으로 경계태세를 취한 것이다. 이 정도면 아무리 살인마라도 피해자에게 접근하는 것조차 불가능해 보였다.

하지만 얼마나 대담하고 자신감이 넘치는지 '푸른 수염'은 이러한 경계에도 아랑곳하지 않고 겁 없이 구로야나기 박사에게 두 번째 도전장을 들이밀었다.

어느 날 아침, 박사가 서재로 들어가 보니 깔끔하게 정돈된 커다란 데스크 위에 종이 한 장이 던져져 있었다. 노자키 조수가 아직 출근 전이라 박사는 서생을 불러서 물어보았다.

"자네가 이걸 가지고 왔나?"

"아니요, 저는 아닙니다."

"아침부터 여기 들어온 사람은 없을 텐데."

"네, 현관문을 연 후 아무도 들어가지 않았습니다."

"그렇군, 이 종이는 어디서 난 건지. 창문은 어젯밤에 모두 잠갔을 테고."

박사는 창문을 살펴보며 말했다.

"방문은 내가 지금 막 열쇠로 열었으니 불가능할 텐데. 자네도 그렇게 생각하지?"

박사는 분하다는 듯이 종이를 집어 들었다.

커다란 편지지에는 가지런한 펜글씨로 다음과 같이 기괴한 내용이 적혀 있었다.

친애하는 구로야나기 박사, 훌륭한 예술은 훌륭한 관람객을 필요로 하오. 내 예술을 감상할 박사 같은 사람이 있다는 사실에 진심으로 감사하오.

살인은 예술이오. 드 퀸시의 말을 빌릴 것도 없이 나는 그렇다고 믿소. 젊고 아름다운 여성은 내 예술 소재요. 나는 단검이라는 붓을 들고 피를 화구 삼아 그녀에게 절대적인 미라 할 수 있는 '죽음'을 선사할 것이오.

당신은 지금껏 아름다운 여성이 추는 단말마의 무도를 보신 적이 있소? 광채로 찬란한 그 아찔한 아름다움 앞에 회화나 조각, 시가 같은 것은 모두 영혼도 없는 초라한 진흙인 형에 지나지 않소.

나는 시체의 예술적 처리에도 아주 흥미가 많소. 첫 번째 공개 작품으로 시체를 활용한 조각을 선보였소. 두 번째 작품은 유리 수조 속에 상처 입은 인어로 아름다움을 창조했소. 둘 다 장안의 주목을 받고 의외의 호평을 얻은 덕에 은밀한 기쁨을 누렸소.

세 번째는 아직 미완성이지만 내 예술적 착상의 일부는 이미 K극장의 스크린 위에 발표했소. 이제는 마지막 터치가 남았을 뿐이오. 어떤 사정이 있더라도 나는 한번 정한 프로그램은 변경하지 않소.

내 예술을 유일하게 이해하는 귀하에게 미리 기일을 알리니
부디 감상을 부탁하는 바요.

　　　　　　　　　　　　귀하의 '푸른 수염'으로부터

"7월 5일이라면 내일이군."

편지를 읽은 박사는 그렇게 중얼거리며 방 안을 서성였다.

이윽고 노자키 조수가 출근했다. 박사는 그에게 편지를 보여
주고 쇼치쿠 영화사 K촬영소에 친구가 있냐고 물었다.

"N감독이라면 한두 번 만난 적이 있습니다."

그가 대답했다.

"마침 다행이군. N감독이 출근하면 전화를 걸어 나를 소개해
주게. 좀 물어볼 게 있거든."

"굳이 소개하지 않아도 N감독이 선생님의 존함을 알고 있습
니다."

10시쯤 전화가 연결되었다. 노자키가 박사를 소개하자 영화
사 측은 어젯밤 일도 있으니 기꺼이 질문에 응하겠다고 했다.

"7월 5일, 내일이요. 후지 요코 씨 촬영 일정이 잡혀 있죠?"

전화로 인사를 나눈 후 박사가 물었다.

"배우 네댓 명과 O초 고지대 숲속으로 로케이션을 갈 예정입
니다. 멀리 나가고 싶지만 때가 때이니만큼 가깝고 인가도 많은
O초로 만족해야죠. 물론 저도 갈 겁니다. 밖에서 경호하는 사람
도 있고요. 경찰 측에도 동행을 부탁드린다고 했습니다."

게이힌선[21] 철로 변에 있는 O초는 K촬영소에서 멀지 않은

곳이었다.

"몇 시부터죠?"

"더워지기 전에 하자고 해서요. 아침 8시에 여기서 출발하기
로 했습니다."

박사는 그 말을 듣고 고맙다는 인사를 한 후 전화를 끊었다.
살인 예고에 관한 말은 한마디도 하지 않았다. 그리고 부지런히
외출 준비를 하며 노자키 조수에게 지시했다.

"자동차를 준비시키게. 잠시 K촬영소에 다녀오겠네."

박사는 K촬영소에 갔다가 3시쯤 집에 돌아왔다. 그리고 노자
키 조수를 시켜 경시청의 나미코시 경부에게 지금 빨리 오라고
전화했다.

나미코시 경부가 달려온 시간은 오후 2시쯤이었다.

"슬슬 약속 시간이 돼가는군요. 놈이 접근해 왔어요. 내게
절호의 기회가 생긴 겁니다."

아까 그 편지를 나미코시 경부에게 보여주면서 박사는 양손까
지 비벼가며 자못 즐거운 듯이 말했다.

"정말 기가 막히군요."

경부는 편지를 읽고 얼굴이 벌게져 소리쳤다.

"하지만 절호의 기회라고 말씀하셨는데요."

21_ 京浜線. 당시에는 도쿄역에서 아카바네역赤羽駅까지 운행하던 전차 노선.
현재는 게이힌도호쿠선京浜東北線으로 명칭이 바뀌었으며 사이타마埼玉현
오미야역大宮駅에서 도쿄역을 경유하여 가나가와神奈川현 요코하마역横浜駅
까지 운행한다.

"7월 5일이라면 내일이죠. 놈은 한다고 하면 반드시 할 거예요. 마침 내일은 후지 요코가 O초 숲으로 로케를 가는 날이라고 하더군요. 놈한테는 훨씬 좋은 상황일 테죠. 물론 나도 갑니다. 이번이야말로 놈과 대면하겠네요. 확실히 놈의 꼬리를 잡아 보여드리죠."

"그런데 경찰이나 촬영소에서도 경호를 몇 명 붙인다고 하니 아무리 놈이라도 일을 벌일 수 있을까요. 놈은 살해뿐 아니라 또 다른 목적을 이루려고 할 텐데요."

"놈은 예술가인 동시에 마술사죠. 마술사에게 불가능한 건 없어요."

"하지만 만약 놈에게 많은 사람이 보는 앞에서 요코를 납치할 능력이 있다면 내일 로케이션은 위험할 텐데요. 알면서 그런 위험을 무릅쓰는 것보다는 촬영소에 이 사실을 알려 로케를 중지시키는 것이 낫지 않을까요?"

경부는 불안한 듯 말했다.

"아뇨, 위험하지 않아요. 나를 믿어보세요. 이번이야말로 놈과 일대일로 한판 대결을 벌일 테니까요. 오랜 원한을 풀 수 있는 기회죠. 기필코 해낼 거예요. 만약 다소 위험이 따르더라도 그걸 두려워하면 놈의 꼬리를 잡을 기회는 영원히 오지 않을 겁니다."

"구로야나기 박사님. 이건 중대한 문제입니다. 박사님의 탐정 취미를 위해 한 사람의 목숨이 희생되어서는 안 됩니다."

"나를 믿어주세요. 사람 목숨을 중시하는 건 누구 못지않아요."

"그럼 그렇게 하십시오. 대신 내일 저도 O초로 출동하죠. 형사의 수를 배로 늘려서 위험해지지 않도록 충분히 경계태세를 갖추겠습니다."

경부는 전에도 여러 차례 경험이 있었기에 박사의 실력을 믿었다.

"그건 알아서 하세요. 그런데 미리 말해두지만 무슨 일이 있어도 내가 부탁하기 전에는 적극적인 행동을 취하면 안됩니다. 만약 요코가 위험해 보이거나 범인이 도망치더라도 끼어들거나 쫓아가지 마십시오."

"그러니까 내일은 박사님이 경관들의 지휘를 하겠다는 말씀이시군요."

"그렇죠. 하지만 변장을 할 거라서 경부도 내가 어디 있는지 모를 수도 있어요. 따라서 내가 당신 앞에 나타나서 직접 부탁하기 전에는 절대로 아무 행동도 하지 말았으면 좋겠습니다."

"이상한 주문이시네요. 모두 예외적이지만 박사님 말씀이니 따르죠. 그런데 K촬영소에도 일단 범인의 예고에 대해 알리는 게 낫지 않을까요?"

"아뇨, 아까 K촬영소에 가서 K소장한테는 말해주고 왔어요. 다른 사람에게는 절대 알리지 마세요. N감독이나 요코도 마찬가지예요. 모르는 편이 내 계획에 더 유리해요."

결국 나미코시 경부는 박사가 원하는 대로 따로 형사들을 데리고 로케이션 현장으로 가기로 했다.

그날 저녁, 노자키 조수가 돌아왔을 때 박사는 그에게 지시했다.

"자네는 다행히 N감독을 아니까 내일 촬영현장으로 가서 요코 근처에 있어 주게. 하지만 자네의 임무는 요코를 보호하는 것이 아니네. 아까 말한 대로 내가 지시하기 전에는 형사들과 촬영소 경호인들이 적극적인 행동을 취하지 않도록 주의를 주는 거지. 그들이 만약 무슨 일을 하려거든 자네가 온 힘을 다해 말려야 하네. 알겠지? 그런데 내일은 내가 날이 밝기 전에 집을 나갈 것 같으니 자네를 만나지 못할 걸세. 자네는 직접 K촬영소로 가서 촬영팀과 O초까지 동행하는 것이 나을 듯하네."

내막의 이면

다음 날 오전 9시, O초 고지대 숲속에는 K촬영소 촬영팀 일행이 휴식을 취하고 있었다.

일행은 감독 N, 카메라맨 S, 주연 여배우 후지 요코, 남녀 배우 다섯(셋은 경호도 겸했다), 형사 여섯, 나미코시 경부, 노자키 조수, 그 외 조감독, 카메라 조수, 운전사 등 촬영진 포함 총 이십여 명이었다. 그중 반은 전차로 이동했고, 촬영소 자동차 두 대와 경찰차 두 대가 출동했다.

O초는 고지대 안쪽으로 들어가자 울창한 거목들이 숲을 이루

고 있었다. 작지만 산도 있었으며 시내도 있고 소나무 가로수도 있었다. 그리고 어떤 곳은 드넓은 밭과 초가지붕으로 된 농가가 그림처럼 드문드문 있어 잘 촬영하면 충분히 산간벽촌 같은 분위기를 낼 수 있었다.

나미코시 경부와 N감독은 나무 그늘에 앉아 열심히 이야기를 나눴다.

"어제는 구로야나기 박사가 전화를 하더니, 오늘은 당신이 오셨군요. 뭔가 이상한 기미가 있습니까?"

감독은 불안하다는 듯이 물었다.

"아니요, 그런 건 아닌데 야외촬영이면 좀 더 엄중한 경계태세가 필요하니까요."

나미코시 경부는 박사와의 약속을 지키려고 사실대로 말하지 않았다.

"저도 되도록 야외촬영을 피하려 했죠. 다만 잠시 자동차를 타고 달리는 장면이 있어 여기로 온 거예요. 사실 30분이면 끝낼 수 있어요. 나머지는 세트에서 마무리할 계획입니다."

"그러면 그 자동차에 요코가 타는 건가요?"

순간 경부는 난처한 표정이 되었다.

"뭐, 1정만 달리면 되니까요. 더구나 늘 경호하는 남자 배우도 함께 있으니 염려하시지 않아도 돼요."

"자동차가 달리는 길에 부하들을 배치하겠습니다. 경계만큼 중요한 게 없으니까요."

"좋습니다. 다만 형사분들이 카메라에 들어오지 않도록 나무 그늘 같은 데 좀 숨어주셨으면 합니다. 그리고 혹시 실수가 생길까 미리 양해 말씀드리는데 이 영화는 악당 이야기입니다.

우선 큰 소나무 주위에서 요코가 연기하는 아가씨와 어떤 신사가 산책할 겁니다. 온천으로 요양을 온 요코를 이 신사가 잘 구슬려 부근 산속으로 끌고 가는 거죠. 신사는 악당의 우두머리고요. 한편 숲 주변에는 자동차 한 대가 서 있는데, 자동차 안에서 신사의 부하가 복면을 쓰고 나와 두 사람을 살피며 때를 엿봅니다. 신사는 뭔가 핑계를 대고 자리를 뜨죠. 그리고 혼자 남아 있던 요코를 뒤에 있던 남자가 붙듭니다. 손발을 묶어 자동차에 태운 후 운전을 해서 도주하죠. 그러면 잠시 후 벼랑이 나타나고, 그 뒤쪽으로 꺾어서 카메라가 들어갈 겁니다. 그리고 그다음은 자동차 추격신인데 멀리서 촬영할 거라 요코 씨가 아닌 다른 여배우가 대역을 해도 됩니다."

"그렇군요. 많이 본 스토리네요. 그 벼랑 안쪽, 그러니까 자동차가 서 있는 곳 주변으로 부하를 배치하면 되겠군요. 크게 걱정할 필요 없을 겁니다. 그리고 만약의 사태를 대비해 요코의 상대 배우들을 한번 봤으면 좋겠는데요."

"알겠습니다."

N감독이 두 남자 배우를 불러 경부를 소개했다. 한 사람은 중년 신사 역할이었고, 일꾼 차림을 한 또 한 사람은 꼭 악당처럼 보였다.

두 사람 모두 오랫동안 K촬영소 배우였다. 의심스러운 점은 없었다.

잠시 후 촬영이 시작되었다.

요코와 중년 신사 역할의 남자 배우, 감독, 카메라맨을 에워싸고 삼엄한 경계선이 그어졌다.

나미코시 경부와 노자키는 카메라 쪽에 나란히 서 있었고, 사방으로 남녀 배우와 운전사가 둘러싸고 있었다. 또한 자동차가 달리는 길이나 정차할 만한 곳에는 형사들이 구역을 나눠 경계태세를 취하고 있었다.

조금 떨어진 숲에 자동차(K촬영소 차였다) 한 대가 서 있었고, 그 안에는 악역을 맡은 남자 배우가 자기 차례가 오기를 기다리고 있었다.

"구로야나기 박사는 어디 계시죠?"

나미코시 경부가 노자키에게 조그맣게 물어보았다.

"여기 사람들 무리에는 안 계신 것 같습니다. 하지만 선생님이라면 의외의 장소에 숨어 계실지도 모르죠. 어쨌든 숲속이니까요."

경부는 스스로를 안심시키려 애쓰는 것처럼 보였다.

촬영이 어느 지점까지 진행되자 자동차 안에서 쉬던 악당이 밖으로 나와 카메라 쪽으로 갔다. 이미 검은 복면을 쓰고 있었다. 그는 경계선을 지나 요코 뒤쪽의 나무 그늘로 가서 감독의 지시에 따라 웅크리고 앉았다. 중년 신사는 자리를 떴다.

요코 클로즈업. 복면 악당 클로즈업.

감독이 소리치자 악당이 뛰어나와 돌연 요코에게 달려들었다. 격투!

"좋았어. 그렇게 계속."

감독이 만족스럽게 소리쳤다.

격투는 한순간에 끝났지만 두 배우의 호흡이 잘 맞아서 그 장면은 실제 같아 보였다. 특히 요코의 공포스러운 표정이 절묘했다. 악한의 손에서 벗어나려고 비명을 지르며 발버둥 치는 연기가 압권이었다. 요코가 그 자리에 쓰러졌다. 악당은 재갈을 물리고 손발을 묶었다. 그리고 옆으로 밀어낸 후 만족스럽게 피해자를 바라보았다. 잠시 후 그는 요코를 두 팔로 안아 올린 채 자동차 쪽으로 걸어갔다.

이동촬영.

카메라의 움직임에 따라 경계선도 자동차가 있는 숲 쪽으로 이동했다.

요코는 차 안으로 옮겨졌다. 문이 쾅 닫혔다. 악당이 재빨리 운전대에 앉았다. 그리고 자동차는 예정대로 도로를 달리기 시작했다. 사라진 자동차 뒤에서 카메라가 철컥철컥 돌아갔다. 자동차가 점차 멀어지는 광경이었다.

길가에는 나무들 사이로 드문드문 형사들의 모습이 보였다. 차는 그 사이를 달려 벼랑 쪽으로 꺾어졌고, 그다음부터는 보이지 않았다. 벼랑 맞은편에는 두 명의 형사가 지켜보고 있었다.

크랭크[22] 소리가 갑자기 멈췄다.

"촬영 끝났습니다."

....

22_ 촬영기 핸들. 영화사 초기에는 촬영기사가 직접 크랭크를 돌려 촬영하였으므로 크랭크인 / 크랭크업이 영화 촬영 시작 / 종료를 뜻하는 말이 되었다.

N감독이 지켜보던 사람들을 향해 말했다.

일동 한시름을 놓았다. 그 주변에 앉아 있던 사람도 있었고, 서로 이야기를 나누는 사람들도 있었다.

바로 그때였다. 방금 자동차가 사라진 벼랑 맞은편에서 두 사복형사가 고함을 치며 이쪽으로 달려오는 것이 보였다. 일동은 처음에는 장난인가 했으나 점차 가까워질수록 그들에게서 심상치 않은 낌새가 느껴졌다. 그들은 눈빛이 변해 있었다.

"뭐야, 왜 그래?"

놀란 나미코시 경부가 일어서서 사람들 쪽으로 달려가며 소리를 쳤다.

"자동차가 멈추지 않아요."

"전방을 향해 전속력으로 달리고 있어요."

두 형사가 각각 외쳤다.

"이게 무슨 일이람!"

N감독이 믿겨지지 않는 듯이 말했다.

"맙소사, 배우가 아닌가 보네."

한 사람이 소리를 높였다.

"그럴 리가 없어. B군이 틀림없는데."

감독은 여전히 그렇게 주장했다.

노자키 사부로는 문득 어떤 생각이 떠올랐다. 그는 처음 자동차를 두었던 숲속으로 가서 나뭇가지를 헤치며 들여다보았다.

예상대로 그곳에는 셔츠만 걸친 남자가 죽은 듯이 쓰러져 있었다. 남자 배우 B였다. 경계가 요코 주위에 집중되었기 때문에 조금 떨어진 숲속에서 진짜 악당이 B를 쓰러뜨린 후 옷을 빼앗아 B의 대역을 하리라고는 아무도 생각하지 못했다.

노자키가 외치는 소리를 듣고 사람들이 모여들었다. 배우들은 동료를 돌보았다.

한편 나미코시 경부와 N감독, 그리고 형사들은 경찰차에 올라탔다. 아까 떠난 자동차를 추적하려는 것이었다.

노자키는 그 모습을 보고 비호같이 달려 나가 나미코시 경부에게 주의를 주었다.

"아직 선생님의 모습이 보이지 않습니다. 나타나실 때까지 적극적인 행동은 하지 말라고 하셨습니다."

경부와 형사들은 분노에 차서 소리쳤다.

"바보 같은 소리 말아요. 지금 그런 말을 할 땝니까? 운전사, 얼른 최고 속력으로 달려요."

자동차가 쏜살같이 달려갔다.

벼랑 쪽으로 꺾어지니 2~3정 정도 똑바른 길이 나왔다. 하지만 이미 자동차는 그림자도 보이지 않았다. 숲을 따라 급커브를 돌아야 하는 길이었다. 조금 더 가니 양쪽으로 갈라진 길이 나왔다.

"이봐요, 방금 자동차가 지나갔습니까?"

나미코시 경부가 밭두렁을 고르던 농부에게 물었다. 여름이라 그 주변에는 아무도 얼씬하지 않았다.

"네, 지나간 것 같은데요."

농부의 대답은 느긋했다.

"어느 길로 갔죠?"

"오른쪽인 것 같은데요."

"오른쪽이다, 오른쪽으로 가."

차 안에서 사람들이 이구동성으로 소리쳤다.

자동차는 오른쪽 길로 꺾어졌다.

"보이네, 보여. 저 자동차가 틀림없을 거야. 이제 한시름 놓았군. 운전사, 더 속력을 낼 수 없나?"

일직선 길이 아득하게 뻗어 있었고, 그 2~3정 앞에 자동차 한 대가 달리고 있었다.

"어라, 왜 저러지? 저 자동차 왜 저렇게 느릿느릿 가는 건데? 게다가 주정뱅이처럼 비틀거리잖아."

한 형사가 말했다.

점차 두 자동차 사이의 거리가 좁혀지더니 마침내 경찰차가 악당의 자동차를 추월해서 이미 앞서 가고 있었다.

"큰일 났다. 용의자는 도망쳤네. 저 자동차는 운전사 없이 달리고 있어."

다시 보니 운전대는 비어 있고 정신을 잃은 요코가 홀로 뒷좌석에 쓰러져 있었다.

한 형사가 재빨리 그 차로 옮겨 타서 주정뱅이 자동차를 정차시켰다. 경부도 차에서 내려 문제의 자동차로 갔다.

요코는 구조되었다. 그녀는 기절하여 누워 있었으나 위해가 가해진 흔적은 없었다.

"그래도 뒤쫓은 보람이 있네. 용의자를 놓치긴 했어도 이 사람 생명은 건졌으니."

나미코시 경부가 변명하듯 말했다.

"이상하네, 저런. 좌석이 움직이는 것 같지 않나?"

한 형사가 갑자기 소리를 질렀다.

"좌석 밑에 누가 숨어 있다. 놓치면 안 돼."

누군가가 소리쳤다.

좌석이 위로 젖혀지자 예상대로 안에서 수상한 사람이 기어 나왔다. 좌석을 개조해서 밑에 사람이 들어갈 정도의 공간이 있었다.

"저기."

두세 사람이 일시에 뛰어갔다. 용의자는 아무런 수작도 하지 않은 채 순순히 체포되었다. 지저분한 작업복 차림의 사내였다.

"넌 뭐 하는 놈이냐?"

나미코시 경부가 그 남자의 멱살을 잡고 마구 흔들면서 소리쳤다.

"바보 같으니."

남자는 우레 같은 소리로 경부에게 호통을 쳤다. 깜짝 놀란 경부가 손을 뗄 정도였다.

"나미코시 경부, 놈을 놓친 건 당신이오."

남자가 또 버럭 화를 냈다. 그는 경부의 이름을 알고 있었다.

모두 얼이 빠져 망연자실하게 수상한 남자를 바라보았다. 그러는 동안 나미코시 경부는 점차 사태를 파악하게 되었다.

"그렇게 말하는 당신은, 혹시."

"혹시고 뭐고, 나요."

남자는 벙거지 모자를 벗고 얼굴에 묻은 때를 씻었다.

"아, 구로야나기 박사."

"그래요, 구로야나기요. 나는 어제 K촬영소 소장과 만나 오늘 로케이션 계획을 들었소. 엄중한 경계 속에서 놈이 속임수를 쓸 만한 것은 단 하나, 이 자동차밖에 없다고 생각한 거요. 그래서 소장과 상의해서 오늘 사용할 자동차에 장치를 만들어 좌석 밑에 숨어 있었던 겁니다. 신체가 불편한 나에게 꽤 힘든 일이었건만."

박사는 의족을 쓰다듬으며 말했다.

"놈이 만약 이 자동차로 도망쳐도 행선지까지 제대로 뒤따라 갈 수 있었단 말입니다. 다 계획이 있었어요. 그런데 당신이 나와의 약속을 무시했기 때문에 계획이 허사가 되어버린 거요. 하지만 놈은 아직 멀리 도망치지는 못했을 겁니다. 길에서 사람을 만나지 않았습니까?"

"만나지 못했습니다."

"별일이군요. 자동차가 요상하게 흔들린 게 1~2정 전부터니까 그곳까지 놈이 운전했을 텐데. 아니, 정말 아무도 보지 못한 겁니까?"

"농부에게 길을 물어보긴 했습니다. 그 외에는⋯⋯."

"농부에게요? 어디서요?"

"갈림길 앞이요."

"그놈이 수상한데."

박사는 불편한 다리를 이끌고 온 길을 되돌아가려 했다. 하지만 마음은 조급하고 의족은 생각대로 움직이지 않아 그 자리에서 털썩 쓰러지고 말았다.

피어오르는 먹구름

주변에서 박사를 부축해 일으켰다. 좀 전에 농부가 있던 곳으로 되돌아갔지만, 이미 농부의 모습은 사라지고 없었다. 구역을 나눠 각자 부근의 농가를 찾아보았지만 허사였다. 밭과 숲을 지나니 길이 사방팔방으로 나 있었다. 지금 와서 소란을 피운다 해도 때는 이미 늦은 것이다.

결국 요코를 부축하고 맥이 빠져 돌아가는데, 노자키 조수의 모습이 보이지 않았다. 범인을 찾는 사이 먼저 돌아갔는지 아직도 열심히 수색을 하고 있는지 확실치 않았지만 염려하지 않아도 될 것이라 생각했다. 그보다 요코의 간호가 더 중요해서 자동차 세 대는 먼저 출발했다. 자동차를 타지 않아도 20분만 걸으면 O역에 도착하는 거리였으니 별 문제 없을 듯했다.

혼자 남겨진 노자키 사부로는 대체 무엇을 하고 있었는가. 그는 기괴한 일이 속출하자 머리가 좀 이상해진 것 같았다. 에노시마 수족관에서 인어로 발견된 사토미 기누에가 계속 머리에서 떠나지 않았다. 사랑하는 사람이 인어가 되었다. 아름다운 인어의 가슴에서 새빨간 피가 흘러내렸다. 범인은 악마 같은 놈일 것이다. 분명 눈앞에 있었는데 금세 자취를 감추었다. 노자키는 그런 생각에 잠겨 정오 무렵의 불볕더위 속을 터벅터벅 걷다 보니 머릿속에 공백이 생기는 듯했다.

논고랑의 흙탕물은 뜨거운 물처럼 부글부글 끓어올랐다. 그 사이로 나 있는 구불구불한 시골길은 시멘트같이 말라붙어 있었다. 건너편 농가의 흰 벽과 사당으로 가는 오르막길은 이글 거리는 태양에 마구 너울거렸다. 더위 때문에 아무도 밖을 돌아 다니지 않았다.

노자키는 일행을 놓친 것도 모른 채 그 길을 정처 없이 걸었다.

길 양쪽에는 간혹가다 농가가 뜨문뜨문 보였다. 개는 있는 대로 혀를 내밀고 열병환자처럼 늘어져 있었다. 닭은 노곤한 듯 먹이를 쪼았다.

얼핏 보니 허름한 농가 한 채가 있었는데, 낮은 산울타리 너머 헛간 안에 한 남자가 웅크리고 앉아 있는 모습이 눈에 띄었다.

노자키는 깜짝 놀라 멈춰 섰다. 아까 자동차를 타고 가다가 길을 물었던 농부가 틀림없었다. 그는 우연히 흉악범이 숨은 집을 알아낸 것이다.

노자키 청년은 뱀 앞의 개구리처럼 꼼짝할 수 없었다. 심지어 눈도 돌릴 수 없었다. 그는 자기도 모르게 농부의 얼굴을 노려보 며 잠자코 있었다.

농부도 어둑어둑한 헛간에 웅크리고 앉아 꼼짝도 하지 않고 섬뜩한 이키닌교[23]처럼 노자키 쪽을 빤히 바라보고 있었다.

유리로 만든 안구인지 눈도 깜짝하지 않았다.

두 사람은 길에서 마주친 맹수처럼 언제까지고 서로 노려보기만 했다. 마치 움직이면 지기라도 한다는 듯이.

그러는 동안 노자키의 마음속에서는 이루 말할 수 없는 공포가 치밀었다. 머리가 어지럽고 눈앞이 흐릿해졌다. 농부는 히죽히죽 웃었다. …….

반 정 앞에는 먼지투성이 막과자 가게가 있었다. 노자키는 돌연 거기로 달려가 가게를 지키던 노파에게 물었다.

"말씀 좀 묻겠습니다. 저 앞에 산울타리가 있는 집이 있잖아요, 거기 헛간 앞에서 여기를 보고 있는 저 남자를 아시는지요?"

"무슨 말이요?"

깜짝 놀란 노파는 노자키의 모습을 빤히 쳐다보더니 잠시 후 그의 질문을 알아차렸는지 대답했다.

"아, 아범 말이군요. 사쿠作라오. 알다마다. 친척이거든요. 사쿠에게 무슨 용건 있소?"

"네, 그 남자요. 지금 울타리 쪽으로 걸어 나와 저를 노려보고 있잖아요."

노자키가 자꾸 확인을 하는데도 같은 대답만 했다.

"네, 저 집 주인입죠."

....
23_ 生人形. 실제로 살아 있는 인물처럼 보일 정도로 세공이 정교한 인형 전시물. 주로 설화, 역사 속 인물, 불상, 유녀遊女, 요괴 등 기이한 인물들을 형상화했으며, 에도 말기부터 메이지시대에 이르기까지 오사카와 도쿄 아사쿠사를 중심으로 흥행했다.

아무래도 이상해서 맞나 다시 확인하는데 겉옷의 줄무늬이며 허리띠 색깔이며 틀림없었다. 무엇보다도 얼굴 생김새가 분명 아까 논두렁을 고르던 농부였다.

"저 사람은 저 집에 산 지 오래되었나요?"

"그렇다마다요. 아마 증조부 때부터 저 집에 살았을 걸요. 아범이 뭔가 무례를 범했나요? 저래 보여도 일은 잘해요. 둔해서 그렇지. 마누라가 고생이라오."

노자키는 뜻밖의 사실에 점점 당황하며 자칭 이나가키라는 남자가 간토빌딩에 모습을 나타낸 날이나 사토미 기누에를 가짜 편지로 유인한 날에 사쿠라는 농부가 어디에 있었는지 물어보았다. 사쿠는 최근 한 달 동안 한 걸음도 마을을 벗어난 적이 없다는 것이 확인되었다.

그렇다면 아까 헛간 안에서 그를 노려보던 그 눈초리는 대체 뭐였을까.

"용무가 있으면 나한테 이러기보다는 사쿠에게 직접 물어보는 게 어떻겠소?"

"그러네요."

노자키가 생각을 가다듬을 겨를도 없이 멍하니 있는데, 노파는 산울타리 쪽에 서 있는 사쿠를 큰 소리로 부르며 이쪽으로 오라고 손짓했다.

농부는 머뭇머뭇하더니 결심을 했다는 듯이 다시 헛간 안으로 들어갔다. 그리고 검은 물건 한 뭉치를 손에 들고 산울타리를 넘어 느릿느릿 이쪽으로 걸어왔다.

"이분이 아범에게 용무가 있으시다네."

그가 막과자 가게 앞에 오자 노파가 말했다.

"미안합니다. 버리고 간 거라 괜찮을 줄 알았는데 이걸 찾으러 오신 거죠?"

사쿠는 느닷없이 손에 들고 있던 것을 노자키에게 내밀었다. 진흙으로 더럽혀진 주름투성이 검은 양복이었다. 노자키는 양복을 건네받아 살펴보았다. 영락없이 악당이 촬영할 때 입었던 양복이었다. 검은 복면까지 함께 있는 것을 보니 완벽한 증거였다. 그 외에도 생각지 못한 것이 하나 더 있었는데, 손때가 묻은 도쿄 지도였다.

"그럼 이걸 주워서 숨겨놓은 거겠네요."

"네. 나쁜 짓은 못하겠더라고요. 좀 전에도 양복 입은 양반들 두세 명이 우리 집 앞을 어슬렁거리던데요. 혹시 이걸 찾으러 온 건가 겁이 나서 집 안에 웅크리고 있었어요. 딱히 숨길 만한 물건은 아니지만요. 이제 돌려드리죠. 받으세요."

"아니, 그러지 않아도 돼요. 이 옷이 갖고 싶으면 가지세요. 그보다도 당신에게 묻고 싶은 것이 있습니다. 기억이 나죠? 당신이 논두렁을 고르던 쪽으로 여러 사람이 탄 자동차가 지나가며 앞의 자동차가 어느 방향으로 갔냐고 물었던 거요. 나도 그 자동차에 있었는데, 앞 자동차에 사람을 살해한 악당이 타고 있었거든요. 우리는 그걸 추격하는 중이었죠. 이해하죠? 중요한 일이니까 잘 생각해서 대답해주세요. 앞 자동차가 당신 옆을 지나갈 때 운전석에 사람이 타 있었습니까?"

"당연히 타 있었죠. 운전사 없이 자동차가 움직일 수 있나요?"

"이치야 그렇지만, 실제로 사람이 타 있는 걸 두 눈으로 똑똑히 봤나 묻는 겁니다."

"당연히 봤죠. 그 후 2~3정쯤 앞으로 갔을 때 밭으로 양복이 휙 하고 떨어졌으니까요."

"버린 거네요."

"네, 저도 그렇게 생각했죠. 아까운 것 같아 주워왔어요."

"그건 됐고요. 그 자동차의 뒷모습도 봤을 테죠?"

"네, 보이지 않을 때까지 지켜봤죠."

"그동안 누군가 자동차에서 뛰어내린 사람은 없었나요?"

"아니요, 뛰어내린 사람은 없었어요."

더 이상 물을 것도 없었다.

잠시 후 노자키는 막과자 가게를 나와 한낮의 더운 시골길을 걸었다. 양복은 사쿠라는 농부에게 주고 도쿄 지도만 회수해서 주머니에 넣었다.

양복에 관해서는 딱히 의심스러운 점이 없었다. 처음에는 요코의 상대역 배우가 입었던 양복인데, 그걸 살인마가 입고 배우인 척 요코를 자동차에 태우고 도주한 것이다. 그리고 도중에 차에서 양복을 벗어 길가에 던진 듯했다. 양복 때문에 꼬리가 잡힐까 우려했던 모양이다.

하지만 사쿠라는 농부가 자동차에서 뛰어내리는 놈의 모습을 보지 못한 것은 이해가 가지 않았다. 2정 정도 앞에 야트막한 산이 있어 사쿠가 있던 곳에서는 더 이상 보이지 않는다. 하지만 자동차가 달린 거리라고 해봐야 불과 1정밖에 안 되고 그 사이에는 사람이 숨을 만한 곳도 없다. 만약 뛰어내렸다면 뒤따랐던 노자키 일행에게 발견될 수밖에 없었을 것이다. 그러니 구로야나기 박사까지도 농부인 사쿠를 의심하지 않았을까. 사쿠 말고는 아무도 없었으니까.

지형으로 보나 시간으로 보나 놈이 추격하던 사람들 눈에 띄지 않고 도망가는 것은 불가능했다. 놈이 사쿠라는 농부로 변신했다고 생각할 수밖에 없었다.

하지만 사쿠는 아무리 봐도 약간 덜떨어진 농부일 뿐이다. 막과자 가게 노파 말로는 최근 한 달간 사쿠가 마을을 한 발자국도 나가지 않았다는데, 설마 노파가 살인마와 한패일 것 같지는 않다.

"그래? 그럼 뭐야?"

노자키는 무심결에 혼잣말을 했다. 그에게는 이 난제를 해결할 능력이 없었다. 그래도 생각이나 해보려는데 갑자기 이루 말할 수 없는 공포가 밀려왔다.

맑게 갠 푸른 하늘이 점차 먹구름으로 덮이더니 멀리서부터 우르릉 천둥 치는 소리가 귓가에 들리는 듯했다. 백주대낮에 악몽을 꾸는 것 같았다.

그는 난생 처음으로 사무치는 공포에 직면했다. 더구나 그 공포의 정체를 파악할 수 없기 때문에 두려움은 더욱 배가되었다. 그는 더 이상 생각할 힘도 없었다. 이대로 멀리 도망치고 싶을 뿐이었다.

구로야나기 박사의 사무실로 돌아가 이 무시무시한 사실을 보고하고 싶지도 않았다. 탐정 사무실이 두렵게만 느껴졌다.

두 번째 도전장

그다음 날, 구로야나기 박사는 저택 응접실에서 전처럼 나미코시 경부와 밀담을 나누고 있었다. 박사의 저택은 경시청과 나미코시 경부의 집 중간에 있었다. 쇼센[24]을 타고 가다 내리면 어렵지 않게 박사의 집에 갈 수 있었기에 나미코시 경부는 귀갓길에 박사의 저택에 자주 들렀다.

전날 일어난 사건을 두고 박사는 자신의 계획이 틀어진 것을 아쉬워한 반면, 경부는 그런 경우 추적이 불가피하다고 변명하는 것으로 대충 이야기를 마무리 지었다. 박사는 노자키 조수에게 들은 새로운 사실, 그러니까 어제 만난 농부는 결코 놈이 아니라는 사실을 알려주었다. 그렇다면 놈은 어디로 어떻게 도망친 걸까 박사와 경부 모두 의아하게 여겼다.

"놈의 신체는 유리로 만들어졌다고밖에 생각할 수 없군요. 야외에서 자동차에 타고 있다가 모습을 감출 정도니. 놈은 지난번에 그 도전장도 밀폐된 내 서재에 감쪽같이 가져다 놓기도 했어요."

....
24_ 省線. 1920~1949년 사이에 현재의 국철인 JR선에 해당하는 철도를 지칭한다.

박사의 말에 경부가 맞장구를 쳤다.

"도대체 괴물이 아니고서야, 제 오랜 경관 생활 중 이런 괴물을 만난 건 처음입니다. 상상조차 할 수 없어요."

"괴물이라 말하시니 노자키 군이 공포에 질린 얘기를 해야겠군요. 어젯밤 돌아와서는 그 일을 보고하면서 사무실을 그만두고 싶다고 했거든요. 무슨 일이냐고 물으니 공포에 질려 어쩔 줄 모르더군요. 노자키 군으로서는 처음 경험한 일이니 그러는 것도 무리는 아닙니다. 노자키 군은 오늘도 나오지 않았어요."

"그 심정 이해합니다. 이일저일 겪다 보니 이제는 능구렁이가 다 된 저도 소름끼치는 구석이 있을 정도니까요. 솔직히 저도 이놈은 무섭다는 느낌이 듭니다."

나미코시 경부는 박사 앞에서는 허물없이 나약한 소리도 했다.

"하하하하하, 당신이 그런 말을 하면 곤란해요. 싸움은 지금부터입니다."

박사는 웃다가 갑자기 화제를 돌렸다.

"이 지도는 노자키 군이 가져온 거예요. 놈이 양복과 함께 버린 걸 사쿠라는 농부가 주웠다고 하더군요. 이게 뭐라 생각하세요?"

박사는 도쿄 지도를 테이블에 펼쳐놓았다. 지도에는 각 구에 군데군데 붉은 잉크로 X자 표시가 있었고, 각각 1부터 49까지 번호를 매겨 놓았다. 도쿄 전역에 걸쳐 X자 표시가 총 마흔아홉 군데 있는 셈이었다.

"거참 이상하네요. 우리는 이런 지도를 자주 만듭니다. 하지만 이건 경찰용 지도가 아니잖습니까."

"그렇죠. 다시 말해 악역을 맡은 배우가 의상 주머니에 넣어둔 건 아니겠죠. 그건 당사자에게 전화를 걸어 확인했어요. 그러면 이 지도는 '놈'이 필요 없어진 양복을 자동차에서 던질 때 무심코 함께 버린 거라 할 수 있겠죠. 그러니까 이건 '놈'의 소지품이라고 볼 수밖에 없어요."

"음, 그렇다면."

"그렇죠. 별거 아닌 이 낡아빠진 지도가 매우 중요한 의미를 지니게 되죠. 이게 푸른 수염의 지도이고, X자도 놈이 표시한 거면 말이죠."

"그러네요. 이 지도가 놈의 계획을 의미한다면 매우 중요하겠죠. 그런데 이 마흔아홉 군데 표시는 도대체 무엇을 의미할까요."

"그건 나도 모르겠네요. 하지만 상상은 해볼 수 있겠죠. 만약 이런 무시무시한 상상이 허락된다면."

"무슨 말씀이십니까?"

"한번 보세요. 이 표시는 한꺼번에 한 것이 아닙니다. 하나씩 순서대로 다른 날 기입한 거죠. 잉크 색도 좀 다르고 손때가 묻어 번호가 지워진 부분도 있는가 하면 방금 쓴 것처럼 선명한 것도 있죠. 놈이 무언가를 발견할 때마다 기입한 것이 틀림없습니다. 무엇을 발견했을 때일까요? 우선 상상해볼 수 있는 건 놈의 취향에 맞는 여자입니다. 살인 후보자인 셈이죠. 그런 여자를 발견할 때마다 어느 동네 몇 번지에 살고 있다고 이

지도에 기입해나간 모양입니다. 아마 이걸 시작한 건 간토빌딩의 여직원 모집 이후인 듯해요. 그래서 사토미 자매의 주소는 표시가 없는 것 같군요. 또 후지 요코의 주소도 이 지도에 없으니 그것도 예외인 듯합니다."

"그러네요. 그렇게 생각하는 것이 가장 적절할 것 같습니다."

"놈이니까 그 정도는 거리낌 없이 하겠죠. 하지만 만약 내 상상이 맞는다면 이건 정말 전율할 만한 살인 목록입니다. 만일 경찰의 힘이 미치지 않으면 놈은 앞으로 마흔아홉 명을 더 살해하겠다는 의미가 되겠죠."

"하하하하하, 아무리 그래도 설마."

"아뇨, 그렇게 무시하는 건 절대 금물이에요. 지금까지 놈이 한 짓을 보세요. '아무리 그래도 설마'라니요. 그런 대담무쌍하고 위험천만한 짓을 아주 쉽사리 해내잖습니까."

박사는 오히려 마흔아홉 명 살해를 믿는다는 듯이 진중한 태도로 말했다. 나미코시 경부는 박사가 아니라 마치 푸른 수염이라는 놈에게 직접 설복당한 기분이 들어 그만 입을 다물고 말았다.

잠시 침묵이 흘렀다. 그동안 눈에 보이지 않던 강적에 대한 두려움이 두 사람의 마음을 바짝 옥죄는 것 같았다.

구로야나기 박사는 생각 중에 무심코 테이블에 놓여 있던 나미코시 경부의 경찰 모자를 만지작거렸다. 금실로 된 띠 장식과 금색 배지가 화려하게 빛났고, 가죽으로 된 **챙**에는 거울처럼 실내의 반 정도가 조그맣게 비춰 보였다.

박사는 무심코 모자를 안쪽으로 뒤집더니 관자놀이 쪽에 댄 가죽을 젖혔다. 그러자 그 가죽 안에서 작게 접은 종이쪽지가 톡 떨어졌다.

"아, 실례했습니다. 생각에 잠겨 있다 보니 그만."

박사는 사과를 하면서 종이쪽지를 원래대로 돌려놓으려는데 경부는 그 손을 막고 말했다.

"잠깐 그것 좀 보여주세요. 저는 그런 곳에 물건을 끼워둔 기억이 없습니다."

종이쪽지를 받아서 펼쳐 보니 역시 경부는 알지 못하는 편지였다. 편지를 훑어보던 그는 무심결에 벌떡 일어나 외쳤다.

"당했어요. 또 놈의 도전장입니다."

내용은 아래와 같았다.

친애하는 구로야나기 박사. 나는 귀하의 혜안에 경의를 표하는 바요. 귀하는 기가 막히게 내 계획의 허를 찔렀소. 경찰의 추적 때문에 자동차를 버렸는데 지금 돌이켜보니 그건 정말 행운이었소. 만일 그대로 자동차를 타고 집으로 갔다면 내 하나뿐인 비밀 아지트를 잃어야 했을 테니.

구로야나기 박사, 당신은 내 호적수요. 하지만 나는 이렇게 사소한 일로 의기소침하는 사람이 아니오. 당장 원기 회복하고 2단계 계획을 이제 실행에 옮기려 하오. 충분히 승산이 있는 계획이오. 이번에야말로 어떤 강적도 두렵지 않소.

기다리겠소, 구로야나기 박사. 오는 7일이야말로 용호상박의 날이오. 장소는 후지 요코가 어디에 있느냐에 따라 바뀌겠지만, 나는 결단코 이 일정을 연기하지 않을 거요. 기다리겠소, 호적수.

푸른 수염으로부터

"괘씸한 놈. 내 모자를 우편함으로 써서 박사에게 편지를 전달하다니. 진짜 어처구니없군."

나미코시 경부는 얼굴이 벌게지도록 화를 냈다. 놈은 일석이조의 효과를 얻었다. 이 기묘한 서신 전달로 박사를 우롱하는 동시에 귀신이라 불리던 나미코시 경부를 편지 배달부로 취급해서 모멸감을 주었기 때문이다.

"하지만 대체 언제 무슨 수로 이런 걸 내 모자 속에 넣을 수 있었을까요?"

경부는 뒤늦게 그 점을 깨닫고 깜짝 놀랐다. 오늘 아침부터의 행동을 아무리 복기해 보아도 그의 모자가 범인의 손에 닿을 만한 장소에 놓인 적은 한번도 없었다.

"마술사인가 보군요."

박사는 히죽 웃으며 나직하게 말했다.

촬영 중지

7월 7일, K촬영소 수위는 아침부터 찾아온 낯선 방문객들 때문에 놀라지 않을 수 없었다. 출근하는 배우, 기사나 미술부 사이에 섞여 제법 영화계 종사자 같은 차림을 한 사람들이 계속 들어왔기 때문이다. 그들은 입구 철책을 통과하며 K소장의 명함을 수위에게 보여주었다. 그 명함에 적혀 있던 '촬영소 출입을 허락한다'는 글씨는 소장의 필적이 분명했고 도장까지 찍혀 있었다.

수위는 전날 소장에게 '명함을 가지고 오면 문을 열어주라'는 지시를 받았기에 그것 때문에 놀란 것은 아니었다. 다만 이렇게 많은 사람이 몰려올 줄은 상상도 못했기에 적잖이 당황했다. 인원을 세어보니 서른 명이 넘었다.

말할 필요도 없이 그들은 후지 요코의 경호를 맡은 사람들이었다. 전날 박사의 저택에서 구로야나기 박사와 나미코시 경부가 상의한 결과 이 방법을 택했다. 7월 5일 로케이션 사건에 질려 경호인 수를 몇 배로 늘려야 한다고 주장한 사람은 경부였다. 그렇다고 제복 순사를 배치하면 오히려 적에게 주의를 주는 셈이니 모두 영화관계자처럼 차려입고 촬영소에 와라, 이런 제안을 한 사람은 박사였다. 상의 끝에 박사나 경부도 평상복을 입고 미술부처럼 변장하자는 결론을 냈다.

그런 까닭에 수위는 전혀 몰랐지만, 소장의 명함으로 문을 통과한 사람들 중에는 유명한 구로야나기 박사나 나미코시 경부도 섞여 있었다.

다부진 후지 요코는 어제 단 하루만 쉬고 오늘은 일찍부터 카메라 앞에 있었다. 구로야나기 박사가 받은 도전장 이야기를 듣고 소장을 비롯한 여러 사람들이 오늘 촬영은 쉬자고 권유했지만, 요코가 다음과 같이 말해 촬영을 강행하기로 했다고 한다.

"그런 악마 같은 놈이라면 어디 있어도 위험한 건 마찬가지 아니겠어요? 오히려 사람들 앞에서 일을 하는 편이 덜 으스스할 것 같아요. 더구나 오늘 쉬면 적에게 약한 모습을 보이는 셈이잖아요. 그러기에는 너무 분하거든요."

오전 10시경, 촬영소 안의 글라스 스테이지[25]는 일부 촬영이 진행되는 곳만 엄청 휘황찬란하고, 나머지 공간은 부서진 의자와 소품들이 굴러다니고 배경용 무대장치가 종횡으로 기대어 있었다. 매우 살풍경한 가운데 천장도 없고 어딘지 이질적인 서양식 대형 식당의 세팅이 끝나자 감독과 카메라맨, 그리고 배우 등이 모여 촬영을 시작하려던 참이었다.

"요코 괜찮겠어? 이 장면은 최대한 밝은 표정을 지어야 하는데, 이런 상황에서는 좀 힘들지 않을까. 원하면 다음으로 미뤄도 돼."

N감독이 당사자보다도 더 걱정스런 표정으로 말했다.

"괜찮아요. 전 각오했거든요. 죽일 테면 죽여보라죠. 차라리 그 자식과 마주 보고 이야기해 보고 싶을 정도예요."

요코는 태연하게 농담까지 했다.

"게다가 꽤 엄중히 경호해주고 계시잖아요."

목소리를 낮춰 말하며 그녀는 무대 뒤에서 어슬렁거리고

....
25_ 태양광을 그대로 이용하기 위해 지붕이나 벽면을 유리로 덮은 촬영 스튜디오. 반면 다크 스테이지는 외부 광원을 차단한 스튜디오를 말한다.

있는 뚱뚱한 세트 담당자를 흘깃 바라보았다.

뚱뚱한 세트 담당자는 변장을 한 나미코시 경부였다. 그는 촬영에 방해가 되지 않게 세트 뒤를 어슬렁거리며 조감독으로 보이는 사람과 몰래몰래 이야기를 나누고 있었다.

"박사님 사무실을 그만두신 줄 알았습니다."

뚱뚱한 세트 담당자가 말했다.

"그때는 제가 좀 이상했었어요. 터무니없이 무서운 망상이 들었죠. 그놈이 무서웠어요. 하지만 집에 가서 좀 진정하고 보니 점점 견딜 수 없는 거예요. 오히려 더 궁금해지더라고요. 결국 또 나오게 되었죠."

대답을 하는 사람은 노자키였다. 그는 그날 이후 뭔지 모를 마치 **안개** 같은 공포에 시달리고 있었다.

"선생님은 어디에 계신지요. 함께 오시긴 했는데."

노자키는 아까부터 박사를 찾았다.

"조금 전까지 줄곧 문 쪽에 계시던데요. 아니면, 불편한 다리로 촬영소 구석구석을 휘젓고 다니시겠죠."

넓은 촬영소 요소요소에는 서른 명 가까이 되는 형사들이 빈틈없이 배치되어 있었다. 개미 한 마리 들어갈 틈도 없을 것처럼 경계가 삼엄했다. 하지만 그들은 수많은 촬영소 직원들과 섞여 있어 외부 사람이 보기에는 누가 형사인지 알아볼 수가 없었다. 시나리오 작가처럼 변장한 구로야나기 박사는 지팡이를 짚고 그 사이를 어슬렁어슬렁 돌아다녔다.

세트에서는 이미 촬영이 시작되었다.

성대한 연회 장면이었다. 수많은 의자와 테이블이 놓여 있었다. 순백의 테이블보 위에는 향기로운 꽃 장식이 있었고, 위를 보면 천장도 없이 매달려 있는 샹들리에가 있었다. 턱시도, 모닝코트, 야회복, 스소모요[26] 등 각양각색의 차림을 한 신사숙녀 역의 배우들은 축배를 들며 환담을 나눴다.

끊임없이 위치를 바꾸는 카메라를 따라 라이트를 여기저기 이동하며 순조롭게 촬영이 진행되었다.

드디어 주인공 후지 요코의 클로즈업 촬영이 있었다.

급사 역의 배우가 요코 뒤에서 포도주 병을 내밀고 자줏빛 액체를 그녀의 잔에 찰랑찰랑 따랐다. 가슴이 드러나는 순백의 야회복을 입은 요코는 옆의 신사와 즐겁게 담소를 나누며 잔을 입에 가져갔다.

이때 세트 담당자로 변장한 나미코시 경부는 노자키와 다른 형사 두세 명과 카메라 옆에 서서 요코 주변을 지켜보고 있었다. 그는 요코가 잔을 입에 대자 이상한 표정을 지으며 넌지시 감독에게 물었다.

"저걸 정말로 마십니까?"

"네, 잔에 든 액체가 반 정도로 줄어 있는 걸 찍을 겁니다. 뭐 술이 아니니까요. 색소가 든 물이죠."

감독은 태연한 얼굴로 대답했다.

"하지만 아무래도."

....
26_ 裾模樣. 무늬를 넣은 여성 전통예복.

경부가 뭔가 주의를 주려했지만 이미 요코가 그 물을 벌컥벌컥 마시고 말았다.

"좋았어, 그거야."

옆에 있던 노신사의 클로즈업.

그러고 나서 카메라는 조금 뒤로 빠지더니 다른 테이블에 있던 남녀에게 초점을 맞췄다.

빤한 장면이라 감독은 말로 지시할 필요도 없었다. 눈과 턱으로 사인을 보내면 카메라맨이 알아서 장면을 전환했다. 배우들도 무언가에 압도된 듯이 순순히 잘 따랐고, 잡담을 하는 사람도 없었다.

마치 팬터마임 같았다. 기계장치가 배우들에게 움직이라는 지시를 내리듯 말없이 카메라 크랭크 소리만 찰칵찰칵 단조로운 소리를 냈다.

"그만 중지. 촬영 중지."

나미코시 경부는 연설 중지라도 명령하듯 갑자기 소리를 질렀다.

사람들은 모두 깜짝 놀랐다. 감독도, 카메라맨도, 배우들도, 조수도, 변장한 형사들도 모두 경부 쪽으로 얼굴을 돌렸다. 크랭크도 멈췄다.

그 와중에 단 한 사람만이 경부 쪽을 보지 않고 다른 곳을 물끄러미 바라보고 있었다. 후지 요코였다.

그녀는 테이블에 양 팔꿈치를 올려놓고 멍하니 한쪽만 바라보고 있었다. 화장 때문에 얼굴이 점차 흙빛으로 변해가는 듯했다.

눈빛도 정상이 아니었다.

모두들 그걸 눈치채고 그녀 쪽으로 시선을 돌리는데 요코의 눈이 감기고 목이 흔들리더니 순식간에 테이블 아래로 쓰러졌다.

순간 무언극이 혼란에 빠지고 소동 장면이 되었다. 사람들은 저마다 비명을 지르며 요코 주변으로 모여들었다 그녀의 옆에 앉아 있던 노신사 역의 배우(영화계 대선배 I였다)가 요코의 어깨를 흔들며 소리쳤다.

"요코, 요코. 무슨 일이야? 왜 그래?"

하지만 아무리 흔들어도 요코의 몸은 해파리처럼 축 늘어져 아무 반응도 하지 않았다.

나미코시 경부는 재빨리 세트 안으로 뛰어들어가 아까 요코에게 포도주를 따라준 남자를 잡았다.

"당신, 저 술을 어디서 가지고 왔지?"

남자 배우는 열심히 상황을 설명했다. 옆에 있던 배우 두세 명도 거들었다.

"그 남자는 수상한 사람이 아니에요. 전부터 우리와 함께 일하던 동료죠."

경부는 배우에게 술병을 가져다준 소품 담당자를 찾으러 두 사람을 데리고 급히 식당(거기에서 술병에 넣은 액체를 준비했다고 들었다)으로 갔다. 액체 속에 독약을 섞은 사람이 있는지 조사하기 위해서였다.

한편 N감독은 요코를 I배우에게 부탁하고 소장실로 달려갔다. 그는 K소장의 소맷자락을 붙들고 황급히 사정을 이야기했다.

"독약이네."

소장도 입술이 파래졌다.

"하지만 절망하기는 이르지. 그래 의사, 의사는?"

"H병원에 전화를 걸까요?"

"물론 전화부터 했어야지."

소장은 질책하듯 말했다. N감독은 갑자기 탁상전화를 들고 교환수에게 소리쳤다.

"H병원. 독약을 마신 사람이 있으니 어서 와달라고."

백발의 의사

잠시 후 K촬영소 앞으로 자동차가 한 대 도착했다. 그리고 백발에 흰 수염을 기른 의사가 차에서 내렸다. 대기하고 있던 조감독 청년이 의사의 손을 붙들고 요코가 쓰러져 있던 세트로 달려갔다. 불과 5분 전에 일어난 일이라서 요코를 방으로 데려갈 겨를도 없었다.

나이 든 의사는 백발을 바람에 휘날리며 구부정한 허리로 비틀비틀 걸어왔다. 헐렁한 양복이 펄럭거렸다.

세트에는 요코를 가운데 두고 배우들과 스태프들이 구름떼처럼 몰려 있었다. 의사의 모습을 본 형사들은 사람들을 요코에게

서 물러서게 제지했다.

나이 든 의사는 아무 말도 하지 않았다. 그리고 가방에서 여러 기구와 약품을 꺼내 요코를 정성껏 진찰했다. 10분쯤 지났을 때였다.

"마취제인 모양입니다. 아마 생명은 건질 수 있을 거예요."

백발 의사는 커다란 돋보기안경 너머로 소장과 N감독 쪽을 올려다보며 말했다.

"더 세심히 살펴볼 필요가 있어요. 여기는 치료를 하기에도 적합지 않으니 병원으로 옮기는 게 좋겠어요."

"그렇게 해주십시오. 꼭 부탁드립니다."

K소장이 대답했다.

"하지만 어떻게 옮길까요."

"그건 문제없어요. 문 쪽에 병원차를 대기시켜 놓았으니 누군가가 안아서 거기까지 옮겨주면 되겠군요."

"그럼 아무나 빨리 요코 씨를 옮겨주게. 빨리빨리."

소장은 허둥지둥 젊은 직원들을 보며 소리쳤다. 세 청년이 쓰러진 요코에게 다가와 각각 머리, 몸통, 다리를 받치고 조용히 안아 올렸다.

바로 그때 이상한 일이 일어났다.

잠깐 모습이 안 보였던 노자키 사부로가 연출부처럼 N감독 쪽으로 황급히 다가왔다. 그는 촬영 조율이라도 하듯이 무슨 말인가를 소곤거렸다.

"뭐라고요?"

N감독의 얼굴은 차츰 경악하는 표정으로 바뀌더니 무심코 큰 소리로 반문했다.

무슨 일인데 감독을 그렇게 놀라게 했을까. 노자키는 도대체 그의 귀에 대고 무슨 말을 속삭인 걸까. 그 사정을 좀 이야기해야겠다.

노자키 사부로는 이미 요코가 정신을 잃고 쓰러졌을 때 의심을 품었다. 아직 목적도 이루지 못했는데 푸른 수염이 그 중요한 요코를 독살할 리 없다. 만약 그의 소행이라면 마취제로 잠시 실신시킨 것에 불과할 것이다. 하지만 실신시켜 어찌하려는 것일까. 혹시 혼란을 틈타 실신한 요코를 여기서 빼내려는 것일까. 하지만 어떤 방법으로?

노자키는 그런 걱정 때문에 구로야나기 박사를 찾으러 갈 여유가 없었다. 다만 조용히 요코 주위를 감시하고 있었다.

그러던 중 백발 의사가 도착했다. 백발, 흰 수염, 큰 돋보기. 그는 화들짝 놀랐다. 노자키는 갑자기 짚이는 것이 있어 가까이 있던 고참 배우의 어깨를 살짝 치며 물었다.

"저 사람 확실히 H병원 의사인가요?"

배우는 미심쩍다는 듯이 대답했다.

"아마 그렇겠죠? 하지만 못 보던 의사이긴 하네요."

"최근 H병원에 입원하셨다면서요? 신문에서 본 것 같아서요."

"네, 그랬죠. 하지만 병원에서 저 의사를 본 적이 없어요."

그 말을 듣고 노자키는 얼른 사무실로 달려갔다. 그리고 사무실에 있는 사람에게 자초지종을 말하고 H병원에 전화했다.

"저희 병원에서는 아무도 촬영소에 가지 않았어요."

전화를 받은 사무직원이 그렇게 대답했다.

"네, 전화가 오긴 했죠. 하지만 준비까지 마쳤는데 그쪽에서 바로 취소했잖아요."

그는 즉시 세트로 돌아가서 N감독에게 그 상황을 귓속말로 알려준 것이다. 그리고 의사의 치료를 잠시 중지시켜 달라고 부탁하고는 구로야나기 박사와 나미코시 경부를 찾기 위해 조용히 그 자리를 떠났다.

N감독은 반신반의했지만 어쨌든 노자키의 말대로 의사에게 말했다.

"선생님, 잠깐 여쭤볼 게 있는데요."

요코를 안아 운반하던 세 직원보다 저만치 앞서 걷던 의사는 그 소리에 뒤돌아보았다.

"뭐죠?"

그는 동그란 돋보기 너머로 힐끗 감독의 얼굴을 쳐다보았다. 감독은 말문이 막혀 잠시 망설였다. 불과 5~6초밖에 안 되는 순간이었지만 두 사람은 심상치 않은 침묵 속에서 서로를 노려보았다.

아뿔싸, 감독의 표정이 모든 것을 다 말하고 있었다. 의사가⋯⋯. 희대의 살인마가 그걸 모를 리 없었다.

위험을 감지하자 의사는 지금까지 구부정하게 굽히고 있던 허리를 꼿꼿이 세웠다. 움츠렸던 어깨가 펴지자, 떡 벌어진 어깨 위로 백발에 흰 수염이 달린 커다란 얼굴이 정면을 똑바로 바라보게 되었다. 비실거리던 노인은 어디론가 사라지고 거기에는 건장한 체구의 낯선 남자가 서 있었다.

눈 깜짝할 새에 그는 이미 뛰고 있었다. 긴 다리가 눈에 보이지 않을 정도로 날쌔게 발을 떼었다. 그러는 동안 그는 글라스 스테이지와 문 사이에 우뚝 서 있는, 촬영소 내의 가장 큰 스튜디오인 다크 스테이지 안으로 모습을 감춰버렸다.

마침내 변장한 형사들도 사태를 깨닫고 와자지껄 놈의 뒤를 쫓아갔다. 혈기왕성한 배우나 스태프들도 그 뒤를 따랐다.

다크 스테이지의 내부는 낮에도 어두컴컴했다. 게다가 이런 저런 잡다한 세트와 소도구들이 마치 연극무대 뒤처럼 비좁게 세워져 있었다. 특별한 건 없었다. 아주 넓은 창고 같은 곳이었다.

하지만 그것이 전부는 아니었다. 거기에는 촬영을 위한 거리 세트까지 있었다. 앞면밖에 없는 집들이 양쪽으로 즐비했고 구불구불한 골목도 있었다. 나란히 세워놓은 배경 사이로 공중전화 모형이 오도카니 서 있는가 하면 모형 군함을 띄운 커다란 물탱크에는 새카만 물이 찰랑거렸다. 그런 곳에서 도망친 사람을 찾는 것은 수풀 속에서 벌레를 찾아내는 것이나 다름없었다.

뒤쫓던 사람들은 다크 스테이지 입구에 들어가자마자 주춤했다. 놈이 어느 구석으로 들어갔는지 짐작할 수 없었다. 게다가 스튜디오 안은 앞이 보이지 않는 밤 같아서 어쩐지 음산한 느낌이 들었다.

다들 이러지도 저러지도 못하고 있는데 나미코시 경부와

노자키, 그리고 수십 명의 형사가 달려왔다.

그들은 여세를 몰아 건물 안으로 몰려 들어갔다. 네다섯 명씩 한 조가 되어 미로 같은 세트 사이를 누비며 좌우로 중앙으로 추적해 들어갔다. 경부의 명령으로 모든 출입구에는 형사들이 두세 명씩 지키고 서 있었다.

"아, 마침내 독 안에 든 쥐다. 이번이야말로 그놈을 잡아오자. 아무리 마술사 같은 놈이라도 설마 이런 포위를 뚫고 도망갈 재주는 없겠지."

첫 번째 입구에 서서 잔뜩 벼르던 나미코시 경부는 만족스런 모양이었다.

독 안에 든 쥐

하지만 쥐를 잡는 일은 경부가 생각했던 것만큼 쉽지 않았다.

뒤쫓는 사람들은 거리 세트의 이쪽저쪽을 샅샅이 뒤지며 차츰 안쪽으로 들어갔다. 들어가면 들어갈수록 첩첩이 세워져 있는 세트가 광선을 차단해 점점 어두워졌다. 예상대로 천장에 달린 뿌연 전등은 온통 거미줄투성이라 오히려 음산한 그림자만 드리웠다.

가장 용감해 보이는 운동선수 같은 배우가 제일 먼저 꽁무니를 뺐다. 그런 일에 익숙한 형사들조차 어쩐지 기분이 섬뜩했다. 세트 사이사이에는 아주 캄캄하고 구석진 곳이 여러 군데 있었다. 사람들은 그런 곳이 눈에 띨 때마다 마치 어둠 속에서 무언가가 기어 나올 것만 같아 겁을 냈다. 아니면 누군가 두 눈을 반짝이며 이쪽을 노려보고 있기라도 하듯이 움츠러들었다.

그들이 그렇게 머뭇거리며 암흑 같은 미로를 걸어가는데 돌연 뒤에서 정체모를 광선이 번쩍하더니 세트에 사람들의 거대한 그림자를 드리웠다.

모두 깜짝 놀라 뒤를 돌아보니 눈부신 광선 뒤로 사람 목소리가 들렸다.

"놀라지 말아요. 나예요, 나."

귀에 익은 카메라 조수의 목소리였다. 카메라 조수는 거기 선이 연결된 스포트라이트가 있다는 걸 생각해내고 스위치를 켠 것이었다.

이 스포트라이트 외에도 스테이지 안에는 촬영을 위해 준비해 놓은 각종 라이트가 있었다. 그의 임기응변 덕분에 바깥에서 수색하던 사람들도 비로소 조명에 생각이 미쳤다. 여기저기서 울긋불긋한 조명들이 빛을 밝혔다. 지금 당장 카메라만 돌리면 굉장히 박진감 넘치고 모던한 범인 체포물이 영화로 만들어질 것 같았다.

카메라 조수는 자신의 임기응변에 우쭐해졌다. 그는 다시 한 번 광선의 위력을 발휘해 보기 위해 스포트라이트 머리 부분을 빙빙 돌려가며 탐조등처럼 가능한 한 여러 방향으로 비춰보았다.

정면으로도 비추고, 오른쪽으로도 왼쪽으로도 비췄다. 그리고 광선을 서서히 위로 올려 천장을 비췄는데, 갑자기 날카로운 비명이 들렸다.

"악, 저기에……."

천장에는 카메라를 매달아놓고 그 위에서 이동촬영을 할 수 있는 레일이 설치되어 있었다. 그 레일(철판을 조립한 것이라서 폭이 1자[27] 정도였다) 위로 아까 그 의사의 백발이 보였던 것이다. 그는 되도록 몸을 웅크리고 있었지만 전신을 숨길 수는 없었다.

"내가 잡아주지."

체포에 능한 군인 출신 형사가 달려가더니 레일을 지탱하는 철기둥을 타고 원숭이처럼 위로 올라갔다.

백발의 괴물은 레일 위로 도망칠까 아래로 뛰어내릴까 잠시 주춤했다. 레일 건너편 기둥 주변에는 이미 다른 무리가 운집해서 기다리고 있었기 때문에 만약 그가 뛰어내리면 사람들 한가운데로 떨어지는 상황이었다.

진퇴유곡에 빠진 살인마는 대담하게도 그곳에서 버티며 올라오는 형사와 싸울 태세였다.

줄타기처럼 위험한 체포였다.

기둥 위로 올라간 형사는 괴물의 필사적인 방어태세에 잠시 위축되었지만 레일을 밟고 "이놈" 하고 소리를 지르며 괴물을 향해 돌진했다.

....
27_ 1자[尺]=30.3cm.

괴물은 슬금슬금 뒷걸음질을 치기 시작했다. 형사는 스모 자세로 한 발 한 발 범인을 따라갔다. 두 사람의 모습은 세트에 가려 최초의 수색대에게는 보이지 않았다. 그 대신 다른 수색대가 세트 건너편에서 침을 삼키며 천장을 바라보고 있었다.

레일 위에서는 위험한 몸싸움이 시작되었다. 이 경우 힘보다는 신체의 중심을 잡는 것이 더 중요했다. 기계체조에 능한 형사는 상대를 잡고 교묘하게 몸을 비틀어 레일에서 떨어뜨리려고 했다. 하지만 곡예라면 놈이 형사보다 한 수 위였다.

그는 떨어지는 척하다가 두 발로 레일에 매달렸다. 형사는 상대도 같이 떨어질 거라고 생각하고 아무 준비 없이 손발을 떼는 바람에 바로 밑에 있는 커다란 해전 모형용 물탱크로 떨어졌다. 엄청난 소리가 나며 물보라가 아름답게 일었다.

형사가 물에 빠진 쥐처럼 물탱크에서 기어 나왔을 때 백발의 괴물은 단번에 레일에서 뛰어올라 이미 들보로 이동한 후였다.

그는 새나 짐승처럼 들보에서 들보를 날아다니며 건물 구석으로 잽싸게 움직였다.

아래에서 뒤쫓던 사람들은 허둥거릴 뿐이었다. 천장에는 아무 장애물도 없었지만 아래에는 세트가 곳곳에 세워져 있었다. 놈은 1자만 움직이면 되는 거리지만 아래에서는 돌 수밖에 없었기 때문에 10~20간은 뛰어야 했다.

그렇다 해도 단연 뒤쫓는 사람들의 수가 많았다. 게다가 사방으로 입구에서 지키는 사람도 있기 때문에 절대로 놈이 이 건물 밖으로 나가는 일은 없으리라고 안심했다. 그들은 놈이

지칠 때까지 느긋이 기다리기로 했다. 나미코시 경부와 노자키도 일단 아래에서 천장 위의 적을 쫓는 무리에 가세했다.

10분, 20분이 지나자 천장 위의 괴물은 궁지에 몰린 쥐처럼 갖은 애를 썼지만 결국 역부족이었는지 딱하게도 들보를 잡고 있던 손을 놓고 말았다. 그는 사람들 무리에서 그리 멀리 떨어지지 않은 곳으로 떨어졌는데, 그대로 정신을 잃었는지 꼼짝하지 않았다.

나미코시 경부의 환희는 절정에 달했다. 지금이야말로 적을 칠 때가 온 것이다.

"포박해"

명령에 따라 한 형사가 포승줄 한쪽 끝을 잡고 괴물에게 다가갔다. 그가 괴물을 위에서 덮치고 마침내 포박하려던 찰나였다.

"탕."

큰 소리가 나더니 괴물에 올라탄 형사가 인형 나뒹굴듯 뒤로 자빠져 있었다. 흰 연기가 확 퍼지면서 타는 냄새가 코를 찔렀다.

자세히 보니 괴물이 연기 너머 저쪽에서 흰 수염을 들썩이며 거리낌 없이 웃고 있었다. 손에 들린 소형 권총이 반짝거렸다.

형사는 어깻죽지에 총을 맞고 기절한 것이었다.

권총을 본 사람들은 엉겁결에 뒷걸음쳤다. 괴물은 누구도 가까이 다가오지 못하게 하려는지 빈틈없이 사방으로 총구를 돌리며 천천히 건너편 어스름한 구석으로 걸어갔다.

"이런 경우 모두 두 손을 위로 올리는 것이 예의겠지요."

그는 정중하게 말하며 또 히죽거렸다.

사람들은 마지못해 손을 올렸다.

그 틈에 놈은 슬며시 배경용 무대장치가 세워져 있는 사이로 들어갔다. 그리고 커다란 무대장치 하나를 끌어당겨 그걸 병풍 삼아 모습을 감췄다. 하지만 섬뜩하게도 배경과 배경의 이음매 사이로 총구가 슬쩍 보이더니 또 뿌연 연기가 마구 새어나왔다.

"아주 조금만 움직여도 이 총구는 연기를 뿜을 겁니다."

무대장치 뒤에서 괴물이 정중하게 협박하는 소리가 들려왔다.

그를 쫓던 사람들은 어쩔 줄 몰라 했다. 부상을 당한 형사를 보살필 기력도 없었다. 모두 손을 들고 한참을 우두커니 서 있을 뿐이었다. 놈도 경계하며 꼼짝하지 않았다. 언제까지고 그 섬뜩한 총구를 사람들에게 겨누고 있을 뿐이었다.

그러는 사이 기다리다 못해 구로야나기 박사가 사람들 뒤에서 나타났다. 그 사람들 뒤쪽의 어두운 구석에 숨어 있던 나미코시 경부는 그 모습을 보고 손을 올린 채 겨우 용기를 내서 박사에게 속삭였다.

"저 무대장치 뒤까지 놈을 따라가긴 했습니다. 그러나 박사님, 보이시죠? 저 사이로 권총을 겨누고 있어요. 섣불리 개입하시면 위험합니다."

"압니다."

박사도 되도록 몸을 움직이지 않으며 나지막이 말했다.

"당신이 놈을 포위했다는 소식을 듣고 나는 놈이 타고 온 자동차 운전사를 잡으면 되겠다고 생각했어요. 그래서 급히 문 쪽으로 갔는데 자동차가 없더군요. 잽싸게 눈치채고 도망친 거죠."

경부는 범인을 쫓아가는데 열중해서 자동차는 신경 쓰지 못했다. 그는 박사의 치밀함에 감탄했다.

"내가 왜 이렇게 늦었냐 하면요."

박사는 이렇게 위급한 상황에도 상대를 얕보는 말투로 이야기했다.

"놈에게 한 방 먹었죠. 별것 아닌 트릭에 속아 건너편 빈방에 갇혔거든요. 문이 강하더군요. 부수는 데 아주 애먹었습니다.

어쩐지 박사의 모습이 보이지 않는다 싶었다.

"자세한 건 나중에 이야기하시죠."

경부는 답답하다는 듯이 말했다.

"그보다도 눈앞에 놈이 있어요. 놈을 놓치면 돌이킬 수 없어집니다. 총기를 가지고 있어서 상황이 안 좋습니다. 좋은 수가 없겠습니까?"

"뭐, 총탄 같은 건 조금만 주의하면 맞지 않아요. 하지만 이렇게 밀집된 곳은 위험하니 여러분들도 좀 뒤로 물러나세요."

박사는 별일 아닌 듯이 말하면서 인파를 헤치고 적의 총구를 향해 나아갔다.

목과 허리를 꼿꼿이 세운 채 지팡이에 의지하여 불편한 의족을 끌고 어수선한 소도구들 사이를 누비며 한 걸음 한 걸음 적에게 다가갔다. 그런 박사의 모습이 개구리를 잡는 뱀처럼 보였다.

드디어 기다리고 기다리던 때가 왔다. 원한이 쌓일 대로 쌓인 살인마가 지금 박사의 코앞에서 꼼짝 않고 웅크리고 있다. 박사의 눈은 환희로 이글거렸다. 그의 손은 전투를 기대하며 떨고 있었다.

박사의 무모한 행동을 저지하는 사람은 없었다. 그의 대담무쌍함에 기가 질려 손에 땀을 쥘 뿐이었다.

장엄하다는 표현이 어울릴 만큼 깊고 깊은 침묵이 이어졌다.

무대장치 뒤에 숨어 있던 흉악범은 이른바 호적수의 출현에 어떤 마음일까. 섬뜩하게도 그는 그저 묵묵히 어둠 속에 웅크리고 있었다.

박사의 숨소리까지 들리는 듯했다.

개구리를 노리는 뱀은 단숨에 적을 포획할 확신이 생기기 전까지는 움직임을 눈치채지 못할 정도로 서서히 목표를 향해 다가간다. 적기다 싶은 시점이 와야 비로소 전광석화처럼 상대의 머리를 공격하는 법이다.

박사가 바로 그랬다. 어느 지점까지는 허리를 구부정하게 구부리고 숨을 죽인 채 다가갔다. 하지만 갑자기 활시위를 벗어난 화살처럼 건강한 한쪽 다리로 적이 숨어 있는 곳을 향해 날아들었다.

최후의 1초까지

권총 소리를 듣는 순간, 사람들은 박사가 권총에 맞아 쓰러지는 모습을 보았다고 생각했다. 하지만 그것은 순간적인 환청이고 환각일 뿐이었다.

엄청난 소리가 나긴 했지만, 놈이 숨어 있던 무대장치가 쓰러지면서 난 소리였다. 뜻밖에도 권총은 발사되지 않았다. 박사는 살아 있었다. 살아서 화를 내고 있었다.

"이런. 여러분, 얼른 찾아야 해요. 아직 밖으로 나가지 않았을 겁니다."

세트 뒤를 보니 이미 탈출이 끝난 후라 썰렁했다. 텅 비어 있었다. 하지만 방금 전까지 권총을 겨누고 있던 사람이 무슨 수로 그렇게 빨리 도망칠 수 있었던 걸까.

"이거군요. 여러분은 놈의 트릭에 속은 겁니다."

박사는 무대장치 끝에서 주인 없이 끈에 매달려 있던 브라우닝 권총을 빼서 손가락에 걸고 보란 듯이 흔들었다. 적은 세트 틈에 총구만 보이게 해서 목표물을 조준하는 것처럼 꾸며놓고 사람들이 위축된 사이에 몰래 도망친 것이다.

하지만 모든 출입구에는 엄중한 파수꾼들이 있었다. 그러므로 밖으로 나갔을 리는 없었다. 어느 구석에 숨어 있든 스튜디오 안에 있는 것이 틀림없으므로 다시 내부를 샅샅이 뒤졌다. 이십여 명의 형사와 남자 직원들이 저마다 나무 몽둥이 같은 것을 손에 들고 구역을 정해 구석구석까지 두들기며 다녔다.

구로야나기 박사와 나미코시 경부는 놈이 숨어 있던 장소에 남아 주변을 살펴보았는데, 박사가 무엇을 발견했는지 어두운 구석에 웅크리고 앉아 소리쳤다.

"놈이 변장을 벗어놓고 갔군요."

박사가 구석에서 끄집어낸 것은 놈이 입었던 헐렁한 양복 한 벌, 백발 가발, 흰 눈썹과 수염, 커다란 안경 같은 것이었다.

박사와 경부는 잠시 눈을 맞추고 아무 말도 하지 않았다. 마침내 박사가 미묘한 표정을 지으며 느긋하게 말했다.

"당했군."

"무슨 말씀이죠?"

경부는 무슨 의미인지 알아차리지 못하고 반문했다.

"도망쳤을 수도 있다는 말입니다."

"밖으로요?"

"그렇죠. 어쨌든 살펴봅시다."

말이 끝나기 무섭게 박사는 지팡이를 짚고 입구 쪽으로 기세 좋게 걸어갔다. 경부도 뒤따랐다.

입구를 찾아 황급히 네 군데를 다 돌았다. 첫 번째 두 번째 입구는 별 문제 없었으나 정문과 가장 가까운 세 번째 입구에서 결국 맞닥뜨리게 된 상황이 있었다.

"여기로 아무도 안 나갔지?"

박사가 묻자 입구를 지키던 형사가 대답했다.

"네, 수상한 자는 아무도요."

"그럼 나간 사람은 있었나?"

"네, 소품 담당으로 보이는 사람이 한 명 뛰어나갔습니다."

"얼굴을 기억하나?"

"특별히 기억나는 건 없습니다. 게다가 매우 다급하게 뛰어나가서요. 아, 맞아요. 양복 윗도리 같은 걸 옆구리에 끼고 있었습니다. 그 뒷모습이 기억납니다."

"왜 붙잡지 않았지?"

경부가 호통을 쳤다.

"미술부니까요."

형사는 어처구니없어 하며 경부의 얼굴을 말똥말똥 쳐다보았다.

"이 사람은 백발의 의사만 도망치지 않게 하면 된다고 생각했나 보군."

박사가 비아냥거리며 말했다.

"바보 같으니. 너희들은 놈이 변장의 명수라는 걸 몰랐나? 그런 놈이 소품 담당자로 변장할 재주가 없을 리가 없잖아."

경부가 부하를 질책하는 사이 박사는 절뚝거리며 문 쪽으로 달려갔다.

박사가 다그치며 질문을 하자 정문 수위는 눈을 깜빡거렸다. 촬영소 구내의 넓이는 1만평에 가까웠다. 다크 스테이지에서 정문까지 반 정이나 떨어져 있었기에 정문 수위는 아직 소동이 일어난 것도 모르고 있었다.

"아까 두세 사람이 여기서 나갔습니다. 하지만 모두 촬영소 구경을 온 사람들이었는데요."

"그중에 영화 스태프는 없었나? 예를 들어 소품 담당처럼 보이는 사람."

"아니요, 모두 양복을 입은 신사였던 것 같습니다. ……아,

맞아요. 그러고 보니 가장 나중에 나간 헌팅캡을 쓴 사람의 외양이 좀 볼품없었던 것 같습니다. ……그 사람이 구로야나기 박사라는 분께 전해달라며 편지를 두고 갔습니다. 혹시 그 박사님을 아는 사람 아닐까요?"

"편지라고요? 보여주세요. 제가 바로 구로야나기입니다."

편지는 수첩 종이를 찢어서 세 번 접혀 있었다. 펼쳐보니 연필로 휘갈겨 쓴 글씨였는데 내용은 다음과 같았다.

약속은 약속이다. 7월 7일이라고 했으니 7월 7일이지. 내 명성을 걸었는데 약속을 깰 생각은 없다. 오늘 최후의 1초가 지날 때까지 방심은 금물이다.

푸른 수염

소품 담당으로 변장해서 스테이지에서 빠져나간 놈은 정문에 도착하기 전에 윗도리를 갈아입고 헌팅캡을 써서 모습을 바꾼 것이었다.

"제기랄, 그랬나 보군."

옆에서 들여다보던 경부가 소리쳤다.

"그놈이 나간 건 언제지?"

"10분쯤 전이요. 하지만 아주 급히 나갔으니까 지금쯤은 아마……."

수위는 어렴풋이 사태를 깨닫고 말했다.

그럼에도 나미코시 경부는 부하들을 모아 촬영소에서 주차장에 이르는 큰길은 물론 사방팔방 나누어 적의 행방을 찾았다. 그러나 놈이 만약 어딘가에서 자신을 기다리고 있던 자동차를 타고 도주했다면 수색은 헛수고로 끝날 수밖에 없었다.

또한 촬영소 내부에 놈의 한패가 아직 잠복해 있을지 모른다는 박사의 의견에 따라 구석구석 찾아보기로 했다. 하지만 곧바로 이 수색도 아무 소용이 없다는 것을 알게 되었다.

형사들이 철수하는 모습을 보며 경부는 분하다는 듯이 말했다.

"내 명성을 걸었는데, 라니요. 사람을 우습게 봐도 유분수군 요. 이 편지는 당연히 객기겠죠? 실제로 한 번 더 기습할 생각이었 다면 이런 바보 같은 편지를 쓸 리 없잖습니까."

"아니요, 놈이 하는 짓은 반대죠."

구로야나기 씨는 엄숙하게 말했다.

"놈은 상식적으로는 판단할 수 없거든요. 자신의 범죄행위에 상당히 자부심을 느끼고 있어요. 영웅 행세를 하는 거죠. 이런 무모한 예고를 해서 적에게 충분히 경계하게 해두고 적의 면전에 서 목적을 이루려는 것이 놈의 허영입니다. 놈의 염원이죠. 그 증거로 엊그제도 오늘도 미리 경고장을 보내놓고 나서 일에 착수하지 않았습니까."

"그러면 오늘 또다시 놈이 요코를 찾아온다는 말씀이십니 까?"

"물론이죠. 놈은 온다고 했으니 올 겁니다. 나는 그럴 걸로 확신해요."

"박사님은 꼭 놈을 숭배하시는 것 같습니다."

경부가 비아냥거렸다.

"하하하하하, 그런 바보 같은 말씀 하지 마세요. 하지만 놈의 심리상태는 잘 이해하고 있는 셈이죠."

"아무튼 경계가 철저할수록 좋죠. 만약 이게 협박문에 불과할지라도 우리는 요코의 신변을 철저히 경호할 필요가 있습니다. 요코는 상태가 어떤가요?"

"그건 걱정 없습니다. 방으로 옮겼고 소장이나 N감독, 그리고 여배우실 동료들이 돌봐주고 있어요. 지금쯤은 의식을 회복했을지도 모르겠네요. 그런데 경계 방법 말인데요. 우리는 오늘 엄청난 실패를 한 셈입니다. 경호 인원이 너무 많았을 뿐 아니라 형사들을 기사나 세트 담당자로 변장시킨 것은 정말 말도 안 되는 오류였어요. 그들이 진짜 배우나 기사, 미술부와 뒤섞여 놈의 뒤를 쫓았기 때문에 쫓는 사람들끼리 서로 얼굴을 몰랐어요. 놈이 그 허점을 알아채고 미술부로 변신한 덕에 도망칠 수 있었던 거죠.

만약 형사나 몇몇 직원들만 쫓아갔다면 그런 실수는 하지 않았을 겁니다. 또한 형사가 너무 많았어요. 이를테면 내가 놈의 트릭에 속아 빈방에 감금되었는데 몰랐잖아요. 사람이 많으니까 한 사람 정도 없어져도 신경 쓰지 않게 되죠. 만약 쫓는 사람이 소수였다면 서로 신경을 썼을 테니 그런 어처구니없는 일이 일어나지 않았을 겁니다."

"네, 그런 것 같습니다. 아무튼 많은 사람들이 어수선하게 뛰어다니니 방해만 되더군요."

"그래서 이번에는 완전히 방침을 바꾸면 어떨까 생각했습니다."

"좋은 생각입니다."

"경부와 나, 두 사람만 요코를 지켜보죠. 목적은 요코니까 그녀를 잘 지켜보기만 하면 틀림없을 거예요. 우리 둘이서 하면 설마 형사들처럼 적에게 속아 넘어갈 리는 없을 테니까요."

"그건 그렇습니다. 뭐, 적이 몇 명을 데려온다고 해도 두려워할 우리는 아니니까요."

검도 2단인 경부는 자신의 팔을 쓰다듬으며 호탕하게 껄껄 웃었다.

유령의 방

요코는 (드디어 의식을 회복했는데) 일부러 병원을 피해 촬영소에서 그리 멀지 않은 K소장의 저택으로 옮겨졌다. 놈의 총알에 부상당한 형사는 신속히 H병원으로 이송되었다. 물론 생명이 위태로울 정도로 중상은 아니었다.

요코를 태운 자동차는 K소장, N감독, 그리고 운전을 한 형사까지 타서 만원이었다. 박사와 나미코시 경부, 노자키 사부로는 따로 자동차를 불러 뒤따라 K소장의 저택으로 갔다.

K소장의 저택은 최근에 지은 멋진 서양식 건물이었는데 K초

에서는 H병원 다음으로 컸다. 2층 손님용 침실을 요코의 병실로 쓰기로 했다.

H병원 원장이 왕진을 왔다. K소장이나 N감독은 전부터 원장과 안면이 있는 사이였고, 일부러 K소장의 자동차를 보냈기 때문에 이번에는 실수가 있을 리 없었다.

원장은 데리고 온 간호사를 남겨두고 돌아갔다. 원장이 보증한 간호사였다.

병실에는 K소장, K소장 부인, N감독, 여배우 S, 구로야나기 박사, 나미코시 경부, 그리고 간호사까지 이 일곱 사람 외에는 출입을 금했다.

K소장의 저택은 높은 콘크리트 담으로 둘러싸여 있었고, 담 위에는 유리 파편까지 꽂아 놓았다. 경부는 믿을 수 있는 세 형사에게 정문과 뒷문에서 보초를 서라고 명령했다. 노자키 사부로도 박사와 의논한 끝에 보초에 합류하여 2인 1조로 정문과 뒷문을 지키기로 했다.

병실에는 요코가 큰 침대에 누워 있었다. 마치 새하얀 시트에 파묻힌 것처럼 파리해진 얼굴만 이불 밖에 내놓고 자고 있었다. 머리맡 협탁에는 병원에서 방금 도착한 약병과 컵, 파란 용액이 든 플라스크가 나란히 놓여 있었다. 다른 쪽 협탁 위에는 금속대야가 있었는데, 그 안에는 큰 얼음이 마치 기둥처럼 서 있고, 그 앞에는 선풍기가 천천히 돌고 있었다. 활짝 열려진 두 개의 창문 밖으로는 넓은 뒤뜰이 보였는데 죽 늘어선 수목이 아주 푸르렀다.

요코의 상태가 걱정할 정도는 아니라는 말을 듣고 안도한 K소장과 N감독은 촬영소로 돌아갔다. 남은 다섯 사람도 마음 편히 잡담을 나눴다.

"아까 박사님은 놈의 트릭에 넘어가 빈방에 갇혔다고 하셨잖습니까. 느긋하게 그 내막을 듣고 싶었는데 아까는 여유가 없었습니다."

경부가 구로야나기 박사에게 물었다.

"뭐 별것 아닌 트릭이죠. 하지만 그놈은 정말 사람의 마음을 사로잡을 줄 아는 것 같습니다. 나 같은 사람이 아니면 끌리지 않을 트릭이었거든요. 그걸 놈은 확실히 알고 있었어요. 정말 무서운 놈이죠."

박사가 흥미로운 이야기를 하자 사람들은 잡담을 멈추고 귀를 기울였다. 침대에 있던 요코도 가끔씩 눈을 뜨고 이야기를 듣는 듯했다.

"나는 그때 촬영소 안에 뭔가 놈의 계략이 숨겨져 있지 않을까 구석구석 돌아다니며 살펴봤습니다. 그랬더니 필름 인화실인지 현상실인지는 모르겠지만 저쪽 기술부 건물 바깥쪽에 푸른 페인트가 칠해진 판자 위에 백묵으로 작은 화살표가 그려져 있는 걸 발견했어요. 너무 작아서 나 같은 사람이 아니라면 발견하지 못했을 거예요.

만약 발견했다 해도 알아차리지 못했겠지만 어쨌든 그 화살표 밑에 3이라는 숫자가 있는 거예요. 혹시 악당들끼리 소통하기 위한 표시가 아닐까 싶어 주변을 돌아다니며 살펴보았어요.

그랬더니 변소 바깥벽이나 장내 전신주, 나무줄기처럼 사람들 눈에 잘 띄지 않는 곳을 골라 화살표를 해놓았더군요. 표시 밑에는 모두 숫자가 있었고요. 1 2 3 순서대로 따라가 보면 확실히 특정 방향을 가리키고 있었죠. 결코 아무렇게나 해놓은 낙서가 아니었어요. 모두 열세 개였어요. 1부터 13까지 있었죠. 하지만 13이 적힌 곳에는 화살표가 없고 동그라미가 그려져 있었습니다. 분명 그곳이 목적지라는 의미라고 생각했어요. 그 표시가 어디 있었다고 생각하십니까?"

박사는 여기서 잠깐 말을 끊고 좌중의 얼굴을 둘러보았다.

"나중에 N감독에게 들었는데 K촬영소에서 유명한 유령의 방이라는 겁니다. 그 건물은 과거 배우 대기실이었는데 거기서 누가 자살을 하는 바람에 유령이 나온다는 소문이 생겼다는군요. 사람들이 무섭다고 가까이 가지 않아 건물 전체가 창고처럼 되었다고 합니다. 특히 동그라미 표시가 있던 유령의 방은 폐쇄한 것처럼 오랫동안 문도 열지 않았다는군요."

"아, 그 방 말이군요. 저희들 사이에서는 정말 유령을 본 사람도 있다고 할 정도예요."

여배우 S가 진지하게 맞장구를 쳤다.

"그럴 줄 알았으면 그때 누구에겐가 이야기를 해둘 걸 그랬습니다. 설마 내가 거기에 갇힐 거라고는 상상도 못했으니 그냥 문을 열고 유령의 방으로 들어갔죠. 방 안에는 소품들로 가득 차 있었어요. 혹시 그중에 뭔가 수상한 게 없을까 살펴보는데 뒷문이 쾅 하고 닫히지 뭡니까. 이상하다는 생각이 들어 문을 여는데 그새 누군가 밖에서 문을 잠가버렸더군요. 이거 큰일인 것 같아 창문을 통해서라도 나가려 했는데, 기계처럼 엄청나게 큰 물건이 창을 막고 있었어요. 혼자 힘으로는 꼼쩍도 안 하더군요. 할 수 없이 문을 두드리며 큰 소리로 외쳐보았지만 늘 사람이 있는 건물이 아니라서 도와주러 오는 사람이 없었어요. 거기 있던 나무토막으로 가까스로 판자문을 부수고 나오느라 정말 힘들었어요."

"그러면 그 백발의 의사 말고 한패가 촬영소에 들어와 있었던 모양입니다."

나미코시 경부의 말에 박사는 고개를 끄덕였다.

"물론 그렇겠죠. 그렇지 않으면 술에 마취제를 탈 수 없었을 테니까요. 그래서 저는 형사들에게 촬영소 안을 수색하라고 한 것입니다."

"물론 그 말씀이 옳습니다만."

경부는 잠시 안 좋은 표정을 지으며 말했다.

"마취제라면 제가 충분히 조사해 봤는데 누구의 소행인지 모르겠더군요. 확실한 것은 언젠가 때가 되면 이야기하겠지만 요."

경부는 몸에 밴 관료 기질 때문에 K소장 부인이나 S여배우 같은 일반인들 앞에서 범죄수사에 대해 이야기하는 것을 꺼리는 듯했다.

마술사의 간계

아무 일 없이 밤이 깊어갔다.

여배우 S는 집으로 돌아갔고 K소장 부인도 별실로 물러갔다. 촬영소에서 돌아온 K소장은 병실에 잠시 얼굴을 내밀고 자신의 거처로 갔다.

요코는 등을 돌리고 새근새근 자고 있었다. 아무 할 일 없는 간호사는 의자에 앉은 채 꾸벅꾸벅 졸았다. 탁상시계가 11시를 가리켰다. 한쪽 구석에 놓인 모기향에서는 가느다랗게 연기가 피어올랐다.

"저기, 일이 생기면 깨울 테니 자네는 옆방에 가서 좀 쉬게."

구로야나기 박사가 보다 못해 졸고 있던 간호사의 어깨를 살짝 쳤다. 간호사는 사양하며 자리를 지키려 했지만 "내일도 계속해야 할 거야"라는 박사의 말을 듣고 결국 옆방으로 물러났다. 옆방에는 K소장 부인이 간호사를 위해 침대를 준비해두었다.

"놈은 약속을 지키지 않을 것 같습니다."

나미코시 경부는 중얼거렸다. 그리고 지루하다는 듯이 일어서서 기지개를 크게 켜며 활짝 열린 창문 쪽으로 가더니 어둠 속에 고개를 내밀고 잠시 밖을 내다보았다.

"이 창을 통해서는 올라오지 못하겠네요. 잡을 곳이 전혀 없어요. 홈통도 멀리 있고 우선 이쪽은 괜찮겠군요. ……그러면 유일한 통로는 저 방문이겠지만, 우리도 안에서 권총을 들고 대기하고 있으니까요. 구로야나기 박사님, 이런데도 놈이 자신의 명성까지 걸고 한 약속을 지키는 게 가능할까요?"

경부는 주머니 안의 권총을 툭툭 치며 시시하다는 듯이 말했다. 권총은 박사가 귀띔하여 K초 경찰서에서 가져온 것으로 둘 다 한 자루씩 주머니에 숨기고 있었다.

"아직 약속 시간까지는 한 시간 남았습니다."

박사는 무뚝뚝하게 대답했다.

나미코시 경부가 말한 대로 실제로 적은 절대 침입할 수 없었다. 그들은 한순간도 방을 비워둔 적이 없었다. 무료한 나머지 K소장 부인이 정성껏 준비한 차가운 음료를 연신 벌컥벌컥 마시는 바람에 자주 화장실을 들락거렸지만 아주 짧은 시간이라도 결코 방심하지 않고 반드시 두 사람이 교대로 다녀왔다.

"잠깐 좀."

경부는 웃으며 또 일어섰다.

"나가는 김에 보초를 서는 형사들도 좀 둘러보고 오겠습니다."

그런 말을 남기고 화장실로 내려갔다.

화장실은 아래층 반대쪽 끝에 있어서 한참 복도를 지나가야 했다. 경부는 볼일을 보고 나서 현관을 열고 밖으로 나갔다. 밤공기가 선선하고 상쾌했다.

성실한 형사는 문밖의 어두운 풀숲에서 쪼그리고 앉아 모기에 시달리며 직무를 수행하고 있었다.

"노자키 군은?"

경부가 묻자 형사는 일어서서 대답했다.

"방금 뒷담 바깥을 둘러보고 온다며 저쪽으로 갔습니다."

경부는 모두 열심히 일하는 모습에 감복하며 담 모퉁이를 돌아 뒷문 쪽으로 가보았다. 그곳에도 두 형사가 성실히 직무에 따르고 있었다.

경부는 병실로 돌아가서 박사에게 상황을 보고했다. 박사도 만족스럽다는 듯이 고개를 끄덕이며 말했다.

"하지만 그놈은 아무리 주의한다 해도 지나치지 않아요."

경부는 속으로는 박사의 그런 태도를 우습게 여겼다. 그러나 절대 말로 표현하지는 않았다.

경부는 너무 지루해 시곗바늘이 느릿느릿 움직이는 것처럼 느껴졌다. 아직도 11시 50분이었다.

"그래도 10분 후면 12시네요. 설마 10분 안에 요코를 빼가지는 못하겠죠?"

경부는 하품을 하며 말했다.

"놈을 너무 무시하시네요. 그놈의 특성을 이해하지 못하시는 군요. 그놈이 한 번이라도 약속을 실행하지 않은 적이 있나요?"

박사는 경부의 하품이 거슬리는 듯했다.

"지금까지는 우리가 방심했으니까요. 게다가 야외이기도 했 잖습니까. 촬영소는 오픈된 곳이라 사람이 많이 드나드는 가운 데 일어난 일입니다. 완전히 사정이 다르죠. 오늘 밤은 절대 불가능합니다. 요코의 침대에서 1간도 떨어지지 않은 곳에서 우리가 무장을 하고 지키고 있는데요. 절대로 안면이 없는 사람 이 침투하게 허용하지 않을 겁니다. 어디 틈이 있습니까? 불가능합니다. 불가능하고말고요."

경부는 억지로라도 그렇게 믿고 싶은 것이었다.

"과연 불가능할까요?"

박사가 상대의 눈을 응시하며 압박하듯 물었다.

경부는 입을 다물었다. 박사의 모습에서 확신을 느끼고 다소
자신을 잃은 모양이었다.

"예를 들어 놈의 도전장을 생각해보십시오. 한 번은 밀폐된
방, 그러니까 절대로 들어올 수 없는 방 안에 가져다두었어요.
또 한 번은 잘 알다시피 경시청 경부의 모자 안쪽 가죽에 끼워놓
았고요. 둘 다 일반적인 사고로는 전혀 불가능한 일이죠. 하지만
그놈은 그런 불가능한 일을 그다지 힘들지 않게 실행하지 않습니
까? 또한 요코 씨에게 한 짓을 보세요. 꼭 예고를 하고 나서
우리 면전에서 보란 듯이 우릴 속이죠. 놈은 무엇으로도 변신할
수 있어요. 배우가 되었다가 백발의 의사도 되죠. 게다가 상식적
으로는 생각할 수 없는 아주 의외의 수단을 써요. 그 때문에
우리는 일시적이지만 감쪽같이 속아 넘어갔죠. 오늘 밤만 해도
놈은 또 어떤 의외의 수단을 쓸지 몰라요."

박사는 경부가 얼마나 안일한 생각을 하고 있는지 타이르듯
설명해주었다.

"박사님은 놈이 꼭 올 거라고 믿으시는 모양이군요."

경부는 컴컴한 창밖을 내다보며 말했다. 왠지 모르게 어렴풋
한 공포를 느끼는 듯했다.

"믿을 수밖에 없죠."

박사는 숙연하게 딱 잘라 말했다.

"이제 5분밖에 안 남았는데도 말씀입니까?"

"12시가 될 때까지는 방심해서는 안 됩니다."

경부는 무심코 요코가 자는 모습을 바라보았다. 그녀는 변함없이 순백의 시트에 돌아누워 있었다. 머리만 보인 채 꼼짝도 하지 않았다.

째깍째깍. 시계 초침 소리가 또렷이 들렸다. 그 정도로 조용한 밤이었다.

1분이 지났다.

경부는 겨드랑이에서 식은땀이 배어나오는 듯했다. 남은 4분을 기다릴 수 없었다.

그는 자신도 모르게 허겁지겁 나가 창문 두 개 모두를 닫고 잠금쇠를 걸었다. 그래도 안심이 되지 않았다. 이번에는 입구로 가서 열쇠 구멍에 꽂혀 있던 열쇠를 돌려 안쪽에서 잠갔다. 그렇게 해두면 문을 때려 부수지 않는 한 아무도 방에 들어올 수 없었다.

나중에는 부끄러워 어쩔 줄 모를 일이었지만 그 당시는 어린애같이 진지한 마음으로 경계를 한 것이었다.

박사는 그의 행동을 구태여 말리지 않고 지켜보기만 했다.

완전히 문단속을 했으므로 방 안이 갑자기 찌는 듯이 더워졌다. 열기와 긴장 때문에 땀이 삐질삐질 흘렀다.

3분.

2분.

박사도 경부도 콧잔등에 땀방울이 맺힌 채 침대 위를 바라보고 있었다. 이런 긴장이 20~30분 지속된다면 둘 다 미쳐버릴 것 같았다.

하지만 다행히 아무 일도 일어나지 않은 채 12시가 되었다.

"아, 드디어 살았다."

경부가 긴장을 풀고 일어서서 말했다. 하지만 이렇게 무사히 끝나다니 왠지 말도 안 되는 것 같았다.

그는 갑자기 떠오른 생각에 가슴이 철렁했다. 이 탁상시계가 속임수일 수도 있다고 생각했기 때문이다. 일부러 시간을 빨리 가게 해놓고 12시가 지나서 방심하면 그때 다시 손을 쓸지 모른다고 생각했다.

그는 품 안에서 회중시계를 꺼내 확인했다. 정확히 12시였다.

"설마 놈의 시계가 늦는 것도 아닐 테고."

경부는 드디어 안심하고 농담을 할 정도로 마음의 여유를 찾았다.

하지만 이상하게 구로야나기 박사는 아직 긴장을 풀지 않은 듯했다. 그는 아까보다 한층 더 숙연하게 말했다.

"경부는 놈이 약속을 지키지 않았다고 믿습니까?"

경부는 그 말을 듣고 흠칫 박사의 눈을 쳐다봤다. 박사의 눈은 정체 모를 불가사의한 의미를 머금고 있는 것 같았다.

두 사람은 한참 서로의 눈을 쏘아보았다. 말로 형용할 수 없는 불안한 몇 초가 흘렀다.

요코는 침대 위에서 자고 있다. 약속한 12시는 지났다. 놈이 약속을 이행하지 않았다는 것은 너무도 명백한 사실 아닌가. 도대체 박사는 무엇을 두려워하고 있는 걸까.

하지만 경부도 점차 뭔가 어렴풋이 알 것 같았다.

"만약이지만, 만약."

얼음과도 같은 예감이 소름끼치게 그의 등줄기를 타고 올라왔다.

그는 쭈뼛거리며 침대 쪽을 바라봤다. 그리고 자꾸 말을 더듬으며 조그맣게 말했다.

"저건, 설마, 요코의 시체는, 아니겠죠?"

그는 침대 옆으로 가서 요코의 생사를 확인할 용기는 없었다.

"목적도 달성하지 못하고 죽일 리는 없지. 하지만……."

박사는 말을 끊고 침대 건너편으로 성큼성큼 걸어가 요코의 자는 얼굴을 들여다보았다.

그 순간 이상한 일이 일어났다. 어찌 된 일일까.

"제기랄."

박사가 크게 소리를 질렀다. 그리고 갑자기 요코의 어깨를 잡더니 침대에서 억지로 끌어내어 한번 가볍게 휙 돌리고는 사정없이 바닥에 패대기를 쳤다.

경부는 새파랗게 질렸다. 박사가 미친 것처럼 보였기 때문이다. 그는 박사 쪽으로 뛰어가 뒤에서 끌어안고 말렸다.

"뭐 하세요. 왜 그러시는 겁니까."

당황한 목소리였다.

"이것 보시라고요. 요코가 없어졌잖습니까."

박사는 화가 난 나머지 경부의 손을 뿌리치고 버럭 소리를
질렀다.

나미코시 경부는 바닥에 쓰러져 있는 여자에게 다가가서
얼굴을 보았다.

"헉, 인형이네요."

바닥에는 이키닌교의 머리가 굴러다녔다. 뒤를 돌아 자고
있었기 때문에 그동안 인형이라는 것을 알아채지 못한 것이다.
주워서 자세히 보니 몸통은 없고 목 아래는 흰 천이 붙어 있었다.
침대 안에는 요가 둘둘 말려 있어서 사람이 자고 있는 모습처럼
보였던 것이다.

"우리는 오랜 시간 인형을 지키고 있었던 겁니다."

흥분을 가라앉힌 구로야나기 박사는 쓰러지듯 의자에 앉아
실망스럽게 말했다.

경부는 느닷없이 문에 꽂힌 열쇠를 돌려 방을 나가더니 닥치는
대로 방문을 두드려가며 집 안 사람들을 깨웠다. 그리고 그대로
부하들이 있는 정문으로 달려갔다.

의외의 인물

이야기를 앞으로 돌려 그날 밤 노자키 사부로가 한 행동을
조금 말해야 할 것 같다.

그는 밤이 깊어질 때까지 형사와 잡담을 나누며 성실히 문을

지켰다. 그 역시 구로야나기 박사와 마찬가지로 놈의 실력을 확신했기에 7월 7일이 가까이 다가올수록 어찌할 수 없는 불안에 휩싸였다.

'아무리 박사와 나미코시 경부가 엄중하게 지킨다 하더라도 놈은 꼭 마술사 같다. 따라서 무슨 수를 써서라도 놈은 반드시 요코를 데리고 나갈 것이다.'

노자키는 거의 그렇게 확신했다.

'누군가가 대문 안으로 들어올 것이다. 보초를 서는 형사들이 결코 의심하지 않을 만한 인물이 태연하게 이 문을 통과할 것이다. 전혀 의심스럽지 않은 인물이야말로 놈이 분명하다. 우편배달부나 H병원에서 온 심부름꾼, K소장을 찾아오는 손님, 아니면 K경찰서 형사일 수도 있다. 가령 누군가 한 발자국이라도 안으로 들어오는 사람이 범인이다.'

그는 탐정소설에서 얻은 지식으로 가설을 세우고 그 원칙하에 보초를 섰다. 뒷문에 있는 형사들에게도 그 점을 알리고 누구라도, 가령 K소장의 하녀라 할지라도 문을 통과하면 반드시 알려달라고 부탁해 놓았다.

낮에 정문으로 두세 명의 손님이 찾아왔지만 주인이 부재했기 때문에(촬영소에 가 있는 동안의 일이었다) 현관에서 바로 돌아갔다. 문 앞에서 그가 지키고 있었는데 어떤 수상한 점도 없었다.

또한 병원에서 요코의 약을 가지고 온 심부름꾼이 있었지만 그 역시 현관에서 약을 하녀에게 전해주고 곧바로 돌아갔다.

우편배달부는 우편물을 문 앞 우편함에 넣고 돌아갔기 때문에 당연히 안으로 들어오지 않았다.

후문으로 하녀가 두 번 외출했지만, 형사가 뒤따라가 보니 한 번은 얼음가게, 한 번은 식료품점에 물건을 사러 간 것이었고 별일 없이 귀가했다. 얼음가게에서 대형 얼음을 배달하러 온 청년이 있었지만 그 역시 별일 없이 부엌에만 들렀다가 돌아갔다.

한적한 곳이었기에 밤이 되자 찾아오는 손님도 없었고 외출하는 사람도 없었다. 10~11시 무렵에는 밤이 더 깊어졌다.

노자키는 점점 초조해졌다. 지금쯤 놈이 요코의 방으로 몰래 잠입하는 건 아닐까 생각하니 어둠 속에서도 그 광경이 역력히 떠오르는 것 같았다.

뒷문은 괜찮겠지, 높은 콘크리트 담 위에 유리 조각도 꽂혀 있으니까. 한낱 도둑들처럼 그런 번거로운 곳으로 잠입할 놈이 아니다. 놈의 수법은 더 대담하고 뛰어나니까. 그런 믿음이 있었지만 아직까지 정문이나 후문을 통과한 사람이 없다는 것이 이상했다. 혹시나 하는 생각에 가만있을 수 없었다.

"잠깐 후문 쪽을 돌아보고 오겠습니다."

그는 형사에게 양해를 구하고 담 밖으로 나가 슬슬 한 바퀴 돌아보았다.

정문에서 오른쪽으로 꺾어지면 후문이 있었지만 그는 반대 방향으로 돌아갔다. 그 주변은 최근 논을 매립해서 택지를 조성한 곳으로 K소장의 저택 주위에는 잡초가 무성한 넓은 공터가 사방에 펼쳐져 있었다. 어두운 밤이었다. 하지만 나시지[28] 같은 별이 아름답게 빛나는 여름밤이었기에 빛이 희미하게 남아 있어 발밑이 보이지 않을 정도로 어둡지는 않았다.

높은 담 안쪽의 우거진 나뭇잎 사이로 양관 2층의 불빛이 얼핏얼핏 보였다.

'요코의 방이 아마 저 부근이겠지.'

그런 생각을 하며 노자키는 계속 앞으로 갔다.

또 한 번 꺾어지니 저택 뒤편이 나왔는데 그 주변도 마찬가지로 공터였다. 그는 전방을 살피며 천천히 걸어갔다.

하지만 조금 더 가서 흠칫 그 자리에 서고 말았다. 전방에서 괴상한 것을 발견했기 때문이다.

처음에는 오두막집이라 생각했다. 하지만 자세히 보니 오두막집이 아니라 자동차였다. 헤드라이트 외에는 모든 불이 다 꺼져 있었다.

'지금 이 시간 이런 곳에 자동차가 서 있다니 이상하군.'

그런 생각을 하며 잠시 서 있었는데 이번에는 다른 곳에서 더 괴상한 것을 발견했다.

자동차에서 그다지 떨어지지 않은 담 위에 무언가 꿈틀거리고 있었다. 고양이 같은 것이 아니라 사람이 틀림없었다.

노자키는 재빨리 땅에 엎드려 상대가 눈치채지 못하게 꿈틀거리는 모습을 조용히 지켜보고 있었다. 눈의 위치가 낮다 보니 별이 빛나는 하늘을 배경으로 담 위의 인물이 검게 도드라져

28_ 梨地. 금가루를 뿌린 표면에 투명한 칠을 한 그림이나 공예품.

보였다. 그는 뭔가 밧줄 같은 꾸러미를 옆구리에 끼고 담장 위로 올라서더니 소리 없이 지상으로 훌쩍 뛰어내렸다. 그가 없어졌는데도 담장 위에는 아직 무언가 높다란 것이 남아 있었다.

'혹시 요코 아닐까?'

눈을 되도록 크게 부릅뜨고 보니 검은 그림자는 막대기 같은 것을 들고 담장 위에 있던 것을 끌어내 떨어뜨렸다. 쿵 하는 소리와 함께 담장 아래로 떨어지자 그림자는 그걸 끌어안고 자동차로 이동했다. 무거워 보였다.

뭔지 알 것 같았다. 좋은 생각이었다. 지금 것은 커다란 모래부대였다. 유리 파편에 찔릴까 봐 모래부대를 담 위에 올려놓은 것이다. 유리를 깨뜨리면 소리가 난다. 그렇다고 그냥 담에 올라가면 손발에 상처를 입게 된다. 그래서 모래부대를 생각해 낸 것이 분명했다. 참 좋은 생각이었다.

요코의 모습은 보이지 않았다. 이미 한참 전에 자동차 안으로 옮겼는지도 모른다. 그리고 놈은 지금 요코의 방에 잠입할 때 쓴 도구들을 정리하러 돌아온 것인지도 모른다. 모래부대도 도구고, 그 밧줄 같은 것도……맞다, 그건 밧줄로 된 사다리가 틀림없었다. 요코가 있던 방은 2층이니까.

노자키가 그런 생각을 하는 동안 이미 놈은 자동차 운전석에 올랐다. 뛰어가서 덤벼볼까. 하지만 상대가 안 될 것 같았다. 놈의 실력은 아까 다크 스테이지에서 알아봤다. 노자키가 이길 수 있는 상대가 아니었다. 더구나 놈은 준비한 총기를 사용할 수도 있었다. 개죽음을 당하고 싶지 않았다. 그럼 저택에 있는 사람들을 부를까. 그것도 소용없었다. 여기서 소리를 지르면 저택 안까지 들릴지도 모른다. 하지만 놈이 알아채고 도망치면 말짱 도루묵이다. 상대는 자동차를 가지고 있다.

유일한 방법이라면 어디까지 갈지는 모르지만 자동차 뒤를 쫓아 놈의 행선지를 봐놓는 것이다. 노자키는 그런 수법을 활동 사진에서 종종 보았다.

그렇게 결심하는데 핸들 앞의 소형 전등이 켜졌다. 노자키는 차 뒤로 달려가면서 창을 통해 힐끗 내부를 들여다보았다. 좌석에는 분명 사람이, 그것도 젊은 여자로 보이는 사람이 축 늘어져 있었다.

차는 쏜살같이 달리기 시작했다. 노자키는 차 뒤에 혹처럼 달라붙었다.

차는 어두운 곳만 골라 달리더니 게이힌 국도의 평탄한 대로로 나갔다. 인적은 드물었다. 어쩌다가 반대편에서 자동차가 한 대씩 스쳐지나갈 뿐이었다. 시나가와品川까지 한 30분 만에 날아 갔다. 도중에 파출소 앞을 두 군데 통과했지만 다행인지 불행인지 검문 한 번 받지 않았다. 아무튼 깊은 밤이었다. 차 안의 상황은 알 리가 없었고, 차 뒤에 붙은 혹은 주의 깊게 보지 않으면 알 수 없었다. 만약 노자키가 순사를 부르더라도 사정을 설명하는 사이에 놈이 도망가 버릴 상황이었다. 그저 행선지를 확인하는 것만으로도 만족해야 했다.

그래도 자동차가 시내로 들어가고 나서는 한적한 동네를

골라 달렸고, 파출소 앞을 지나가지 않으려 주의하는 듯했다. 속력도 다소 줄어들었다.

밤이 늦었다고 해도 시내였다. 사람을 전혀 마주치지 않을 수는 없었다. 개중에는 노자키의 이상한 모습을 수상하게 여기는 사람도 분명 있을 것이다. 만약 다른 자동차가 이 차 뒤를 쫓아준다면 다 끝날 텐데.

노자키는 몇 십 분 동안 곡예를 하다 보니 이제 손발이 저리고 아픈 경지를 넘어서 무감각해지고 말았다. 놈 따위는 어떻게 되어도 상관없다는 생각이 들 정도였다. 다만 자동차에서 떨어져 그냥 오래 엎드려 있고 싶었다.

더 이상은 못 참을 것 같았는데 우연히 옆을 지나던 행인이 노자키의 모습을 보았다.

"저기 봐요, 뒤에 사람이 매달려 있어요."

그 남자는 소리치면서 5~6간 정도 자동차를 따라왔다. 그 소리를 들었는지 놈은 엄청난 속도로 도망치기 시작했다. 길모퉁이를 돌 때 노자키는 하마터면 떨어질 뻔했다.

그는 인적이 없는 곳에 차를 세웠다. 운전석에서 내린 모양이었다. 노자키도 차에서 뛰어내려 무의식중에 방어태세를 취했지만 위치가 좋지 않았다. 큰 공장의 담벼락 옆이었다. 그리고 한쪽은 강이었다. 그를 도와줄 사람이 있을 리 만무했다.

순간 그는 모든 운을 하늘에 맡기고 거미처럼 납작 엎드려 자동차 밑으로 기어들어갔다. 그리고 숨을 죽이고 가만있었다.

"뭐야, 아무것도 없잖아. 아까는 내가 뭘 잘못 들었나."

놈은 차 주변을 한 바퀴 돌며 이상하다고 중얼거렸다. 그리고 마침내 운전석으로 돌아갔는지 시동을 걸었다.

꾸물거리면 큰일 난다. 노자키는 얼른 차 밑에서 기어 나와 또다시 차 뒤에 달라붙었다.

그다음부터는 더 이상 아무 일도 없었다. 차는 목적지에 도착했다.

아주 자연스럽게 정차했기 때문에 노자키도 여기가 목적지라는 것을 알 수 있었다. 그는 재빨리 차에서 떨어져 나왔다. 길이 넓지 않아 반대쪽 처마 아래 몸을 숨겼다. 차가 멈췄어도 놈이 운전석에서 내릴 때까지 시간이 있었기에 노자키는 느긋했다.

나중에 알게 되었지만 그곳은 고지마치구 R초였다. 노자키는 물론 모르겠지만 독자 여러분은 기억할 것이다. 처음에 놈이 사토미 요시에를 여직원으로 채용해서 그날 밤 데리고 간 곳이 R초였다. 그뿐 아니라 방금 자동차가 정차한 곳은 그날 밤 놈이 요시에를 데리고 들어간 바로 그 아담한 대문이 있는 공가였다. 노자키 때문에 마침내 그 소굴이 발각된 것이다.

노자키가 건너편 처마 밑에 있는 것도 모르고 놈은 운전석에서 내려 차의 뒷문을 열고 안에서 여자를 끌어냈다. 그리고 두 팔로 여자를 안고 차 주위를 빙 돌더니 집 안으로 사라졌다.

하지만 놈이 깜빡 잊고 헤드라이트를 끄지 않아 그 앞을 지날 때 노자키는 피해자의 얼굴을 볼 수 있었다. 아주 짧은 순간이었지만 노자키는 확실히 알아볼 수 있었다. 후지 요코가 틀림없었다. 재갈이 물려 죽은 것처럼 축 늘어져 있는 후지 요코의 얼굴이었다.

동시에 노자키는 또 한 가지를 발견했다.

조금 전까지는 운전한 남자가 푸른 수염이라고 생각했으나, 그는 낮에 다크 스테이지에 있던 덩치 큰 남자와는 딴판이었다. 훨씬 몸집이 작았고 말랐다. 나이도 꽤 어려 보였다.

얼굴은 확실히 보지 못했으나 (자칭 이나가키라는 남자나 오늘 백발의 늙은 의사가 푸른 수염이라면) 놈은 푸른 수염이 아니었다. 그뿐만 아니라 노자키는 그런 걸음을 걷는 남자를 언젠가 본 기억이 났다. 아는 사람이 확실했다.

놈이 집 안으로 사라졌지만 노자키는 원래 서 있던 자리에서 줄곧 그가 누굴까 그 생각만 했다.

잠시 후 그는 뜻밖의 발견을 하고 펄쩍 뛰었다.

'그렇구나, 알았다. 그놈은 전에 봤던 불량청년이다. 히라타 도이치인가 하던 녀석이 틀림없다.'

독자 여러분은 기억할 것이다. 사토미 요시에의 한쪽 팔로 만든 석고상이 진열되어 있던 간다의 표구상으로 박사와 노자키를 안내했던 청년, 그리고 바로 그날 이상한 비명을 끝으로 박사의 저택 어딘가에서 연기처럼 사라진 괴청년. 그는 대체 이 사건에서 무슨 역할을 맡은 것일까. 그 후 푸른 수염의 부하가 되어 악행에 가담한 걸까, 아니면 그가 바로 여러 여자를 잡아 세상을 이토록 떠들썩하게 만든 푸른 수염인가.

구로야나기 박사의 부상

이야기가 산만해지는 것을 원치 않으니 이 일로 세상이 얼마나 떠들썩해졌는지 일일이 적지는 않겠지만, '오니쿠마'[29]라든가 '설교강도'[30] 소동 정도로 끝나지 않았다. 그들은 악당이기는 하지만 동정할 만한 점이 전혀 없는 것은 아니었다. 그런 까닭에 사람들이 오니쿠마나 설교강도에 대해 떠든 것은 이른바 그들의 '인기'라고 할 수 있었다. 그런데 거미남은 완전히 반대 경우였다.

그는 조금도 동정할 만한 점이 없었다. 혐오해 마땅한 잔혹함, 전율할 만한 냉혹함. 그는 인간이 아니었다. 정체를 알 수 없는 짐승이었다. 게다가 다치야마[31]같이 늘 이기기만 했다. 불사신이었다.

사람들의 공포와 증오는 극에 달했다. 신문은 연일 대서특필했다. 인류의 적이라고 증오해도 될 만한 행동들을 보도했다.

29_ 鬼熊. 본명은 이와부치 구마지로라는 인력거꾼이 1926년 술집 작부에게 배신당한 데 분노하여 그녀와 술집 주인을 살해한 후 형사에게 부상을 입히고 산으로 도주했다. 평소 그에게 신세를 지거나 그의 사정을 안타깝게 여겨 숨겨준 마을 사람들 덕분에 40일간 도주할 수 있었으나 결국 자살했다. 에도가와 란포는 요코미조 세이시橫溝正史, 고가 사부로甲賀三郎와 함께 마이니치신문사에서 주최한 '오니쿠마 합평회'라는 좌담에 참여했다.

30_ 説教強盗. 본명은 쓰마키 마쓰키치妻木松吉. 1916년에서 1929년까지 한밤중 도쿄 나가노 오쿠보 방면의 주택가에 잠입하여 강도 행각을 벌인 후 전차 등에서 자신의 범행 수법을 설명하여 '설교강도'라는 별명이 붙었다.

31_ 다치야마 미네에몬太刀山峰右衛門. 1877~1941. 본명은 오이모토 야지로老本弥次郎. 괴력을 가졌다고 할 정도로 승률이 높았던 22대 요코즈나.

딸을 가진 부모나 젊은 남편들은 자신의 딸이나 아내가 악마가 좋아하는 용모와 조금이라도 닮지 않았는지 노심초사했다. 젊은 여성들이 두려워하고 불안해하는 것은 당연했다. 긴자 거리조차 혼자 걷는 여자가 없을 정도였다.

그건 그렇다 해도 놈은 고통스러워하는 후지 요코를 이키닌교로 바꿔놓고 박사를 비롯해 지키고 있던 사람들의 눈들을 피해 약속대로 진짜 요코를 빼왔다. 그런데 대체 어느새 진짜를 가짜 인형으로 바꿔치기 했을까. 그걸 알 수 없었다. 박사도 경부도 K소장도 이 불가사의한 마술의 근원을 알아내려 골몰했다.

주인 없는 병실에는 박사 외에도 K소장 부부와 고용인들이 호출을 받고 달려와 있었다. 놀란 사람들 앞에는 그들의 실책을 조소하듯이 살굿빛 이키닌교 얼굴이 구르고 있었다.

"지금 밖을 지키는 형사들에게 저택 주변을 조사하라고 지시하고 오겠습니다. 이미 늦긴 했지만요."

박사의 콧잔등에도 땀방울이 맺혀 있었다. 날씨 탓만은 아니었다.

"하지만 이상합니다. 요코 씨를 여기 옮긴 다음에는 단 1초도 방을 비운 적이 없었습니다. 매 순간 한 명 이상의 사람들이 빈틈없이 지키고 있었는데요. 게다가 창밖은 높아서 기어 올라올 수 없습니다. 입구부터 이 복도를 통과해 빼내는 것도 불가능하고요. 어딘가 트릭이 있습니다. 하지만 그걸 잘 모르겠습니다. 구로야나기 박사님은 어떻게 생각하십니까?"

경부가 미간을 찌푸리며 박사의 지혜에 의지하려 했다.

"병원에서 의사가 왔죠. 그 사람이 진짜 의사였나요?"

박사가 K소장 부부를 바라보자 그들은 틀림없다며 고개를 끄덕였다.

"그리고 그 의사가 돌아갔을 때 요코 씨는 아직 우리 쪽을 보고 누워 있었죠. 그때는 아직 이키닌교가 아니었어요. 그 시간을 기준으로 한번 목록을 작성해 보죠. 기록해 보면 의외로 확실히 알 수 있으니까요."

박사는 기억을 더듬어가며 수첩에 다음과 같이 표를 만들었다. (독자 여러분은 이 표를 주의해서 봐주시길.)

◇의사 퇴거 이후 저녁식사 때까지 ·············	K소장, K소장 부인 간호사, 나미코시, 구로야나기
◇나미코시, 구로야나기 식사 중 ·············	K소장, 간호사
◇식사 후 ·············	나미코시, 간호사, 구로야나기
◇간호사 퇴거부터 납치 발견까지 ·············	나미코시, 구로야나기

"그 밖에도 촬영소 사람들, 요코 씨의 친구인 여배우도 있었지만 중간에 돌아갔으니까 정확히 보초 역할을 한 사람들의 시간표는 이랬죠. 중간에 나미코시 경부와 제가 교대로 아래층 화장실에 두 번씩 다녀왔어요. 그런데 나미코시 경부, 당신은 나와 교대하고 혼자 있을 때 자리에서 벗어난 적이 한번도 없었습니까?"

"결코 없었습니다."

경부는 좀 화가 난 듯 대답했다.

"저도 마찬가지예요. 만약 자리를 좀 벗어난 적이 있다 하더라도 살아 있는 사람을 데리고 나가려면 저항이 있을 테니 분명 소리가 났겠죠. 게다가 이건 그렇게 짧은 시간에 할 수 있는 일도 아닙니다. ……안타깝게도 결국 불가사의라고 할 수밖에 없어요."

"첫째, 어떻게 데리고 나갔는지 방법을 모르겠습니다."

경부가 기를 쓰고 설명하려 했다.

"만약 복도를 통과했다면 반드시 사람 눈에 띄었을 테니 복도는 아닌 게 확실합니다. 그러면 정원 쪽 창문을 통로로 이용하지 않았을까 생각해볼 수 있는데, 이렇게 높은 곳에서 발판도 없이 창으로 올라올 수는 없습니다. 그리고 사람을 데리고 내려갈 수도 없고요."

"밧줄 사다리를 사용했을 수도 있잖아요."

"밧줄 사다리는 말도 안 됩니다."

경부는 짜증을 냈다.

"다년간의 경험으로 보건대 저 아래에서 갈고리를 던져서 이 창틀에 거는 것은 불가능한 곡예입니다. 만약 가능하다 해도 아주 큰 소리가 나겠죠. 사람이 없는 방도 아니고 불가능합니다."

분명 경부가 말한 대로이긴 했다. 하지만 독자들은 이미 알고 있다. 요코는 분명 밧줄 사다리로 옮겨졌다. 하지만 놈은 경부가 불가능하다고 말한 것을 성공시키지 않았는가. 아니, 아무리 괴력을 지닌 놈이라 해도 불가능한 것은 할 수 없다. 경부는 잘못 생각한 것이다. 그의 생각에는 어딘가 모자란 부분이 있다. ……하지만 그에 대해서는 나중에 이야기하겠다.

그들이 고다와라 평정[32]처럼 결론을 내지 못하고 있는데 형사가 뛰어왔다.

"어떻게 되었나?"

경부가 조바심을 내며 물었지만 아직까지 놈이 주변을 어슬렁거리고 있을 리가 없었다.

하지만 전혀 수확이 없는 것은 아니었다. 형사는 다음과 같이 보고했다.

"노자키 씨가 없어졌습니다. 저택 뒤쪽을 돌아보고 온다고 했는데 아직 돌아오지 않았습니다. 방금 우리가 가보았는데 어디에도 모습이 보이지 않습니다. 그런데 혹시 몰라 회중전등을 켜고 그쪽 지면을 살펴보니 자동차 타이어 자국이 새로 나 있는 걸 발견했습니다. 그게 적의 자동차이고 노자키 씨가 그걸 발견하고 뒤를 쫓은 것 아닐까요? 아니면 혹시……."

"노자키 군까지 놈에게 납치되었단 말입니까?"

나미코시 경부는 오늘 밤 지나치게 신경이 곤두서 있었다.

어쨌든 현장으로 가보기로 했다. 박사와 경부, 그리고 K소장은 회중전등과 제등을 준비해 방금 들어온 형사의 안내를 받아 저택 뒤쪽으로 갔다.

32_ 小田原評定. 도요토미 히데요시가 오다와라성을 포위했을 때 대군이 공격해 오는데도 결론이 나지 않는 논의만 거듭하여 결국 지고 만 일화를 바탕으로 한 고사.

역시 생긴 지 얼마 안 되는 타이어 자국이 있었다. 구두 발자국도 있었다. 형사들의 발자국 외에 담을 따라 문 쪽으로 나 있는 것이 노자키의 발자국 같았다. 또 다른 발자국은 아무래도 자동차와 뒤쪽 토담 사이를 왕복한 발자국인 듯했다.

"놈은 역시 담을 넘었나 보군."

경부가 발자국을 보고 판단했다. 그의 명령을 받고 한 형사가 정문에서 정원을 살펴보았는데 정원에는 잔디가 나 있어 아쉽게도 발자국은 없었다.

"노자키 군이 적의 포로가 되었다면 더욱더 가만있을 수 없지. 무모하더라도 이 타이어 자국을 쫓을 수 있는 데까지 쫓아보자."

박사는 누구 들으라는지 그렇게 중얼거리며 한 손에는 지팡이를 또 한 손에는 제등을 든 채 허리를 구부리고 걸었다. 아침부터 활동을 한 탓에 의족을 찬 발이 아픈지 절뚝거렸다. 참을성 강한 박사는 말은 하지 않았지만 무척 고통스러워 보였다.

'놈을 잡고 싶다는 일념뿐이로군.'

그런 생각이 들자 나미코시 경부는 왠지 눈물겹다는 생각을 했다.

"구로야나기 박사님, 무리하지 않으셔도 됩니다. 이곳은 우리에게 맡기고 좀 쉬시지요."

"아니에요, 아무 문제없습니다. 이럴 때는 불구인 게 답답하군요."

박사는 현실을 인정하지 않고 억지로 걸어갔다.

하지만 보나마나였다. 두세 걸음 걸었을까. 조그맣게 "억" 하는 소리가 나더니 박사가 고꾸라졌다. 땅이 거칠어 여기저기 움푹 패어 있었다. 박사는 발을 잘못 디뎌 넘어진 것이었다. 내던져진 제등은 어디론가 사라지고 없었다.

경부와 형사들이 뛰어가서 제등을 비춰보니 박사는 쓰러져 있었다. 의족을 찬 다리를 끌어안은 채 이를 악물고 견디고 있었는데 어지간히 고통스러운 것 같았다.

"괜찮으십니까? 다치지 않으셨어요?"

"뭐 별거 아닙니다."

가까스로 일어난 박사는 겨우 한 걸음 걷더니 고통을 견디지 못하고 또 털썩 쓰러졌다. 안색이 매우 안 좋았다.

적을 추격하는 일은 잠시 중단되었다. 경부는 뒷일을 부하들에게 맡겨놓고 K소장과 함께 박사를 부축해 저택으로 돌아가야 했다.

어쨌든 병원으로 가야 한다고 K소장이 말했지만 박사는 완강히 거부했다.

"나도 신통치는 않지만 의사입니다. 내 다리 정도는 스스로 해결할 수 있어요. 하지만 아쉽게도 오늘 밤은 더 이상 수색을 도울 수 없을 것 같군요. 폐를 끼쳐 미안하지만 자동차 좀 빌려주시겠소?"

K소장은 운전기사를 불러 자동차를 준비하라고 지시했다. 하지만 어처구니없게도 자동차 타이어에 펑크가 나 있어 또 한바탕 법석이었다. K소장이 모셔다 드린다고 하는데도 박사는

이 정도는 괜찮다며 극구 사양했다.

구로야나기 박사는 무사히 귀가했다. 호출한 택시가 놈의 자동차일까 걱정했지만 박사까지 봉변을 당할 정도로 놈이 철저하지는 않은 것 같았다. 박사는 놈 때문에 곤란을 겪지는 않았지만 다리의 상처가 생각보다 심각했는지 다음 날 덜컥 병석에 눕고 말았다. 가장 중요한 때 든든한 아군을 잃은 나미코시 경부는 정말이지 참담한 마음이었다.

노자키의 위기

아까 하던 이야기로 돌아가자. 고지마치구 R초의 아지트(전에 사토미 요시에를 데리고 갔던 공가)를 알아낸 우리의 용감한 노자키는 그 후 어떻게 되었을까. 그와 관련해서도 아주 기괴한 모험담이 있었다.

수상한 자가 푸른 수염이 아니라 전에 본 적이 있는 불량청년 히라타인 것은 정말 뜻밖이었다. 하지만 다시 생각해보니 놈은 처음부터 이 영리한 꼬마 악당을 부하로 삼기 위해 납치한 것인지도 모른다. 설사 그렇지 않더라도 그는 불량청년이었기에 목숨이 위태로워지면 놈에게 아첨하여 한편이 되는 것쯤은 별일 아니었으리라. 그에게는 그러는 편이 재미도 있고 이익이었을 테니까.

그러고 보니 이제 알겠다. 언젠가 기누에의 시체를 지고 에노시마의 긴 다리를 건넜다던 두 사람은 푸른 수염과 그의 제자가 된 히라타 녀석인 것이다.

어쨌든 시체 같은 후지 요코를 공가에 옮겨다 놓은 괴청년은 건너편 어두운 담장 아래에서 노자키가 엿보는 것도 모른 채 다시 돌아와 재빨리 자동차를 타고 어디론가 사라졌다.

노자키는 다시 차 뒤에 매달려 미행해야 하나 잠시 망설였다. 그러나 그보다 중요한 요코가 이미 공가에 옮겨졌는데 푸른 수염도 아닌 히라타를 쫓아봤자 별 소득이 없을 것 같았다. 그는 생각을 고쳐먹고 원래 장소에 그대로 있기로 했다.

'푸른 수염, 그놈은 반드시 이 집에 있을 거다. 히라타가 요코를 데려올 때까지 분명 목을 빼고 기다릴 테지.'

그렇게 생각하니 요코의 신상이 한없이 걱정되었다. 지금쯤 푸른 수염이 말했던 단말마적 무도가 시작되지 않았을까 생각하니 제정신이 아니었다.

노자키가 아무리 범인 수사에 대한 열정과 기누에를 위한 복수심을 불태운다 해도 그렇게 대담한 사람은 아니었다. 따라서 누군가가 숨어 있을지도 모를 이 으스스한 공가로 뛰어드는 것을 망설이는 것은 당연했다.

그런데 그가 그렇게 망설이는 사이 근처에 주차를 하고 왔는지 자동차 없이 히라타가 금세 공가로 돌아왔다.

소리도 없이 격자문이 열리고 히라타가 집 안으로 사라지는 광경을 보니 노자키는 더 이상 가만있을 수 없었다. 두목인 푸른 수염 외에 히라타도 가담했으니 놈들은 적어도 두 명

이상일 것이다. 하지만 그런 생각을 할 겨를도 없이 오로지 요코의 생명이 걱정되어 아무 계획도 없이 히라타의 뒤를 밟아 공가로 잠입했다.

만약 그때 그가 무모하게 혼자 적지에 들어가는 대신 일단 철수했더라면, 그리고 근처 파출소에 이 사실을 알리고 지원요 청을 했더라면 그런 무시무시한 꼴을 당하지 않고도 일이 해결되 었을지도 모른다. 하지만 R초는 고지마치구에서도 가장 외진 곳이라 파출소까지 꽤 멀었다.

그렇게 시간을 쓰는 동안 요코가 살해당하면 지금까지 한 고생만 수포로 돌아갈 따름이었다. 물론 노자키의 생각이 거기 까지 미친 것은 아니었고, 그는 다만 적의 독수毒手에 걸려든 가엾은 피해자를 생각하니 울컥 정의감부터 치밀어 앞뒤 재보지 도 않고 적의 아지트로 뛰어들어간 것이었다.

집 안은 칠흑 같았다. 경계 때문인지 전등은 모두 꺼져 있었다. 히라타는 현관에 들어서자 준비한 회중전등을 비추며 계속 안쪽으로 들어갔다. 노자키는 다다미 바닥에 비친 타원형 빛을 길잡이 삼아 뒤따라가면 되겠다고 생각했다.

어둠 탓인지 실제로도 그런지, 볼품없는 입구에 비해 집 안은 매우 깊숙했다. 돌아들어갈 때마다 방이 있었다. 또한 봉당으로 내려가면 툇마루 같은 곳이 있고 다시 올라가 보면 다다미방인 곳도 있었다.

왠지 일반 주택이 아닌 듯했다. 아니면 놈이 공가를 접수한 후 악행을 저지르기 좋은 구조로 개조했을 수도 있다.

다행히 그때까지 노자키는 적에게 발각되지 않았다. 무심코 낸 작은 소리에 히라타가 회중전등을 뒤로 비추는 바람에 그는 화들짝 놀라 그 자리에 멈춰 섰다. 하지만 운 좋게도 빛은 노자키가 서 있던 곳을 그냥 지나쳤고, 상대는 가던 길을 계속 갔다. 설마 2간도 떨어지지 않은 거리에서 노자키가 바짝 쫓아오고 있으리라고는 전혀 생각하지 못했을 것이다.

결국 그는 지하로 가기 위해 비좁은 계단을 내려갔다. 내려가 보니 아주 견고해 보이는 미닫이문이 있었다. 히라타는 힘들게 문을 열고 안으로 들어갔다. 그렇구나, 이 집에는 지하실이 있구나. 참으로 빈틈없는 놈이라는 생각을 하고 있는데, 그때 바로 회중전등 빛이 사라졌다. 그리고 먹물 같은 어둠과 정적만 이 남았다.

히라타가 회중전등을 끈 건가. 만약 그렇다면 이제 목적지, 다시 말해 요코를 무참하게 살해할 장소에 도착한 건가. 아니면 회중전등을 손에 든 히라타가 단순히 어떤 물체 뒤에 가려 보이지 않게 된 것일까.

마침 그때 노자키는 좁은 계단을 내려가는 중이었다. 그는 어떻게든 끝까지 내려가 보려고 조금 전까지 빛이 비치던 미닫이 문을 향해 더듬어 갔다.

그렇게 대여섯 걸음 앞으로 나아갔을 때였다. 뭔가 시커먼 바람 같은 것이 그의 옆구리를 휙 스쳐 뒤쪽으로 날아가는 듯했다.

"어라."

노자키가 순간 멈칫하는데 뒤에서 드르륵 소리가 났다. ……
무거운 미닫이문이 닫히는 소리였다.

"꼴좋다, 애송이 같으니. 네놈이 쫓아오는 걸 내가 몰랐다고
생각한 거냐? 덜떨어지긴. 그냥 거기서 맘 편히 쉬고 있으렴.
거기에는 친구도 많을 테니."

문밖에서 히라타의 목소리가 들렸다. 동시에 철컥 자물쇠가
잠기는 소리가 났다.

한 방 먹었다. 아까 뒤쪽으로 회중전등을 돌렸을 때 노자키의
모습을 비추지는 못했지만 민첩한 상대는 이미 감을 잡고 있었
다. 그리고 아무것도 모르는 양 지하실로 유인해놓고 보란 듯이
적을 감금해버린 것이다.

히라타가 안심하고 독설을 퍼붓는 걸 보니 여기는 입구가
하나뿐인 밀실이 분명했다. 심지어 출입문은 지하실 문답게
아주 두껍고 견고했다. 도저히 혼자 힘으로는 부술 수 없었다.

"당했다."

모험에 익숙지 않은 노자키는 입술이 바작바작 마르고 가슴이
이상하리만치 답답했다.

잠깐 망연자실 서 있다가 약해진 마음을 추스르며 이 일을
어떻게 수습할까 생각해보았다. 하지만 이렇게 어두워서는 아무
것도 할 수 없었다. 이제 눈치 보지 않아도 되니 방을 밝히려고
주머니에 손을 넣었는데 이런, 회중전등이 없었다. 자동차에
올라타서 곡예를 하는 동안 떨어뜨린 것이었다.

담배를 피우지 않아 성냥도 없었다.

그는 어쩔 수 없이 어둠 속을 더듬으며 벽을 의지해 걸었다. 벽이 두꺼워 두드리는 정도로는 끄떡도 하지 않았다. 회반죽 아니면 콘크리트 같았고, 벽 외는 모두 흙인 듯했다.

노자키는 눈먼 짐승처럼 벽을 짚으며 돌아다녔다. 아주 넓었다. 그런데 사각형이 아니었다. 칠각이나 팔각쯤 될까, 아무튼 각이 많아 팔각 벽시계 같은 기묘한 구조로 된 엄청나게 큰 방이었다.

'이상하군. 이런 곳에 이렇게 넓은 지하실이 있다니. 내가 꿈을 꾸고 있는 건가.'

이상하게 오싹한 느낌이었다.

하지만 잠시 후 그 이유를 알게 되었다. 어둠으로 인한 착각에 불과했다. 정사각형의 작은 방이 칠각팔각은 되는 아주 넓은 방처럼 느껴진 것은 앞이 안 보였기 때문이다.

젠코지의 계단돌기[33]와 유사한 착각이었다. 이런 어둠의 착각이 야기하는 공포에 대해서는 에드거 앨런 포의 「구덩이와 진자The Pit and The Pendulum」라는 소설에 굉장히 잘 묘사되어 있다. 탐정소설을 좋아하는 노자키는 전에 읽었던 내용을 떠올렸다.

그곳은 평범한 작은 지하실일 뿐이었다. 흙벽으로 된 헛간 아래 있는 창고였다. 하지만 하나밖에 없는 입구를 노자키의 완력으로 부수는 것은 예상대로 불가능했다. 소리를 지른다

33_ 戒壇めくり. 젠코지善光寺 본당의 아미타여래가 모셔져 있는 단 아래의 앞이 안 보이는 ㅁ자 모양 회랑을 더듬거리며 한 바퀴 도는 체험.

해도 들릴 리 없었다. 아, 노자키는 결국 번화한 도쿄 도심의 수상쩍은 지하실에서 굶어죽을 운명이란 말인가.

'그건 대체 무슨 뜻이었을까.'

노자키는 문득 그 생각이 떠올랐다. 그리고 너무 섬뜩해서 소름이 끼쳤다.

다름이 아니라 아까 히라타가 마지막으로 내뱉은 말이 생각난 것이다.

'거기에는 친구들도 많을 테니.'

대체 그건 무슨 뜻일까. 한 사람이 아니란 말인가. 그게 아니면……혹시 이 어두운 방 안에 노자키 외에 다른 사람들이 숨어 있다는 말인가. 노자키가 움직이면 슬금슬금 뒷걸음쳐 구석에 옹기종기 모여서 그의 거동을 살펴보는 건가? 인간인가? 아니면 다른 동물인가?

그는 심한 공포에 휩싸여 꼼짝할 수 없었다. 몇 분간 빛도 소리도 없었다.

이상하다. 아무 소리도 나지 않는다. 상대의 호흡도 들리지 않는다.

노자키는 눈을 딱 감고 벽에서 물러났다. 그리고 맹인처럼 양손을 앞으로 내밀고 지하실 중앙으로 걸어가 보았다.

부딪히기도 했다. 하지만 별로 이상한 건 아니었다. 네 말[34]짜리 통이 하나 둘 셋 넷, 다 합해서 다섯 개다. 만져 보니 질퍽한

·········
34_ 약 72L. 1말[‡]=18L.

소금 같은 감촉이었다. 알았다, 알았다. 여기는 절임을 저장해놓는 창고. 처음부터 뭔가 이상한 썩은 냄새가 난다고 생각했는데 야채절임 냄새였던 것이다.

"절임이긴 하지만 여기에는 음식이 있다. 그럼 굶어죽을 염려는 없겠군."

노자키는 불쑥 그런 생각이 들었다. 모험소설에서 배운 지혜였다.

하지만 그런 식으로 생각한 것은 그가 냉정을 잃었다는 증거였다. 반찬가게도 아니고 공가나 다름없는 집에 네 말짜리 절임통을 다섯 개나 쌓아놓다니 이상하지 않는가.

그렇다면 히라타가 말했던 '친구'가 어떤 해괴한 '친구'인지 알아차릴 때가 되었다. 하지만 그걸 알아차릴 때까지는 한 시간 남았다. 아직 시간도 있으니 독자 여러분께는 우선 이 집의 다른 방에서 어떤 일이 일어나고 있는지를 알려드리겠다.

어마어마한 계략

노자키가 지하실에 감금된 지 30분쯤 지났을 무렵, 그 집 안방(전에 사토미 요시에와 자칭 이나가키라는 푸른 수염이 마주 앉아 있던 다다미방)에는 두 인물이 소곤소곤 이야기를 나누고 있었다.

한 사람은 히라타, 양복 차림의 다른 한 사람은 처음 보는 듯한 중년 남자였는데 말할 필요도 없이 그가 악당인 푸른 수염이었다.

"애송이, 얌전히 있으려나."

푸른 수염의 탁한 목소리였다. 말을 할 때마다 번쩍이는 커다란 안경, 얼굴을 반쯤 덮고 있는 특이한 검은 수염, 전의 그 이나가키 씨와 똑같은 용모였다.

"소동을 피워봤자 그 녀석 힘으로 지하창고를 나올 수 있겠어요?"

히라타가 대답했다.

"그런데 참 난처한 곳에 가뒀군. 그 지하창고 바로 위 헛간에 그 물건을 눕혀놨잖아. 위아래가 서로 알아보고 이야기라도 나누면 곤란한데."

"뭐 괜찮을 거예요. 요코는 아직 잘 자고 있어요. 깨기 전에 욕실로 옮겨버리면 그런 걱정을 할 필요도 없죠."

"그렇다 해도 절임통이 있어."

"아, 그거 말이군요. 아마 그 녀석도 평생 그 지하창고에서 나올 수 없을 거예요. 거기에서 말라죽겠죠. 뭘 봐도 상관없지 않을까요."

"크하하하하하. 과연이로군. 자네는 노자키를 거기서 굶겨죽일 생각인가. 크크크크크. 자네도 요새 꽤 강심장이 되었네."

"과분한 칭찬이십니다. 선생님이 곁에 계시기 때문이죠. 함께 있기만 하면 무슨 일이든 거뜬할 것 같습니다. 절 버리지만 말아주세요."

"크크크크크, 걱정 말게. 나는 처음 자네를 봤을 때부터 아주 마음에 들었다네. 원래 누구랑 함께 일하지 않는 내가 자네와는 함께 일하잖아. 버릴 이유가 없지."

푸른 수염은 음산하게 웃더니 히라타의 어깨를 다독였다. 아직 성장이 끝나지 않아 여려 보이는 어깨였다.

"그러면 마침내 요코도 손에 넣었으니 이제 마지막으로 연극이나 한판 해볼까. 빨리 서둘러야 해."

"맙소사, 마흔아홉 명을 한 방에 해치우다니 생각만 해도 짜릿해요. 저는 이 세상이 이렇게 재미있는 곳인지 미처 몰랐어요."

"자네 동료들은 괜찮으려나?"

"괜찮아요. 이런 일에는 불량청년들이 안성맞춤이죠. 제가 예전에 단장을 맡았던 올빼미단 녀석들은 모두 내로라하는 실력을 가졌으니까요."

"눈치채게 하면 안 되네."

"선생님의 정체요? 안심하세요. 녀석들은 이유를 묻거나 누가 돈을 주었는지 궁금해하지 않을 거예요. 다만 명령대로 실행할 뿐이죠. 그리고 틀림없이 돈만 주면 아무 불만 없을 걸요. 그게 단장의 권위죠. 게다가 돈이 한 사람당 백 량兩이에요. 나쁠 게 없어요."

이 대화로 미루어보면 구로야나기 박사의 예상대로 푸른 수염은 이상형인 여자 마흔아홉 명을, 그것도 한꺼번에 유괴하려는 계략을 도모하고 있는 것이다. 한판의 성대한 연극이었다.

그러나 마흔아홉 명의 여자를 한꺼번에 유괴해서 어떻게 하겠다는 건가. 아무리 푸른 수염이라 할지라도 과연 하루 만에 그토록 많은 사람을 죽일 정력이나 잔학성을 가지고 있을까. 너무 어마어마한 계획이 아닌가.

또한 유괴 수단이라는 것도 히라타 청년이 이끌었다는 올빼미단의 불량청년들을 활용할 계획인 모양인데 아무리 내로라하는 불량청년들이라도 마흔아홉 명이나 되는 여자들을 유괴하는 데 성공할 수 있을까. 너무 무모하고 위험천만한 계획이 아닌가.

하지만 나쁜 지혜라면 밑도 끝도 없을 푸른 수염이다. 어떤 기발하고 교묘한 복안이 있을지 아무도 모른다.

두 사람은 그렇게 악행에 대해 한참을 의논을 하더니 문득 깨달았는지 푸른 수염이 말했다.

"슬슬 창고로 가봐야지. 곧 깨어날 시간이야."

두 사람은 일어서서 툇마루를 지나 썰렁한 빈집을 나와서 집 뒤편 헛간 쪽으로 갔다.

포스터 미인의 눈

후지 요코는 작은 벌레가 자신의 허벅지와 가슴 주위로 우글우글 몰려들어 너무 소름이 끼친 나머지 꺄악 비명을 질렀다고 생각했다. 하지만 그건 마취 상태에서 꾼 꿈이었다. 그녀는 마치 악몽에서 깨어날 때처럼 화들짝 놀라 눈을 떴다.

주위가 캄캄했다. 도대체 얼마나 잤는지 여기는 어디인지 상황이 잘 파악되지 않았다.

주위를 더듬어보니 자신은 아까 자고 있던 침대가 아니라 냉랭하고 딱딱한 판자 위에 누워 있었다. 몇 달은 청소를 안 했는지 먼지가 엄청나게 많았다. 심지어 방에서는 온통 썩는 냄새가 가득했다.

"그러면 역시 푸른 수염이란 놈에게 납치된 건가."

이런 불쾌한 기분은 마취제를 마셨기 때문이겠지만 언제 마취제를 마셨는지 왜 이런 곳에 와 있는지 전혀 기억이 나지 않았다.

'아무리 그렇다 해도 여긴 도대체 어딜까.'

암흑 속에 누워 찬찬히 생각을 하다 보니 어딘가에서 이상한 소리가 들렸다.

"거기 계신 분 누구세요?"

확실히 들어본 적이 있는 목소리였다. 그러나 누구인지 모르겠다. 대답을 하지 않고 있으니 또 말을 시켰다.

"혹시……후지 요코 씨 아니십니까?"

나쁜 사람은 아닌 모양이다. 하지만 함부로 대답할 수는 없었다. 목소리는 아무래도 바닥 밑에서 들리는 듯했다. 가만 보니 여기는 2층인 것 같았다.

"당신은 누구신데요."

"아, 역시 맞네요. 요코 씨군요. 저는 구로야나기 박사 댁의 노자키입니다."

마침 요코가 있던 헛간 밑에는 판자 한 장을 사이에 두고 지하창고가 있었다. 꿈에서 깨어난 요코가 신음 소리를 내자 그녀의 존재를 깨닫고 노자키가 말을 건 것이었다.

"도대체 여기는 어디예요? 어찌 된 일인지 저는 당최 상황을 모르겠어요."

"푸른 수염의 소굴이죠. 놈이 여기로 당신을 데려온 거고요. 당신 뒤를 쫓아왔는데 나까지 감금되고 말았습니다. 지금 내가 있는 곳은 지하실입니다."

"그럼 저도 여기에 갇힌 거네요."

다부진 요코는 그렇게 말하고 자리에서 벌떡 일어났다. 그리고 아직 떨리는 몸으로 방 안을 마구 분주하게 돌아다녔지만 어디에도 출구는 없었다.

아니, 출구가 있어도 밖에서 자물쇠를 잠가놓아 여자의 힘으로는 꿈쩍도 하지 않았다.

요코는 실망한 나머지 풀이 죽어 원래 자리로 가서 누웠다.

"소용없어요. 나갈 수가 없네요. 난 어떻게 되는 거죠?"

"실망하면 안 돼요. 여기 당신 편이 있잖아요. 빠져나갈 방법을 한번 생각해보죠."

노자키가 기운을 차린 듯한 목소리로 말했다. 그러나 노자키라고 딱히 좋은 수가 없다는 것쯤은 요코도 알고 있었다.

잠시 후 갑자기 방 안이 환해졌다. 머리 위의 5촉燭 전등이 켜졌던 것이다.

요코는 누군가가 그 전등을 켰으리라는 생각은 하지 못했다.

다만 방이 환해졌다는 기쁨에 무심코 주위를 둘러보았다.

아무 장식도 없었다. 벽이 두꺼웠고 헛간 같은 방이었다. 한쪽은 판자가 대어져 있었고 거기에 문이 달려 있었다. 나무로 된 문이 새것인 같아 자세히 보니 판자를 대어놓은 곳만 나중에 새로 만든 듯했다. 즉, 헛간 안을 판자로 구획을 나눈 형태였다.

이상하게도 그 판자벽에는 우편선郵便船 회사의 커다란 미인화 포스터가 붙어 있었다. 이 을씨년스러운 방에 미인화라니 이상했다. 심지어 인쇄된 포스터였다.

요코는 포스터의 미인을 물끄러미 보았다. 미인도 요코를 바라보았다.

요코는 너무 소름이 끼쳐 무심결에 벌떡 일어나 바로 앉았다. 미인의 눈이 살아 있었다. 그것도 눈만 살아 있었다.

이러고저러고 할 것 없이 몸부터 추슬렀다. 손을 가슴으로 가져가니 딱딱한 것이 만져졌다. 단도였다. 그녀는 푸른 수염의 경고를 듣고 호신용으로 소품들 속에서 고풍스런 단도를 숨겼다. 그 단도가 아직 품 안에 있었다. (촬영소에는 진짜 쏠 수 있는 총은 없었기 때문이다.)

단도가 아직 있다는 걸 확인하니 좀 용기가 생겼다. 그녀는 야회복 가슴 쪽에서 단도를 꺼내 번쩍이는 칼을 빼들었다. 그리고 정색하며 포스터를 노려봤다.

하지만 미인의 눈에는 더 이상 생기가 없었다. 얼굴도 눈도 모두 평범한 인쇄물 속의 미인일 뿐이었다.

아까는 잘못 봤나. 하지만 확실히 생기 있는 눈으로 나를 빤히 쳐다본 것 같았는데 아직 마취에서 덜 깨었나 보다.

포스터가 어떻든 이제 곧 악당이 여기로 올 텐데 이런 단도 따위는 휘둘러봤자 당해낼 수 있을까. 결국 나도 저 사토미 자매와 같은 운명에 처할 것이다. 더 험한 꼴을 당하기 전에 그냥 이 단도로 자살을 할까.

그녀가 단도를 만지작거리면서 그런 생각을 하는데 문에서 덜그럭 열쇠 돌리는 소리가 났다. 드디어 적의 습격이 시작된 것이다.

요코는 단도를 무릎 밑에 감추고 방어태세를 갖췄다.

스르르 문이 열리고 두 남자가 들어왔다. 요코는 잘 모르겠지만 푸른 수염과 히라타였다.

"위험한 장난감 같은 건 이리 내놓으시죠."

나이 많은 남자가 그녀에게 다가와 한 손을 앞으로 내밀었다.

"누구세요?"

요코는 대차게 물었다.

"당신을 아주 잘 아는 남자요. 그건 그렇고 그 장난감이나 이리 주시오."

"장난감 같은 건 없어요."

"하하하하하, 숨겨봤자 소용없어요. 아까 만지작거리던 단도 이리 내놓으시죠."

남자는 집요하게 몰아붙였다. 그는 보지도 않은 단도를 어떻게 아는 것일까. 아, 그렇군. 포스터 미인의 눈은 진짜 살아 있었다. 미인의 눈에 장치를 달아 밖에서 들여다볼 수 있게 만든 것이다. 용의주도한 푸른 수염은 어쨌거나 상대가 눈치채지 못하게 실내를 엿보다가 피해자에게 다가오는 수법을 쓰나 보다. 이 방에서 몇 명의 여자가 포스터 미인의 눈을 보고 놀랐을까.

"이 아가씨 꽤 만만찮겠네."

푸른 수염은 히라타를 돌아보고 쓴웃음을 지으며 말했다.

"그럼 이렇게 하지."

그는 요코를 끌어안아서 꼼짝 못하게 하려고 달려들었지만, 요코는 단도를 쥐고 재빨리 피했다.

그리고 잠시 고양이와 쥐의 참혹한 추격전이 시작되었다. 상대는 두 명이다. 요코는 도저히 감당할 수 없었다.

푸른 수염으로서는 반쯤은 재미있는 유희였다. 히라타가 굳이 나서지 않고 입구 쪽에서 웃으며 구경하고 있는 것이 증거였다.

하지만 그때 갑자기 이상한 소리가 났다.

쾅 하며 뭔가 떨어지는 소리에 이어 "으억" 하는 소리가 들렸다. 뭔가 형용할 수 없이 처절한 외침이었다. 그 소리를 듣고 달려간 두 사람이 너무 놀라서 멈칫했을 정도였다.

그 외침은 지하실에서 울려왔다. 지하실이라면 노자키가 감금된 장소. 그렇다면 노자키에게도 뭔가 괴이한 일이 일어난 걸까. 우리는 다시 시선을 돌려 지하실에 주목해야 한다.

쏟아져 내리는 선혈

노자키는 어둠 속에서 윗방에 있는 요코와 이야기를 나눴다. 그때 요코가 있던 방뿐 아니라 지하실에도 5촉 전등이 켜졌다. 스위치를 같이 쓰는 것이었다. 잠시 후 요코의 방에 누군가가 들어온 모양이었다. 요코와 대화하는 소리가 들렸다. 다시 말해 그 사이에 벌어진 사건을 그는 모두 듣고 있었다.

곧이어 추격전이 시작되었다. 우당탕 발소리가 들렸다. 요코가 위험하다. 구해주어야 한다. 하지만 구할 방법이 없다

그는 지하실 안을 서성였다. 그러던 중 조금이라도 윗방에 가까이 가보겠다는 의지인지 어리석게도 절임통 위에 올라가서 천장에 손을 뻗었다. 아무 효과도 없는 바보 같은 짓이었다. 하지만 그의 이런 행위가 결과적으로 어떤 중대한 결과를 낳았는지는 나중에 알게 될 것이다.

그가 올라간 통은 뚜껑이 완전히 닫혀 있지 않았는지 위에 올라가서 손을 뻗으니 몸의 무게 때문에 뚜껑이 한쪽으로 기울어 한쪽 발이 통 속에 푹 빠졌다.

그는 깜짝 놀라 발을 빼려 했지만 이미 늦었다. 발을 디딘 채로 통과 함께 쓰러져버린 것이다.

발을 빼니 뚜껑이 열려 질퍽한 내용물이 흘러나왔다. 소금이 녹아 있었던 것이다.

그런 상황에서도 그는 쏟아진 내용물이 심상치 않다는 느낌이 들어 절임을 손으로 움켜쥐었다. 하지만 그 순간 바로 휙 내던졌

다. 그리고 "으억" 하고 섬뜩한 비명을 질렀다.

그 미끄덩거리는 고형물에 손가락 다섯 개가 붙어 있었기 때문이다. 썩어가는 한쪽 팔이었던 것이다.

자세히 보니 다리도 있었다. 내장도 있고, 머리카락도 있었다.

또다시 비명을 지를 정도는 아니었지만 그는 토할 것 같아 구석으로 뒷걸음질했다.

토막토막 절단된 인체를 소금으로 절인 것이었다. 다른 통도 마찬가지로 다섯 명의 피해자가 이 지하실에 절임이 되어 있었던 것이다. 히라타가 말한 '친구'란 이 소금 절임이 된 여자들을 말하는 것이었으리라. 무슨 '친구'가 이런가.

짚이는 것이 있었다. 일찍이 구로야나기 박사는 사토미 요시에 이전에도 푸른 수염의 먹이가 된 여자가 분명 있을 거라고 했다. 그리고 나미코시 경부에게 가출한 여자들의 신상을 조사해 보라고 했다. 박사의 추측은 적중했다.

하지만 그때 윗방에서는 소동이 커지고 있었다. 쫘당 하고 사람이 넘어지는 소리가 나더니, 끙끙거리는 신음 소리, 으악 하는 비명 소리, 쿵쾅거리며 뛰어가는 필사적인 발소리가 들렸다.

그리고 갑자기 조용해졌다.

몇 초 동안 오싹한 정적이 흘렀다.

귀를 세우고 있는 노자키의 뺨으로 무언가 똑 떨어졌다.

그리고 눈물처럼 볼을 타고 턱으로 흘렀다.

손으로 문질러 보니 손가락이 붉게 물들었다. 피였다.

무의식중에 천장을 올려다보니 판자 틈으로 선혈이 배어나왔다. 핏자국은 점점 커졌다. 마치 붉은 빗방울처럼 후드득 후드득 엄청나게 쏟아져 내렸다.

"요코 씨."

노자키는 깜짝 놀라 부르짖었다.

아, 결국 당했나 보다. 인기 여배우 후지 요코가 최후를 맞았다. 이 따뜻한 선혈은 수만 연인들이 흠모하는 저 탄력 있고 아름다운 육체에서 내뿜고 있는 것이리라.

노자키는 그렇게 믿고 말았다. 그리고 알고 있는데도 구해줄 수 없는 자신의 무기력함이 부끄러웠다.

그런데 과연 후지 요코는 살해당한 것일까.

심야의 전화

구로야나기 박사를 배웅한 나미코시 경부는 K소장의 권유로 부하 형사들과 함께 그의 집에서 묵기로 했다. 지금 와서 놈의 타이어 뒤를 쫓아가봤자 좋은 결과를 얻기 힘들었다. 게다가 밤도 깊어져 모두 피로가 심했으므로 조사는 내일 아침에 하기로 하고 일단 눈을 붙이기로 했다.

그런데 그날 밤 3시경, K소장의 저택에 갑자기 전화벨이 크게 울렸다. 전화를 건 사람은 여자였는데, 얼른 K소장을 바꾸라고 했다.

K소장이 수화기를 들자 목소리가 흘러나왔다.

"K선생님이죠? 저 요코예요."

후지 요코였다.

"요코 씨? 걱정 많이 했어. 무사한 거야? 어디 있는데?"

K소장은 당황해서 소리를 질러댔다.

그 소리에 나미코시 경부가 바닥을 박차고 일어났다. 그리고 두 사람은 서로 수화기를 빼앗다시피 하며 요코의 이야기를 들었다.

그녀는 독자 여러분도 아시는 내용을 요점만 이야기하고 아래 내용을 덧붙였다.

"지하실에서 비명 소리가 나자 그 자식이 거기 정신을 빼앗겼어요. 그 틈에 나는 눈을 딱 감고 단도를 쥔 채 그에게 돌진했죠. 어디를 찔렀는지 잘 모르겠어요. 어쨌든 그 자식은 억 하는 소리를 내며 쓰러지더군요. 젊은 남자가 깜짝 놀라 허둥거리는 틈에 얼른 열려 있는 문으로 도망쳤어요. 어디를 어떻게 빠져나왔는지 모르지만 다행히 대문이 보였어요. 물론 젊은 남자가 쫓아왔지만 대문 밖으로 나오니 괜찮았어요. 크게 소리를 지르며 달리자 남자가 두려운지 돌아갔거든요.

여기는 고지마치구 K초의 공중전화예요. 그 집에서 5~6정밖에 안 떨어진 곳이죠. 얼른 와주세요. 놈은 상처를 입은 채 그 집에 쓰러져 있어요. 게다가 노자키 씨가 지하실에 감금되어 있거든요. 빨리 그 집으로 가서 구해주세요. 저는 도쿄역에 있는 호텔로 가서 기다릴 테니까요."

아, 놈은 고통에 움직이지도 못하고 헛간에서 신음하고 있었던 것이다. 이게 무슨 일인가. 구로야나기 박사나 나미코시 경부를 비롯하여 모든 경찰을 우롱하고 모든 시민을 전율케 한 흉악범이 마침내 한 여배우의 가냘픈 손에 쓰러진 것이다. 후지 요코는 큰 공을 세웠다. 그 공은 노자키의 비명 덕분에 가능했다. 절임통 위에 올라간 그의 어리석은 행위가 영 소용없지는 않았다. 그가 요코의 선혈이라고 굳게 믿은 것은 사실 푸른 수염의 피였다.

나미코시 경부는 즉시 경시청에 전화를 걸어 요코에게 들은 대로 고지마치구 R초의 빈집을 수배하라고 지시했다. 그리고 자신도 부하와 함께 K소장의 자동차로 급히 현장에 출동했다. 고장 났던 K소장의 자동차는 한참 전에 수리가 끝나 있었다.

차는 심야의 게이힌 국도를 쏜살같이 지났다. 차가운 바람이 상쾌하게 경찰들의 귀를 스쳤다.

달려라 달려, 흉악범 체포를 위한 활기찬 출발이다.

이번에야말로 틀림없다. 놈은 상처를 입었다. 움직일 수도 없다. 푸른 수염을 입원시킬 병원이 어디 있겠는가. 설사 그 집에서 잠시 도망친다 해도 병원이나 의사에게 발목이 잡힐 것이다. 그는 결코 도망칠 수 없을 것이다. 아, 마침내 푸른 수염의 얼굴을 볼 수 있다. 오매불망 기다리던 때가 왔다.

나미코시 경부는 애태우던 연인을 만나러 가는 사람처럼 자동차가 너무 늦장을 부리는 것 같아 가슴만 더 두근거렸다.

실망한 나미코시 경부

경부는 부하 몇 명과 얼른 자동차에서 내려 문제의 빈집으로 달려갔다. K초에서 출발했으니 아무리 서둘렀어도 15분은 걸렸다.

도착해 보니 빈집 앞에는 이미 제복순사 두 명이 삼엄한 경계를 하고 있었다.

"체포했습니까?"

나미코시 경부는 차에서 내리자마자 순사에게 물었다.

"허사였어요. 이미 튄 모양입니다. 아직 실내를 수색 중이긴 합니다만."

"이미 튀었다고요? 하지만 놈은 부상이 심했을 텐데요."

그 말을 던지고 경부는 집 안으로 달려갔다. 현관에 들어서는데 안에서 나오는 경시청 동료 M경부보와 마주쳤다.

"아, 나미코시 경부님. 정말 이상하더군요. 범인이 그 정도로 피를 흘렸는데 어떻게 도망쳤을까요."

M경부보가 말했다.

"그 정도로 출혈이 심했군요. 그러면 근처 의사들을 조사해봤습니까?"

"고지마치서의 U군에게 전화로 대충 이야기를 들었는데, 고지마치구의 외과병원에서는 놈처럼 부상을 입은 자를 수용한 곳은 없다더군요. 공범자가 자동차로 고지마치구 밖으로 옮겼다고밖에는 생각할 수 없습니다."

안쪽에서 정신이 나간 사람처럼 흐트러진 복장으로 새파랗게 질린 청년이 비틀거리며 나왔다.

"노자키 씨 아닌가요?"

나미코시 경부가 놀라서 말을 걸었다.

"아, 나미코시 경부님, 딱한 노릇이에요. 또 도망쳤습니다."

"후지 요코에게 전화로 대략 들었습니다. 당신이 곤경에 처했다면서요. 하지만 적의 소굴을 찾아낸 건 대단한 공훈입니다."

"생각 없이 너무 깊이 들어간 게 실수였습니다. 이 집을 알아낸 후 바로 당신에게 보고했어야 했는데요."

노자키 사부로는 앞서 일어났던 일들(시체 절임 다섯 통과 요코와의 대화, 천장의 선혈 등)을 요점만 추려 설명했다.

"그런데 저는 틀림없이 요코 씨가 당한 줄 알았어요. 어떻게든 지하실을 빠져나가야 한다는 생각에 주위에 있는 막대기를 주워 두꺼운 판자 출입문을 막무가내로 두들겼거든요. 그 소리가 경찰의 귀에 들어가 가까스로 제가 구해졌죠."

나미코시 경부는 이 놀라운 보고를 열심히 들었다. 특히 다섯 통의 절임 이야기를 듣고 기이한 신음을 내기도 했다.

"적이 남긴 유류품 같은 건 없습니까?"

나미코시 경부가 M경부보에게 물었다.

"그게 전부입니다. 정말 용의주도한 놈입니다. 경부님도 현장에 한번 가보세요."

앞장을 선 나미코시 경부는 방마다 돌아다니며 면밀하게 검사했다. 끔찍한 일이 일어났던 헛간과 지하실은 특히 유념하여 보았으나 적의 신병을 설명할 만한 유류품은 하나도 발견되지 않았다.

수상한 이국풍 인물

그로부터 일주일은 아무 일 없이 지나갔다. 적에 대한 단서는 전무했다. 시내 어느 병원에도 놈 같은 환자는 발견되지 않았다.

푸른 수염은 아직 살아 있을까, 아니면 혹시 죽었나. 생사조차 애매했다. 한 신문은 그럴싸하게 푸른 수염의 죽음을 보도하기도 했다. 만약 죽었다면 그의 시체는 어디에 있을까. 공범자인 히라타는 어떻게 된 것인가. 암흑과도 같은 수수께끼였다.

당연히 문제의 공가가 누구 소유인지도 조사했다. 그 결과 공가는 한 신탁회사가 관리하고 있다는 사실이 밝혀져 위탁자의 성명과 주소를 알아낼 수 있었다. 하지만 그 주소로 가보니 위탁자의 집 역시 공가여서 신탁회사에서 오히려 놀라는 형편이라고 했다.

통 속에 들었던 다섯 구의 시체도 신원을 조사했지만 이미 썩어 문드러진 육체 말고는 옷자락조차 발견되지 않아 감식이 무척 어려웠다.

그래도 의치나 헤어핀 같은 사소한 단서가 있었기에 과거 구로야나기 박사가 말했던 가출여성 중 다섯 명과 일치한다는 사실이 밝혀졌고, 신원 확인 작업 후 남편이나 부모에게 시신을 인도했다.

구로야나기 박사는 다리의 상처 때문에 찾아오는 손님을 피해 일주일간 침실에 틀어박혀 있었다. 박사는 마침내 원기를 회복하고 노자키 조수나 나미코시 경부, 후지 요코를 비롯해 병문안 온 손님들과 만났지만 아직 병상을 벗어날 수 없는 상태였다. 창백한 얼굴로 병문안을 와줘서 고맙다는 인사를 간신히 하는 정도라서 거미남 수색에 대해 의논하는 것은 생각할 수도 없었다.

그러던 어느 날, 구로야나기 박사의 저택 앞에 수상한 남자가 어슬렁거리고 있었다.

그는 흰 마직 스탠딩 칼라 양복에 흰 구두를 신고 아주 특이한 모양의 지팡이를 짚고 있었다. 새하얀 피스 헬멧pith helmet을 쓰고 있었는데 그 아래로 햇볕에 그을린 얼굴과 높은 코가 보였다. 손가락에 낀 이국풍 반지는 폭이 넓어 1치나 되었고 콩알만 한 돌이 번쩍거렸다.

키가 크고 다리가 늘씬해 얼핏 보기에는 아프리카나 인도 식민지의 영국 신사 같기도 했고, 유럽에 사는 인도 신사 같기도 했다. 하지만 그는 영락없는 일본인이었다.

방금 지나가는 우체부에게 일본어로 또박또박 "이 집에 유명한 범죄학자 구로야나기 박사가 살고 계신지요?"라고 물어보았기 때문이다.

하지만 그는 박사를 만날 생각은 없는 듯했다. 누구를 기다리는지 문패를 확인하거나 잠깐씩 안을 들여다보며 주변을 어슬렁거릴 뿐이었다.

잠시 후 저택에서 서생이 나왔다. 어디 심부름을 가는 듯했다.

"저기, 부탁 좀 드려도 되겠습니까?"

흰 양복을 입은 신사가 말을 걸었다.

"여기 노자키 사부로라는 사람이 있죠? 친구가 문 앞에서 기다린다고 전해주실 수 있을까요. 여기로 나와 달라고요."

서생은 미심쩍은 얼굴이었지만, 신사의 옷차림과 태도에 압도당한 듯 이상한 전언을 전달하기 위해 집으로 다시 들어갔다. 그리고 바로 노자키와 함께 대문을 나왔다.

"이분입니다."

서생은 노자키에게 그렇게만 말하고 심부름을 갔다.

"혹시 다른 사람을 찾고 계신 거 아닙니까. 제가 노자키입니다만."

노자키는 기다리던 신사를 보고 의아한 얼굴로 물었다. 전혀 모르는 사람이었기 때문이다.

"불쑥 찾아와 실례를 범했습니다. 제가 찾는 분 맞습니다. 저는……"

신사는 거기까지 말하고 갑자기 노자키에게 다가가더니 귓속말로 속삭였다.

"어, 당신이요? 일본에 안 계시다고 들었는데요."

노자키는 눈이 휘둥그레져 반문했다.

"돌아온 지 얼마 안 되었지요. 도쿄에는 오늘 아침 도착했습니다. 나는 뭘 하기로 마음먹으면 그 즉시 해결해야 하는 병이 있어서요. 실은 당신에게 좀 부탁이 있는데요……."

그리고 한 5분쯤 은밀히 이야기했다.

그 이야기를 들으며 노자키는 점점 경악하는 표정이 되었다. 그 표정이 온 얼굴에 빠르게 퍼졌다.

"절대로 알아채지 못하도록 하세요. 알았죠?"

신사는 주머니에서 작은 병을 꺼내 노자키에게 건네주며 몇 번이나 확인했다. 그리고 작별을 고하더니 건너편 거리에 대기시켜 놓은 자동차로 성큼성큼 걸어갔다.

혼자 남은 노자키는 보기에도 애처로운 모습이었다. 얼굴은 새파랗게 질렸고 호흡도 가빠졌다. 비틀거리며 현관으로 들어가는 발걸음이 금방이라도 쓰러질 듯한 모습이었다.

그는 응접실과 서재를 지나 구로야나기 박사의 침실로 갔다. 하지만 문 앞에 멈춰 서고 말았다. 창백한 이마에는 온통 땀방울이 맺혀 있었다.

그는 목에 가래가 걸린 것 같아 가볍게 기침을 했다. 손수건을 꺼내 이마도 닦았다. 그리고 얼굴 근육을 억지로 움직여 빙긋 웃어 보기도 했다. 하지만 결코 밝게 웃어지지 않았다. 마치 죽은 자의 단말마적 웃음 같았다.

그는 간신히 손을 문고리에 가져갔다. 그리고 도둑처럼 느릿느릿 겨우 몸만 들어갈 정도로만 문을 열었다. 그는 구로야나기 박사에게 대체 무슨 소식을 전하려는 것일까.

형사부장의 옛 친구

그때 경시청 총감실에서는 거미남 체포에 관한 비밀회의가 열리고 있었다.

거미남 단 한 명이 각 신문사 사회부를 가마솥 끓는 것처럼 만들어 놓고 연일 사회면의 대부분을 자신의 기사로 도배하게 했다. 그런 까닭에 수도 도쿄의 삼백만 시민들은 모이기만 하면 거미남 이야기를 했다. 일찍이 경험했던 대지진이나 각종 천재지변보다도 거미남 한 사람을 더 무서워하며 벌벌 떨었다.

경찰의 무능을 탓하는 원성은 불길한 땅울림처럼 도쿄 전역으로 퍼져나갔다. 재야 정당은 얼씨구나 덤벼들어 정부를 공격할 빌미로 삼았고, 각료회의 석상에서도 '거미남'이라는 이름이 국무대신들의 입에 오르내릴 정도였다.

"어제 나는 어떤 자리에서 내무대신을 만났습니다. 대신도 이 사건에 대해서는 아주 골머리를 앓고 있더군요. 넌지시 주의를 주셔서 변명하느라 아주 진땀 뺐어요. 꾸물거릴 때가 아닙니다. 이제는 단순히 범죄사건이 아니라 정치문제가 되었다고 해도 무방합니다. 우리는 이 사건에 전 기관을 총동원하고 전 지역을 샅샅이 뒤져서라도 증오해 마땅한 흉악범을 체포해야 합니다."

아카마쓰赤松 경시총감은 앞에 있는 데스크를 쾅쾅 치며 말했다.

데스크 주위에는 형사부장을 비롯해 각 과의 과장들, 지능범 담당 계장, 이 사건의 책임자인 나미코시 경부 등 경찰 수뇌부가 잔뜩 찌푸린 얼굴로 명령을 기다리고 있었다.

가장 곤란한 사람은 나미코시 경부였다. 그는 수면부족으로 벌겋게 충혈된 눈을 무의식중에 부릅뜨고 찬찬히 거미남 추격 경과를 설명했다.

"부족하나마 저로서는 전력을 다했다고 생각합니다. 아니, 비단 저뿐만이 아닙니다. 민간 명탐정이라 불리는 구로야나기 박사도 최초의 사건 발견자로서 밤낮없이 활약해주었습니다. 그런데도 그때마다 범인은 이 범죄학자를 따돌렸습니다."

그 말에 아카마쓰 총감은 미간을 찌푸리며 불쾌하다는 듯이 말했다.

"자네는 민간 최고의 범죄학자에게 책임을 전가시키려고 하는 건가?"

나미코시 경부는 듣고 보니 할 말이 없었다. 좌중이 싸늘해졌다.

"지금 책임문제를 논할 때가 아닙니다."

형사부장 O씨가 구원의 손길을 보냈다.

"책임은 나중에 따집시다. 우리는 지금 범인 체포를 위해 최선의 수단을 강구해야 합니다. 아, 이럴 때 그 사람이 생각나는군요. 총감님은 아실지 모르겠는데 저희 옛 친구 중에 아케치 고고로明智小五郎라는 기인이 있습니다. 나미코시 군, 자네는 기억하지? 내가 수사과장할 때 백화점 마네킹 인형에 여자 팔을 달아놓았던 사건이 있었잖아. 범인은 기괴한 난쟁이였는데,

자네도 그 사건에 관계하지 않았었나?"

"생각납니다. 명탐정이었지요. 아케치 고고로라는 사람."

나미코시 경부는 과거를 떠올렸다.

"아케치 씨가 맡았던 마지막 사건이었지요. 그 사람 외국으로 가버렸거든요. 중국에 갔다 인도를 여행한다고 들었습니다. 벌써 삼 년이나 지난 거죠?"

그 자리에는 아케치 고고로를 기억하는 사람이 많다 보니 자연히 그에 대한 추억을 이야기하느라 화기애애해졌다.

"지금 아케치 고고로가 일본에 있다면 분명 고생하지 않고 거미남을 체포할 수 있을 텐데."

어떤 사람은 그런 말까지 했다. 아카마쓰 총감조차 아케치라는 기인의 이야기에 흥미를 보이며 말을 보태기도 했다. 그런 까닭에 정작 중요한 회의는 잠시 뒷전으로 밀렸다. 하지만 어느 정도 회고담이 오간 후 형사부장이 주의를 주는 바람에 다시 진지한 회의가 시작되었다.

잠시 후 옆방에 있던 급사가 명함을 한 장 가지고 들어왔다.

"이분이 O부장님을 뵙고 싶다고 말씀하십니다."

형사부장 O씨는 귀찮다는 듯이 명함을 받아 들었는데, 그걸 힐끗 보더니 매우 놀란 듯이 중얼거렸다.

"이거 신기하군. 정말 신기해."

감식과장이 수상하다는 듯이 물어보았다.

"아뇨, 다름 아니라 방금 말한 아케치 고고로 군이 여기에 와 있습니다."

O씨는 그 말을 한 후 명함을 총감에게 보여주려고 데스크 위에 올려놓았다. 명함에는 인쇄된 이름 옆에 '이른바 거미남 사건에 관한 용무'라고 연필로 적혀 있었다.

"아예 아케치 군을 여기로 부르면 어떨까요? 뭔가 의견이 있을지도 모르잖습니까."

O씨는 총감의 얼굴을 보며 말했다.

"그것도 괜찮을 것 같군. 자네들이 그 정도로 신뢰하는 인물이라니."

총감은 아케치라는 사람에게 흥미가 생겼다. 게다가 그는 자신의 생각을 거침없이 말하는 정당출신의 정치가[35]였다.

"그분을 여기로 안내하게."

형사부장이 급사에게 명령했다.

교묘한 기만술

이윽고 흰 스탠딩 칼라 양복에 흰 구두 등 일본인 같지 않은 옷차림을 한 아케치 고고로가 총감실 문을 열고 들어왔다.

....
35_ 당시 경시총감은 문관고등고시에 합격한 고등관료였지만 경시총감에 취임하기 전후로 정부에서 임명하는 지사나 시장을 맡는 경우도 있어 관료와 정치가의 구분이 애매했다. 특히 『거미남』 연재를 시작하기 바로 전까지 제31대 경시총감으로 재임했던 미쓰오宮田光雄는 1920년 중의원 의원 당선, 1924년 귀족원 의원 칙선 후 경시총감이 된 것으로 보아 아카마쓰 총감의 모델이었을 가능성이 크다.

"와, 아케치 군, 오랜만일세. 언제 귀국했나?"

O씨가 일어서서 옛 친구의 어깨를 다독이며 인사했다.

"오늘 아침 도쿄에 도착했습니다. 하지만 이번 사건의 개요는 이미 신문기사로 파악했습니다."

아케치 고고로는 그렇게 대답하고 총감 쪽을 향해 정중히 인사했다.

O씨는 좌중에게 간단히 소개한 후 바로 용건을 말했다.

"이 사건에 관해 의견이 있으시겠죠? 실은 방금 총감님을 비롯하여 모두들 그에 대해 협의를 하려던 참이었습니다."

"참고 정도는 될 수 있겠죠. 하지만 저는 이 사건을 신문기사를 통해 알게 되었으니 중대한 착오가 없을 거라고 보장할 수 없습니다. 확정적으로 말씀드리기 전에 시간도 좀 있으니 나미코시 경부에게 두세 가지쯤 질문했으면 하는데요."

"시간이 문제인가요?"

O씨는 의아하다는 듯이 반문했다.

"2~3분만 기다려주시면 됩니다. 그때까지는 확정적인 것을 말씀드릴 수 없습니다."

"무엇을 기다리십니까?"

"전화가 오길 기다립니다. 실은 여기로 어떤 사람이 전화를 걸기로 했습니다."

"흥미롭군요. 그럼 우리도 기다려 보죠. 나미코시 경부에게 기탄없이 질문해주세요."

경시총감은 아케치의 특이한 말버릇에 흥미를 보이며 매우 허물없는 태도를 취했다.

아케치의 명쾌한 질문에 나미코시 경부 역시 시원시원하게 대답했다. 사토미 요시에의 석고상 사건, 기누에의 수족관 사건, 후지 요코의 시사회 각혈 사건, O초 로케이션 중 유괴미수 사건, K촬영소 내 유괴미수 사건, K소장 저택에서의 인형 바꿔치기 사건, 고지마치구 R초 빈집에서 일어난 뜻밖의 사건 등등. 마침내 아케치 고고로는 거미남에 관해 모든 것을 명확하게 파악할 수 있었다.

나미코시 경부는 살인 후보자 마흔아홉 명의 주소를 표시한 도쿄 지도에 관해서도 이야기했다. 그리고 수첩을 꺼내 K소장 저택의 인형 바꿔치기 사건 때 그 방에 머문 사람을 적어놓은 표도 보여주었다.

"이 사건은 처음부터 괴담이 넘쳐납니다. 인간의 지혜로는 풀 수 없는 불가사의한 것들이 계속 나오고 있거든요."

아케치는 경시청의 높은 사람들을 앞에 두고 미국인처럼 활달하게 그의 의견을 제시했다.

"가령 히라타 도이치가 어떻게 박사의 저택에서 모습을 감췄을까요. 범인의 예고장은 어떻게 밀폐된 방이나 나미코시 경부의 모자 속에 들어가 있었을까요. O초에서 로케이션 촬영을 할 때 배우로 변장한 범인이 언제 자동차에서 사라졌을까요. 또 백발의 의사로 변신한 범인이 어떻게 다크 스테이지를 빠져나갈 수 있었을까요. 마지막으로 상처를 입은 범인이 어떻게 그렇게 감쪽같이 모습을 감출 수 있었을까요. 이 모든 것이 말도 안 되는 사태라고 생각하지는 않으셨나요?"

아케치는 잠시 말을 끊고 생각을 정리하더니 짓궂은 미소를 지으며 다시 이야기를 시작했다.

"괴담을 받아들일 수는 없습니다. 아무리 생각해봐도 불가능한 일을 믿을 수 없는 노릇이죠. 이 세상에 '말도 안 되는 사태'는 존재하지 않습니다. 만약 그렇게 보이는 사건이 있다면 그 이면에는 반드시 사기꾼의 교묘한 술책이 숨어 있습니다. 경찰분들은 이런 기만행위에 익숙하시잖습니까. 하지만 그 술책이 너무 엄청나면 오히려 눈에 잘 들어오지 않는 법입니다. 예를 들어 선실 안에 흔들거리는 물건이 있으면 배 자체가 흔들리는 것이 보이지 않죠. 마찬가지입니다.

이번 사건은 술책이 너무 대담하고 공개적입니다. 하지만 그 기교는 바보 같을 정도로 단순하지요. 그렇기 때문에 오히려 범죄에 익숙한 여러분들을 속일 수 있었던 겁니다. 설마 그런 어처구니없는 일이 있을까 싶어 생각조차 하지 않은 거죠. 이를테면, 만약에 말입니다. 경시총감님이 권총 강도라고 한다면 그걸 누가 믿겠습니까?"

아케치의 무례한 비유에 제아무리 아카마쓰 총감이라도 기가 찬지 자기도 모르게 말참견을 했다.

"뭐야, 자네는 대체 무슨 말을 하려는 건가?"

"흉악범이 곧 명탐정인 경우를 말하는 겁니다. 그만큼 단순하면서도 안전한 속임수는 없다고 말씀드리고 싶은데요."

"그러면 자네는……."

좌중의 시선이 아케치의 얼굴로 쏠렸다. 그가 너무 놀라운 의견을 말했기 때문이었다.

"물론 상상하신 대로입니다. 저는 거의 그렇게 확신합니다. 하지만 아직은 단언할 수 없습니다. 아, 실례지만 지금 전화가 걸려오지 않았습니까?"

벨이 울리고 총감이 직접 수화기를 들었다.

"뭐야? 형사부장? 그게 아니라 아케치 씨한테? 누가?"

총감이 교환수에게 확인하는 모습을 보고 아케치가 답답하다는 듯이 말했다.

"알겠습니다. 아까 말씀드린 대로 저한테 온 전화입니다. 수화기 좀 주시겠습니까?"

그는 데스크로 다가가서 총감에게 수화기를 건네받았다.

"노자키 씨죠? 저 아케치입니다. 아까 여쭤본 두 가지 알아내셨나요? ……그렇군요, 복부에……그리고……아, 다리는 별 이상 없고……그럼 먼저 알아차린 것 같지는 않다는 말씀이네요, 괜찮겠습니까? 그러면 바로 그쪽으로 가겠습니다. 잘 지켜봐주세요, 문제가 있으면 이쪽으로 전화주시고요, 그러면 나중에."

수화기를 내려놓은 아케치는 데스크 위에 팔꿈치를 올리고 일동을 둘러보며 분명히 말했다.

"여러분, 이제 의심스러운 점이 모두 해소되었습니다. 제 예상은 적중했습니다."

기만술의 면면

그러나 사람들은 진짜 의미를 이해하지 못했다. 총감을 비롯하여 모두들 숨을 죽이고 아케치의 설명을 기다렸다. 특히 나미코시 경부는 더했다.

"따로 설명할 필요도 없지만, 우선 이 점을 생각해보십시오."

아케치는 설명했다.

"O초 로케이션 촬영에서 범인이 후지 요코를 자동차에 태우고 도망갔죠. 나미코시 경부가 뒤쫓아 갔는데 어느 지점인지 모르지만 범인의 모습이 감쪽같이 사라졌습니다. 불가능한 일이지요. 이 경우 범인을 대리할 만한 사람은 단 한 사람밖에 없습니다. 또한 K소장 저택에서 침대에 누워 있던 후지 요코가 어느새 인형으로 바뀌어 있었습니다. 나미코시 경부의 표를 보니 지키는 사람이 없었던 적은 단 한순간도 없더군요. 매 순간 두 사람 이상은 곁에 머물렀죠. 하지만 간호사가 나간 이후로는 나미코시 경부와 구로야나기 박사 두 사람이 번갈아가며 아래층 화장실에 내려간 적은 있으니까 그때만 나미코시 경부나 구로야나기 박사 둘 중 한 사람만 있었던 거지요.

의심을 해본다면, 한 사람이 있을 때밖에 없지 않겠습니까? 그 사람이 창밖으로 밧줄 사다리를 내려주고 기다리던 한패가 요코 씨를 데리고 내려가지 않았을까요? 하지만 나미코시 경부는 절대 거미남일 리가 없습니다. 그러면 단 한 사람이 남겠지요. 범인의 예고장도 마찬가지입니다. 밀폐된 방 안에 어떻게 가져다둘 수 있었을까요. 발견자 자신이 미리 그걸 데스크 위에 놔두고 나서 방을 밀폐했다고 역으로 생각하는 것 외에는 다른 상황이 전혀 불가능하지 않겠습니까?

이런 식의 사고는 이번 사건 전체에 다 적용할 수 있습니다. 하나하나 제가 설명할 필요도 없습니다. 모든 경우 거기에는 단 한 사람이 연루되어 있습니다. 그리고 그걸 실행할 수 있는 사람도 그 사람밖에는 없습니다. 달리 생각할 수 없지 않겠습니까? 그 사람이란 두말할 필요 없이 구로야나기 박사이지요."

"그러면 그 사람은 스스로 저지른 죄를 스스로 탐정이 되어 조사했다, 다시 말해 자신이 자신을 추적했다는 거네요?"

형사부장 O씨가 난처한 표정을 지으며 복잡하게 말했다. 좌중은 일시에 술렁거렸다. 말로 형용하기 어려운 웃음소리가 총감실을 가득 채웠다.

"우스운 일이죠. 이상한 착오나 과감한 트릭은 언제나 우스운 법입니다. 하지만 그 우스꽝스러움이 전율할 만하죠."

아케치가 사람들의 웃음을 제지하며 말했다.

"그러나 이해할 수 없는 점이 있습니다."

혼자만 웃지 않던 나미코시 경부가 항변했다.

"구로야나기 박사가 의족을 찬 불구자라는 것은 세상 사람들이 다 압니다. 하지만 범인은 아주 번개같이 달리던데요."

"바로 그 점입니다. 그게 바로 전대미문의 교묘한 술책이지요. 사람들은 그를 불구라고 믿고 있습니다. 박사도 기회가 될 때마다 남들 앞에서 일부러 의족을 드러내었던 모양입니다. 그가 말할 때 의족을 달그락거리는 버릇은 유명하지요. 그건 의족을 찼다고 선전하는 거나 다름없다고 봅니다. 한편으로는 범죄학자이자 아마추어 탐정으로 명성을 높이려고 애쓰면서 다른 한편으로는 그 명성을 보호색으로 활용하며 여러 가지 악행을 저지른 겁니다. 범죄학이나 탐정학 연구는 동시에 범죄에 대한 연구이기도 하지 않겠습니까. 명탐정의 두뇌로 악행을 저지르면 반드시 엄청난 범죄자가 되겠지요.

그런데 어떻게 몇 년 동안이나 그런 기만행위를 지속할 수 있었을까요?

강력한 정신력이죠. 무시무시한 천재입니다. 하지만 그런 엄청난 범죄자도 이제는 우리 수중에 있습니다. 그는 자택의 침실에서 비정상적인 잠에 빠져 있습니다. 몇 시간 동안은 절대 깨어나지 못하고 잠에 빠져 있을 것입니다."

역시나 이유가 있었다. 아케치가 범인 체포를 서두르지 않는 데에는 이유가 있었던 것이다.

"한 가지 더 여쭤보고 싶은 것이 있습니다."

나미코시 경부는 추궁하듯 또 물었다.

"구로야나기 박사는 이번 사건에서 나와 행동을 함께했습니다. 나머지 시간은 하루 종일 서재에 틀어박혀서 거의 외출도 하지 않았습니다. 이는 박사 집의 하인들도 노자키도 잘 알고 있는 사실입니다. 그런데 거미남은 여러 곳을 끊임없이 돌아다녔습니다. 그렇지 않으면 그런 악행을 저지를 수 없겠죠. 일례로 거미남은 사토미 기누에의 시신을 운반하느라 에노시마에 간

적이 있었습니다.

그런데 노자키 군의 이야기에 따르면 그날 밤 구로야나기 박사는 욕실(박사의 명상실이기도 하다)에서 한 걸음도 나가지 않았다고 합니다. 당신은 그 점에 대해서는 어떻게 해석하실 겁니까?"

"욕실에 관해서도 신문에서 읽었습니다. 솔직히 제 추리는 그 이상한 욕실에서 출발했다고 해도 과언이 아닙니다. 박사는 그걸 유메도노라고 부르는 모양인데, 정말이지 당대의 명탐정에게 어울리는 발상입니다. 하지만 크게 대단치 않은 위장술에 불과하지요. 그런 교묘한 핑계로 욕실을 잠가놓으면 목욕 중에 멀쩡한 다리를 다른 사람에게 들키지 않을 테니까요. 동시에 이른바 유메도노라는 그곳에는 중요한 의미가 하나 더 있습니다."

아케치는 한쪽 벽에 걸려 있던 커다란 도쿄 지도를 보며 이야기를 이어갔다.

"여기 도쿄 시내의 상세 지도가 있습니다. 이렇게 눈앞에 걸어놓긴 하지만 실상 우리는 지도를 별로 사용하지 않습니다. 알지 못하는 동네명과 번지를 조사할 때면 모를까 이미 알고 있는 동네를 지도상에서 다시 확인하는 사람은 거의 없는 법이지요. 그런데 경우에 따라서는요, 우리한테는 꼭 필요한 일이기도 한데, 예를 들어 구로야나기 박사의 저택이 있는 고지마치구 G초와 문제의 공가가 있는 고지마치구 R초의 관계는 지도를 보지 않으면 정확히 무슨 의미를 가지는지 알 수 없습니다.

저는 신문기사에서 박사의 집과 그 공가가 있는 동네 이름을 접하고 그 두 동네가 같은 구이며 별로 멀지 않은 곳에 있다는 것을 알게 되었습니다. 그래서 여기에 무슨 특별한 의미가 있지 않을까 의심해본 것이지요.

도쿄역에서 하차한 후 매점에서 도쿄 지도를 샀습니다. 그리고 대합실에서 지도를 펴고 G초와 R초의 관계를 조사했지요. 아시다시피 이 두 동네는 N초를 가운데 끼고 서로 등을 지고 있습니다. G초에서 R초로 가려면 N초를 통해 한 바퀴 빙 돌아가야만 합니다. 누구나 G초와 R초는 4~5정이나 떨어져 있다는 선입견이 있지요. 하지만 지도를 보고 정확히 조사해 보면 어떤 지점에서는 두 동네가 4~5정은커녕 1자, 아니 1치만큼도 떨어져 있지 않습니다. 다시 말해 서로 붙어 있는 것이지요. 이걸 보세요. 이겁니다."

아케치가 가리키는 곳을 보니 그가 말한 대로 박사의 저택 부지에는 G초가 凸모양으로 튀어나와 R초와 맞붙는 지점이 있었다. 중간에 있던 N초가 그 부분만 끊어지는 형태였다.

"이건 아마 예전에 동네 이름을 정할 때 현재 구로야나기 박사의 저택이 다른 집보다도 뒤로 튀어나와 있어 그 집에만 두 동네 주소를 배정할 수 없었기 때문 아닐까요. 그래서 이런 불규칙한 형태의 동네가 생긴 것이겠지요.

다시 말해 불룩 튀어나온 박사 집의 뒤뜰이 R초의 한 집과 붙게 된 것입니다. 저는 그 R초의 집을 확인해 보기 위해 역에서 곧장 그 집으로 가보았습니다. 제 예상이 적중했습니다. 박사

집과 등을 맞대고 있던 집이 바로 문제의 공가였습니다."

그의 이야기를 듣던 사람들은 오늘 도쿄에 도착했다면서 벌써 그런 걸 알아낸 아케치의 섬세하면서 신속한 관찰력에 감탄했다.

"구로야나기 씨가 만약 그 공가의 소유주라면 박사의 저택에서 공가로 가는 비밀통로를 만드는 건 일도 아니었을 겁니다. 아니면 지하로 길이 있을지도 모르지요. 당장 조사해 보면 알 수 있습니다. 즉, 범인은 집 안에만 칩거하는 것처럼 꾸며놓고 뒷집인 공가로 갑니다. 그리고 자유자재로 외출을 하고 끝없이 변신하며 악행을 저지릅니다. 그 비밀통로의 관문으로 특별 욕실을 만들어 놓고 유메도노라고 칭한 것은 거기 몇 시간이고 틀어박힐 구실을 고안해낸 거지요. 그는 낮에는 그 욕실에서, 그리고 밤에는 침실에서 비밀통로를 통해 R초의 공가로 갔습니다. 현관에서 욕실로 인터폰이 연결되어 있어서 급한 일은 서생이 주인에게 알려주는 체계였던 것 같습니다.

제 예상으로는 그 전화선이 욕실에서 공가로도 연장되어 있어 범인은 공가에서 악행을 저지르면서도 욕실에 있는 것처럼 서생에게 대답하거나 명령을 내렸을 수도 있다고 봅니다. 만약 제가 범인이라면 틀림없이 그렇게 했을 겁니다.

그렇게 생각하면 히라타가 느닷없이 실종된 것도 쉽게 설명될 수 있습니다. 히라타는 그때 박사의 저택에서 돌아다니던 중 우연히 숨겨진 문을 발견하고 비밀통로를 보았던 것 같습니다. 아니면 범인이 보이고 싶지 않은 물건(이를테면 변장도구)을 보았는지도 모릅니다. 아마 예민한 불량청년이 놀라서 기괴한 비명을 질렀겠지요. 그걸 깨닫고 박사는 혼자 급히 그곳으로 가서 히라타를 옴짝달싹할 수 없게 숨겨진 문 안에 가둬둔 것입니다. 그리고 나중에 찬찬히 구슬려 그를 심복으로 만들었을 겁니다.

공가의 비밀을 확인한 후 저는 다시 박사의 저택으로 갔습니다. 노자키 조수를 집밖으로 불러내 제 이름을 밝히고 제 생각을 설명했지요. 그리고 박사와 푸른 수염이 동일인임을 확인하기 위한 방안을 하나 알려주었습니다. 제가 준비해간 마취약 병을 노자키 군에게 주고 그걸 몰래 병상에 누운 박사의 음료수에 타서 박사가 자는 틈에 의족의 진위를 확인해달라고 한 것입니다. 그런데 의족만이 아니었습니다.

그보다 더 명백한 사실이 있었습니다. 구로야나기 박사가 만약 단순히 구로야나기 박사라면 그의 상처는 다리에만 있어야 합니다. 하지만 그가 만약 푸른 수염과 동일인이라면 다리보다도 복부나 가슴에 상처가 있겠지요. 왜냐하면 후지 요코는 공가에서 푸른 수염의 가슴을 향해 단도를 찔렀다고 말했으니까요.

저는 여기서 노자키 군이 소식을 전해주기를 기다리고 있었습니다. 그리고 방금 전화로 중대한 소식을 들었습니다. 예상대로 구로야나기 박사는 진짜 의족이 아니라 의족 모양의 도구를 멀쩡한 다리에 끼고 있는 것에 불과했습니다. 또한 박사의 복부에 단도로 찔린 상처가 있는 것도 확인되었고요.

즉, 천하를 떠들썩하게 한 거미남은 다른 사람이 아닌 명탐정

구로야나기 박사라는 것이 확실히 증명된 것입니다."

거미남 대 아케치 고고로

직접 사건을 담당한 나미코시 경부는 물론 총감이나 형사부장
도 한 국가의 경찰력이 막 여행에서 돌아온 일개 시민의 단
하루 노동력에도 미치지 못했음을 알게 되자 지금 바로 앞에서
빙글빙글 웃고 있는 아케치 고고로를 볼 면목이 없었다. 그의
말을 듣고 보니 아주 단순한 어린애들 속임수 같은 것이었다.
너무도 자명한 사실이었다.

하지만 단순하고 어린애 속임수 같았기 때문에 더더욱 한
방을 먹은 것이다.

구로야나기 박사의 독무대였다. 한편으로 그는 진짜 박사이
며 범죄학자였다. 그리고 자신이 죄를 저지르고는 바로 옆에서
범행을 폭로했다. 명탐정다웠다. 하지만 세상에 자신이 범한
죄를 자신이 탐문하는 놈이 어디 있단 말인가. 그런 일에 익숙지
않은 경찰의 착오였다. 아무리 말도 안 되는 듯해도 그쪽으로
한번쯤은 생각해봤어야 했다.

"대단하군. 역시 아케치 씨네."

호탕한 아카마쓰 총감은 거북한 침묵을 깨고 데스크를 쾅
치며 큰 소리로 말했다.

"만약 그게 이름도 없는 일개 시민의 신고였다면 이른바

경찰의 위신 때문에 크게 골머리를 앓았겠지. 하지만 아케치 군이니 그럴 필요가 없네. 아케치 군의 뛰어난 혜안인데 천하에 공표해도 우리가 부끄러울 건 없잖아. 그건 그렇고 상대를 알았으니 또 실패를 거듭하지 않게 한시라도 빨리 체포해버려. 나미코시 군, 자네가 책임자 아닌가?"

"그렇게 서두를 필요는 없습니다. 마취약의 효능은 몇 시간 지속되니까요. 만약 범인이 깨어나더라도 매우 쇠약해졌을 테니 괜찮습니다. 그렇게 빨리 도망칠 수는 없을 테니까요. 지금까지 박사는 저택이라는 편리한 은신처가 있었지만 그 비밀이 폭로된 이상 도망갈 곳은 어디에도 없습니다."

아케치는 차분히 말했다. 그러나 아무리 명탐정이라 해도 착오가 전혀 없다고 단언할 수는 없는 노릇이다. 그는 혹시 중요한 것을 잊지 않았나. 당사자인 구로야나기 박사가 병든 몸인 건 확실하다. 하지만 적은 박사 한 명이 아니다. 비록 어리긴 하지만 악행에 관해서라면 태생이 작은 악마라 할 수 있을 만큼 민첩하고 교활한 히라타 도이치라는 하수인도 있다. 그 녀석이 무슨 일을 기도하고 있지 않을까. 우리의 아케치고고로를 위해 작가는 독자 여러분과 마찬가지로 그 점을 상당히 우려하는 바이다.

그건 그렇고, 드디어 나미코시 경부의 지휘하에 십여 명의 경관들이 대열을 편성했다. 그들은 즉시 자동차와 오토바이에 나눠 타고 거미남 체포를 위해 출발했다. 아케치도 허락을 받고 대열에 가담했다.

자동차 한 대에 나미코시 경부와 아케치 고고로, 사복형사 세 명이 동승했다.

"히라타란 놈은 일이 없을 때에는 계속 그 비밀통로에 숨어 있었나 보군. 오늘이야말로 그놈도 한꺼번에 체포하고 말 테다."

분노가 치밀어 새파랗게 질린 나미코시 경부는 입술을 떨며 혼잣말을 했다.

아케치가 그 말을 듣고 깜짝 놀라 돌아보았다.

"히라타…… 아, 내가 큰 실책을 저질렀군. ……나미코시 경부. 당신은 박사의 저택에 전화를 어디 두었는지 아시죠? 특별 전화실이 있습니까?"

"아니요, 전화실은 없습니다. 서재에 탁상전화가 한 대 있을 뿐이죠. 왜 그러십니까?"

"서재와 침실은 붙어 있겠죠?"

"그렇습니다."

"노자키 군의 목소리가 너무 컸을지도 모르겠네. ……만약 무슨 일이 있으면 전화가 걸려오겠지만 전화가 없다고 반드시 무슨 일이 일어나지 않는다는 보장이 없는데……. 운전사 양반, 서둘러 가주세요. 20마일인가요? 규정 속력 지킬 필요 없습니다. 경찰 업무입니다. 30마일, 40마일 풀 스피드로 달리세요."

자동차는 즉시 속력을 높였다.

수로 옆의 큰길을 자동차 두 대와 오토바이 몇 대가 포탄처럼 날아갔다.

아케치의 조언에 따라 만약을 대비해 일부는 R초의 공가

주위를 돌게 하고, 나미코시 경부를 비롯해 수완 좋은 형사들은 박사의 저택으로 들어갔다. 그런데 무슨 일인지 현관 옆의 방에 서생이 없었다. 하녀들 방에도 하녀들의 모습이 보이지 않았다. 넓은 저택은 너무 조용해서 빈집 같았다.

"침실은 어느 쪽입니까? 침실로 갑시다."

제아무리 아케치라도 이 상황에는 몹시 당황했는지 소리를 질렀다.

모두 박사의 침실로 와르르 달려갔다.

선두에 선 나미코시 경부는 방어태세를 갖추고 문을 열었다.

순백의 침대. 거기에 놈이 곤히 잠들어 있었다.

하지만 그 고립무원의 적과 마주한 나미코시 경부는 다리가 얼어붙었다. 어제까지는 유일한 아군으로 함께 일을 도모하던 구로야나기 박사, 그리고 정체가 폭로된 지금은 흉악무도한 거미남. 바로 그놈이 이 하얀 시트 밑에서 숙면을 취하고 있다고 생각하니 도저히 말로 표현할 수 없는 감정이 그의 몸을 마비시켰다.

사람들을 헤치며 아케치가 뛰어들어왔다. 그리고 한 걸음에 침대 머리맡으로 가더니 시트를 획 젖혔다.

"당했다."

아케치의 외침에 사람들의 시선이 침대 위로 쏠렸다.

거기에는 구로야나기 박사도 거미남도 없었다. 대신 미동도 할 수 없게 재갈까지 물린 노자키 사부로가 축 늘어져 있었다.

게다가 그의 상의 가슴팍에는 편지 한 장이 핀으로 꽂혀 있었다. 이번에도 역시 거미남이 날리는 조소였다.

　노자키의 목숨을 살려둔 것은 자비라고 생각해라. 아무리 네놈들이 버둥거려도 그런 수법에는 안 속는다. 거미남은 무슨 일이 있어도 하기로 한 건 꼭 한다. 조심하는 게 좋을 거다.

　　　　　　　　아케치란 놈, 어디 두고 보자.

편지는 내용도 필적도 평소와 달랐다. 아케치가 추정한 대로 비밀의 문 뒤에 숨어 있던 히라타가 노자키의 전화 소리를 듣고 바로 상황을 알아챈 것이다. 그는 잠을 자던 박사를 어디론가 옮기고 나서 박사의 평소 수법을 흉내 내어 편지를 남긴 것이 틀림없었다.

재갈과 밧줄을 풀어주자 겨우 제정신이 든 노자키가 설명했다.

"당신과 전화하고 수화기를 내려놓는데 뒤에서 기습하더군요. 방심하고 있었기에 저항할 겨를도 없이 비참하게 포박당했어요. 그놈은 히라타 도이치였습니다. 두말할 필요 없이 히라타가 박사를 어딘가로 데리고 갔을 거예요."

독자 여러분, 이제 이야기는 두 번째 단계로 이동한다. 거미남의 정체는 확실해졌다. 하지만 비밀이 폭로된 것으로 대결이 끝나는 것이 아니다. 그는 명탐정 아케치를 보기 좋게 따돌리고 어딘가로 자취를 감췄다. 게다가 '하기로 한 건 꼭 한다'며

호언장담까지 했다. 그 말은 마흔아홉 명의 살인 후보자에 관한 무시무시한 계획을 의미하는 것 아니겠는가.

거미남 대 아케치 고고로, 한쪽은 전대미문의 학자 살인광, 한쪽은 희대의 아마추어 명탐정, 그들이 펼치는 한판 대결이야 말로 얼마나 큰 볼거리겠는가.

M은행 고지마치 지점

고용인들은 밖에서 자물쇠를 채운 방에 감금되어 있었다.

"선생님이 모두 이 방에 집합하라고 명하셨다는 거예요. 그래서 시키는 대로 했더니 느닷없이 밖에서 자물쇠를 채웠습니다."

나미코시 경부의 질문에 서생이 완전히 얼이 빠진 채 대답했다. 그들은 더 이상은 알지 못했다.

아케치는 금세 비밀통로를 발견했다. 모두 양초를 손에 든 채 좁고 어두컴컴한 길로 들어갔다. 나가 보니 예상한 대로 R초의 공가였다. 물론 비밀통로에도 R초의 공가에도 고양이 한 마리 없었다. 그만큼 충분한 시간이 있었기 때문이리라. 모두 허탈하게 박사의 저택으로 돌아갈 수밖에 없었다.

"이제 내 공훈은 하나도 안 남았군요."

아케치는 자신이 저지른 실책이 큰지라 얼굴이 벌겋게 상기되어 분노했다.

"거미남의 정체를 찾아낸 것도 저였습니다. 그러나 히라타 도이치의 존재를 생각하지 못한 것도, 비밀통로에 잠복해 있던 그가 노자키 군의 전화 소리를 엿들을 수 있는데 그 중요한 점을 망각한 것도 저입니다. 제가 그들을 도망치게 한 것 같습니다. 하지만……."

아케치는 곱슬거리는 머리카락 속에 열 손가락을 넣고 머리를 감싸 안으며 방 구석구석을 바쁘게 서성였다.

"아, 하지만."

그는 눈앞의 공간을 노려보며 생각을 짜내려 고심했다.

나미코시 경부를 비롯한 경찰들은 어찌할지 몰라 하며 동물원의 곰처럼 걸어 다니는 아케치의 모습을 우두커니 바라보았다.

"아, 그렇지. 혹시라도."

아케치는 갑자기 어떤 생각이 났다.

"서생 어디 있습니까? 이 집 서생을 불러주십시오."

한 형사가 현관 쪽에서 서생을 데리고 왔다.

"자네, 은행에 심부름 간 적이 있나? 구로야나기 박사의 거래 은행을 알고 있지?"

"심부름 간 적은 없지만 선생님은 늘 M은행 고지마치 지점의 수표를 사용하셨던 것 같습니다."

서생이 대답했다.

"바로 그 은행에 전화를 걸어 당좌 담당을 호출해주게. 어서."

아케치는 발을 동동 구르며 지시했다.

서생은 얼른 번호를 조사해서 탁상전화 수화기를 들었다. 하지만 전화란 물건은 얄궂게도 급할 때는 꼭 통화 중이었다.

그는 기다리다 못해 거의 30초마다 수화기를 들었는데 그때마다 뚜뚜뚜뚜 통화 중임을 알리는 얄궂은 신호가 들렸다.

"은행은 먼가?"

"아주 가깝습니다. 10정이 안 됩니다."

"그러면 자동차로 가자. 거기로 빨리."

아케치는 서생에게 고지마치 지점이 어딘지 확인하고 바로 현관으로 튀어나갔다.

나미코시 경부와 형사 두세 명이 그의 뒤를 따라 나와 문 앞에서 대기하던 경시청 자동차에 올라탔다. 아케치가 고함치며 행선지를 댔다.

간발의 차

이야기는 20분 전으로 돌아간다.

히라타는 노자키를 침대 위에 묶어놓고 하인들을 방에 가둔 후 마취약 때문에 비몽사몽인 구로야나기 박사를 R초 공가로 옮겨놓았다. 그리고 근처 차고에서 그들이 악행을 저지를 때만 사용하는 비밀 자동차에 박사를 태웠다. 그들은 오랜 보금자리를 버리고 출발했다. 박사는 이곳에 아무 미련이 없었다. 왜냐하면 땅과 가옥은 이미 이중삼중으로 담보를 잡아 막대한 현금으로 바꿨기 때문이다. 그리고 그 현금은 모두 대규모 사업에 투자했다. 어떤 사업인지는 곧 이야기할 때가 올 것이다.

"제기랄, 결국 눈치를 챘군. 하지만 이미 때는 늦었지. 하나같이 얼간이들만 모였더군."

히라타는 차를 몰며 중얼거렸다.

그런데 어디로 도망가면 좋을까. 박사가 자고 있으니 의논을 할 수 없었다. 속을 알 수 없는 박사는 분명 다른 곳에 은신처를 마련해놓았을 것이다. 하지만 히라타에게 아직 그런 것까지 털어놓지는 않았다.

"선생님, 정신 좀 차리세요."

그는 천천히 차를 몰며 가끔씩 뒤로 손을 뻗어 박사의 몸을 흔들어보았다. 박사는 축 늘어진 채 정신을 차리지 못했다.

"쳇, 어쩔 수 없군. 아무튼 가는 데까지는 가보자. 그러다 보면 선생님도 깨어나시겠지. 중요한 건 돈인데. 이럴 땐 무엇보다 돈이지. 게다가 경찰에서 손을 쓰면 한 푼도 건지지 못할 텐데."

이미 M은행 고지마치 지점에 도착했다. 히라타는 차를 세웠다. 차 안에 박사를 남겨두고 은행 돌계단을 올라갔다. 빈틈없는 불량청년은 박사의 손궤에서 예금통장과 박사의 인감도장을 꺼내는 것만은 잊지 않았다. 박사가 투자한 사업 때문에 예금의 대부분은 이미 인출되었지만 그래도 1만 엔 정도 남아 있던 잔고는 손에 넣을 수 있을 듯했다.

다행히 손님이 별로 없었다. 현금 지급 창구에 지폐다발이 쌓일 때까지 불과 10분밖에 걸리지 않았다. 하지만 그 10분 동안 히라타는 안절부절못했다.

그는 창가 벤치에 앉아 거리에 돌아다니는 사람을 끊임없이 살폈다. 혹시 죽은 사람처럼 차 안에 있는 박사의 모습이 지나가는 사람들의 눈에 띄어 의심을 사지 않을까. 또는 건너편에서 뒤를 쫓는 경찰들이 나타나지 않을까 신경을 바짝 곤두세우고 있었다.

또한 은행에 걸려오는 전화도 걱정이었다. 설마 그렇게 빨리 손을 쓰지 못하겠지만 그래도 벨이 울릴 때마다 전화 목소리에 귀를 기울일 수밖에 없었다.

낌새가 이상해 살펴보니 금테 두른 제복을 입은 형사 출신의 수위가 자신을 물끄러미 쳐다보고 있었다.

"이런, 위험한 녀석이다. 놀란 티가 나면 의심받을 것이다. 침착하자, 침착하자."

그는 스스로 되뇌며 억지로 아무렇지 않은 척했다.

"구로야나기 씨."

별안간 은행원이 호출을 했다. 그는 멍하니 다른 생각을 하고 있다가 그만 벌떡 일어나고 말았다. 심지어 입구 쪽으로 도망칠 뻔했지만 간신히 정신을 차리고 멈춰 섰다.

그는 지급 창구에서 백 엔 지폐다발을 받아들었다. 물론 세어 볼 겨를도 없이 안주머니에 쑤셔 넣고 허둥지둥 밖으로 나갔다.

어떤 사고도 일어나지 않았다. 뒤에서 그를 불러 세우는 사람도 없었고, 구로야나기 박사도 자동차 안에서 태평하게 잠들어 있었다.

그는 주위를 스윽 둘러보았다. 그의 차 말고 두 대의 빈 자동차가 정차해 있었다. 운전사들은 처마 그늘 아래 앉아서 담배를 피우거나 꾸벅꾸벅 졸고 있었다. 별일 없었다.

때마침 건너편에서 대형 자동차 한 대가 오더니 그쪽에 정차를 했다. 그리고 안에서 양복을 입은 신사 몇 명이 보이는가 싶더니 몹시 서두르며 은행 계단을 올라갔다.

히라타는 아케치 고고로뿐 아니라 나미코시 경부의 얼굴조차 알지 못했다. 그러나 제복을 입지 않았는데도 그들이 경찰임을 한눈에 알 수 있었다.

"이런, 간발의 차다. 우리 선생님은 어찌 이리 운도 좋으실까."

그는 이미 핸들을 잡았다. 차는 바람을 가르며 달렸다.

뒤돌아보니 아까 그 신사들이 은행 입구에 나란히 서서 이쪽을 보고 있었다. 제복 차림의 수위가 손가락으로 가리켰다.

"아, 살았다. 이제 곧 저 경찰 자동차가 추격해 오겠네. 기름이 떨어질 때까지 한번 겨뤄보자."

기발한 소행

세상의 종말인가 싶게 땅이 흔들리는 가운데 어렴풋이 비참한 현실이 떠올랐다. 좁고 작은 상자가 그를 가두고 덜그럭거리며 움직이고 있었다.

네모난 유리창 바깥에서 눈부시도록 희게 빛나던 거리가 줄줄이 날아가 버리는 광경을 바라보았다.

그곳이 자동차 좌석이라는 것을 의식하기까지 몇 분이나 걸렸다. 그리고 자택 침대에 있던 자신이 거리의 자동차까지 어떻게 왔을까 인과관계를 깨닫는 것은 그보다 몇 배의 시간이 더 필요했다.

운전대에는 등을 구부정하게 한 채 전방을 주시하는 히라타의 뒷모습이 보였다.

"제기랄, 누군가에게 쫓기고 있나?"

구로야나기 박사는 거의 반사적으로 뒤쪽 유리창을 내다보았다. 한적한 큰길에 반 정도 떨어져 있던 경찰의 대형 자동차가 위에서 덮치기라도 하듯 바싹 다가왔다.

"어떻게 된 거야? 무슨 일이냐니까."

"발각 났어요. 모든 게 다 엉망진창이에요. 무시무시한 놈이 나타났어요. 아케치 고고로가 외국에서 귀국했거든요. ……그가 모두 알아챘어요."

히라타가 속력을 줄이지 않고 핸들에 달라붙어 큰 소리로 대답했다.

"뒤의 저 자동차에 타고 있나?"

"아마 그럴 거예요. 어쨌든 저건 경찰 놈들이죠."

"나는 왜 그걸 몰랐지. 아, 자고 있었구나. 누군가 약을 먹게 했어."

"노자키죠. 그놈이 뭔가 마시라고 했죠?"

"그렇군. 아케치 고고로가 노자키와 한통속이 되어 짜고 한 짓이군. 제기랄."

비상사태가 그의 의식을 더 또렷하게 했다. 구로야나기 박사는 즉시 운전석으로 넘어가서 히라타 대신 핸들을 잡았다.

"이런 상황인데도 아직 도망칠 수 있다고 생각하세요?"

히라타가 어이없다는 듯이 소리쳤다. 그는 이미 완전히 포기하고 있었던 것이다. 그저 타성으로 여태껏 차를 운전했을 뿐이었다.

"그게 무슨 말이야. 내 기분을 알기나 해? 나는 지금 아주 유쾌해. 점점 이 세상이 재미있어질 정도야. 아케치 고고로라고? 녀석이 어느 정도일까. ……꼭 한번 만나보고 싶었는데 말이지."

박사가 무모하게 속력을 내는 바람에 이따금 차가 지면에서 튀어 올라 허공을 달리는 듯했다.

"안 돼요. 이러다가는 죽을 것 같아요."

히라타가 비명을 질렀다.

모퉁이를 돌 때마다 점점 뒤차와의 거리가 멀어졌다. 뒤쫓는 사람은 공무원이었다. 월급을 받으며 운전하는 사람인 것이다. 필사적으로 달리는 미치광이의 상대가 되지 않았다.

"몸은 괜찮으십니까?"

그럭저럭 위기를 벗어날 전망이 보이자 히라타는 비로소 그 생각이 들었다. 상처가 깨끗이 아물었다고는 해도 조금 전까지 병상에 누워 있던 사람인데 이 엄청난 괴력은 대체 뭘까. 혹시 정신이 이상해진 건 아닌가 좀 염려스러웠다.

"잠시 자네가 대신 하게. 하지만 절대 마음을 놓아서는 안 돼."

박사는 히라타의 질문은 묵살한 채 그에게 핸들을 넘겨주고 뒷좌석으로 갔다. 그는 좌석 아래로 고개를 들이밀고 계속 무언가를 찾기 시작했다.

자동차 좌석 밑에는 의상을 보관하는 장이 있었다. 안에는 각종 변장용 수염과 가발, 의상들이 준비되어 있었다.

박사는 거기서 자그마한 콧수염과 안경을 꺼내 재빨리 변장을 하고 그때까지 걸치고 있던 마직 잠옷을 벗고 작업복 같은 목면 옷을 입었다.

덜컹덜컹. 바로 그때 자동차 밑에서 이상한 소리가 나더니 차체가 흔들리기 시작했다.

"이런, 펑크다."

히라타가 창백한 얼굴로 박사를 돌아보았다. 멀리 떨어져 있긴 했지만 뒤에는 불과 2정 정도 뒤에서 적이 집요하게 달려오고 있었다.

"상관없어. 그대로 저 모퉁이에서 꺾여져. 그리고 놈들의 눈에 띄지 않는 곳에서 뛰어내려. 차는 버리고. 서둘러, 얼른."

박사가 소리쳤다.

차는 요란한 소리를 내면서 모퉁이로 꺾여졌다. 차가 급정차하자 두 사람이 뛰어내렸다. 그리고 차가 들어올 수 없는 좁은 골목에 몸을 숨겼다.

한적한 고급 주택가였기에 뛰어다닌들 수상하게 볼 사람도 없었다. 두 사람은 나란히 이 골목 저 골목을 뛰어다녔다.

"여기, 사부님 돈이요."

히라타는 달려가며 아까 은행에서 찾은 지폐다발 중 반을
안주머니에서 꺼내들고 외쳤다.

"저도 좀 챙겨두었습니다. 따로 가죠. 이렇게 둘이 함께 달리면
표적이 될 뿐입니다."

"바보 같으니, 어디로 도망칠 생각인데. 적에게는 자동차가
있어. 앞뒤로 막혀 더 이상 도망칠 수 없어. 자네 혼자는 허사야.
나와 함께하지 않으면 다 소용없어."

"그럼 어디로 가는데요."

"저기로 가지. 유일한 수단이야. 나머지는 하늘에 맡기고
총알처럼 빨리 뛰어가."

골목이 끝나고 넓은 대로가 나왔다. 거기에 파출소가 있었다.
파출소 앞에서 두 순사가 이야기를 나누며 서 있었다.

"안 돼요. 정신 나갔어요? 저기는 파출소예요. 순사라고요."

"잘 들어, 파출소니까 뛰어드는 거지. 순사니까 부딪치는
거고. 잘 기억해둬. 진짜 악당의 수법은 이런 거야."

박사는 히라타의 손을 잡아끌고 파출소를 향해 돌진했다.

두 육탄이 이야기를 나누던 순사를 날려버리고 파출소 안으로
달려드는가 싶었는데 열려 있던 판자문 안의 3조짜리 작은
방으로 모습을 감췄다.

놀란 두 순사가 크게 무슨 말인가 외치며 신발도 안 벗고
그 방으로 들어갔다. 물론 정체를 알 수 없는 수상한 놈들을
잡기 위해서였다.

박사는 갑자기 그들 사이에 있던 판자문을 차지하고 두 순사의

퇴로를 가로막았다. 그러더니 작업복 주머니에서 권총을 꺼냈다.

"저항하면 목숨은 내놓은 겁니다. 익히 들어서 알겠죠? 나는 '거미남'이에요. 알겠습니까? 무슨 일이든 서슴없이 하는 악당이요. 처자식을 떠올려 봐요. ……네, 그렇죠. 그런 식으로 팔을 올려야죠. 그게 권총에 대한 만국 공통의 예의니까요."

무슨 일이란 말인가. 백주대낮에 파출소에서 홀드업을 시키다니. 아무리 용감하고 직무를 최우선으로 생각하는 순사들이라 해도 간담이 서늘하지 않겠는가. 강압에 못 이겨 그들이 자신의 포승줄을 어떤 식으로 사용했든지 그것은 결코 일본 경찰의 치욕이 아니다.

잠시 후 자동차에서 내린 추격자들이 아케치 고고로와 나미코시 경부를 앞세워 파출소 앞에 왔을 때 파출소 입구 붉은 전등 아래에는 안경을 쓰고 콧수염을 기른 흰옷 차림의 순사가 모자를 깊이 눌러 쓰고 지나가는 사람들을 성실히 지켜보고 있었다. 한편 파출소 안의 테이블에는 젊은 순사가 고개를 숙이고 구부정한 자세로 뭔가 열심히 살펴보고 있었다.

보초를 서던 순사는 거수경례를 한 후 대답했다.

"작업복 차림의 사십대와 양복 차림의 이십대 두 사람 말씀이십니까?"

마술사도 아니고 이게 웬일인가. 생김새뿐 아니라 목소리까지 전혀 구로야나기 박사 같지 않았다.

"그렇지, 그 두 사람. 그들은 어디로 갔지?"

"건너편의, 하나 둘 셋, 저 세 번째 모퉁이에서 왼쪽으로 꺾어 들어갔습니다. 왠지 몹시 허둥대는 것 같았죠."

"이런, 완전히 반대 방향으로 도망쳤네. 자네, 혹시 몰라 말해 두는데 사십대 남자가 그 유명한 '거미남'이야. 만약 이 주변으로 다시 오면 사정없이 잡아넣어버려."

"아, 그 사람이었나요?"

안에 있던 순사는 매우 놀라 그럼 뒤쫓아야 하냐고 물으며 뛰어나오려 했다.

"아니, 여기 있어. 우리로도 충분해."

형사들은 알려준 방향으로 급히 뛰어갔다. 폭풍이 지나가자 오가는 사람도 없고 몹시 조용했다.

"대단합니다."

파출소 안에 있던 순사가 천연덕스럽게 나와 두목의 기지에 감탄했다.

"그럼 우리는 이대로 반대 방향으로 순찰을 나가 보면 되겠네요."

보초를 서던 구로야나기 순사는 말없이 걷기 시작했다. 히라타 순사가 그 뒤에서 철걱철걱 검 소리를 내며 따라갔다.

"이런 모습이라면 경관들 대열 속에 있어도 몰라보겠습니다. 어디 다른 파출소 순사라고 생각하고 경계하지도 않겠는데요."

히라타는 진기한 모험을 하고는 뛸 듯이 기뻐했다.

해골의 용도

그로부터 며칠 후의 일이었다.

해 질 녘, 의료기구나 박물표본을 폭넓게 취급하는 혼고本鄕의 S라는 상점에 변두리 개업의 같은 인상을 풍기는 양복 차림의 중년남자가 나타났다. 캐시미어 상의에 흰 바지, 때가 약간 묻은 파나마모자 등 수수한 옷차림이었다.

주인이 손님을 맞이했는데 그 남자가 주머니에서 촌스럽게 커다란 명함을 꺼내 보였다. 의학사 오바 미치오大場道夫. 남자의 이름이었다. 오바 씨는 간간이 전문 용어를 써가며 인체 골격 표본을 사고 싶다고 말했다.

"실은 진찰실 실내장식을 다시 했거든요. 구식이고 실상 별 쓸모는 없지만요, 장식용이죠. 뭐 해골 모양이면 돼요. 정말 사람 뼈라면 남자든 여자든 상관없습니다. 손과 발이 각각 다른 사람 거라도 상관없고요."

"네, 알겠습니다. 마침 지금 가게에 한 점이 있는데 보여드릴까요?"

오바 씨는 주인의 안내를 받으며 진열실로 들어갔다. 어둑어둑한 진열실 구석에 어느 대역 죄인의 뼈인지 목재받침 위에 놋쇠 고리로 머리를 매달아 놓은 해골이 있었는데, 창밖 큰길을 지나던 전차소리에 부르르 떨렸다. 뼈가 서로 스치는지 이갈이를 하는 것처럼 소름끼치는 소리가 났다. 실물을 본 오바 씨는 해골을 사고 싶다고 했다.

"그러면 내일까지 댁으로 보내드리겠습니다."

"아닙니다. 그렇게 수고를 끼치지 않아도 됩니다. 지금 포장만 해주시면 차를 대기시켜 놓았으니 직접 들고 가겠습니다. 장식을 서둘러야 하거든요."

"아무리 그래도요."

주인이 그렇게 말했지만 이 별난 개업의는 굳이 해골을 직접 들고 가겠다고 해서 결국 포장해주기로 했다.

잠시 후 기다란 나무상자를 문밖 자동차로 옮겨주자 오바 의학사는 그 차를 타고 가게를 떠났다.

그날 밤 12시경, 이번에는 오바 씨가 낮에 입었던 양복 차림 그대로 교외의 을씨년스러운 화장터 앞에 나타났다. 손에는 큰 보자기를 들고 있었다.

"선생님이십니까?"

암흑 속에서 목소리가 들리더니 한 청년이 어스름한 등 밑에 희미하게 모습을 드러냈다. 독자 여러분, 이 청년이 바로 히라타 도이치다. 전에 거미남 구로야나기 박사와 함께 순사로 변장해 감쪽같이 위기에서 탈출한 불량청년 히라타 말이다. 이런, 자세히 보니 개업의 오바 의학사는 변장한 구로야나기 박사였다. 이 괴상스런 인물은 대체 얼마나 변장에 능하단 말인가. 그럴 때마다 얼굴이나 모습이 완전히 다른 사람으로 변신하는 솜씨는 경탄할 만했다.

"잘 돼가나?"

오바 의학사로 변장한 구로야나기 박사가 조용히 물었다.

"문제없습니다. 숙직하는 노인은 그 약으로 재웠습니다. 네다섯 시간은 업어 가도 모를 거예요."

"아주 잘했어. 그런데 그 시체는 이상 없나?"

"어쨌든 보수를 오백 량이나 준다고 했으니까요. 장의사가 흔쾌히 한다고 했어요. 시체는 그대로 잘 있습니다. 이봐, 스케 씨. 이분이 아까 말씀드린 분이야."

히라타가 스케 씨라고 부른 장의사가 어둠 속에서 머뭇거리며 얼굴을 드러냈다.

"뭘 그렇게 겁내나. 자네한테 피해를 줄 일은 결코 없을 거야. 시체를 훔쳐내지만, 그걸 대신할 뼈를 준비해 놓았으니까. 내일 아침까지 태우기만 하면 돼. 그다음부터는 들키면 어쩌나 염려할 필요 없고. 선생님, 그 뼈는 이상 없죠?"

박사는 말없이 손에 든 보자기를 흔들어 보였다. 달그락 달그락 뼈가 부딪히는 소리가 났다. 두말할 필요 없이 그건 낮에 개업의로 변장하고 S가게에서 사온 해골 표본이었다. 받침대는 물론 두부頭部나 관절을 연결한 놋쇠 고리는 제거하고 뼈만 추려 보자기에 싼 것이었다.

"진짜 뼈죠?"

장의사는 창백한 얼굴이었지만 그래도 빈틈없이 확인을 했다.

"잘 보게나."

박사가 보자기 자락을 끌러서 보여주었다. 장의사는 흰 막대기 같은 것을 꺼내 잠시 살펴보더니 가짜가 아닌 것을 확인했다는 듯이 아무 말 없이 원래대로 넣었다.

"그럼 확실히 잘 태울 테니 약속한 걸⋯⋯."

"흐흐, 실수 없이 하게. 선불이라고?"

박사는 지갑을 꺼내 선뜻 약속한 돈을 건넸다.

문은 이미 열려 있었다. 수위 영감은 마취약을 먹고 깊이 잠들어 있었다. 누가 수상하게 볼까 염려할 필요도 없다. 장의사가 앞장서 화장터 안으로 들어갔다.

텅 빈 건물 안을 어둑어둑한 전등이 비추고 있는 가운데 철문으로 단단히 막힌 아궁이가 줄지어 있었다.

장의사는 그중 한 철문 앞에 섰다. 잠시 골똘히 생각하더니 불쑥 박사 쪽을 돌아보았다. 얼굴에는 힘줄이 불거져서는 우물쭈물 무슨 말인가 하려 했다.

"두려워할 일이 아니야. 문을 열게."

박사가 위압적인 말투로 명령했다.

"제기랄."

장의사가 포기했다는 듯이 한 마디 내뱉더니 아궁이 문을 열었다. 아궁이 하나에 칠이 되어 있지 않은 나무관이 보였다. 세 명이 힘을 합쳐 관을 끌어내 바닥에 내려놓은 후 아궁이에는 보자기를 집어넣었다. 뼈만 남고 나머지는 흔적 없이 타버렸다. 관이든 보자기이든 상관없었다.

20분 내로 일이 다 끝났다. 장의사는 서둘러 돌아갔다. 자신의 죄를 잊기 위해 술에 취해 자려는 모양이었다. 문은 모두 굳게 잠겨 있었다. 화장터 건물은 아무 일도 없었다는 듯이 어두운 벌판 한가운데 고요히 서 있었다.

시체 변장 수술

화장터에서 1정 정도 떨어진 수풀 속에는 헤드라이트를 끈 자동차가 한 대 세워져 있었다. 자동차 옆에 꿈지럭거리는 그림자는 구로야나기 박사와 히라타였다.

그들은 나무관을 사이에 두고 조용조용 이야기를 나누고 있었다.

"이 시체를 도대체 어떻게 하시려고요. 시키는 대로 했지만 저는 진짜 목적을 모르잖습니까."

히라타가 물었다.

"이런, 자네 아직도 모르겠나?"

박사는 기막혀 했다.

"혹시 그러려는 것 아닌가 짐작만 할 뿐이죠. 하지만 선생님이 갑자기 이렇게 약한 모습 보이시니 이상하잖아요."

"약한 모습이라니 자네는 뭔가 착각하는 모양이군. 자네 생각을 한번 말해보게."

"죽어버리시려는 거죠? 자살하는 거요. 다시 말해 그렇게 해서 영원히 목숨을 부지할 속셈이신 거 아닌가요?"

"바보 같으니. 그러니까 자네는 그저 평범한 악당에 불과한 거야. 자네한테 내 마음이 전달되지 않은 모양이네. 아케치는 제법 영리한 것 같던데. 그렇지만 걸리적거릴 뿐이지. 나는 두려울 게 없어. 그 점이 중요해. 알겠나? 자네는 그저 도둑이야. 평범한 살인자일 뿐이고. 하지만 나는 그렇지 않아. 자네가 예술이라는 말을 알까? 살인이란 어떤 예술 못지않은 예술이라는 생각을 이해나 할까. 나는 동경을 가지고 있어. 큰 희망을 품고 있지. 좀 더 멋지고 아름다운 예술 작품을 만들고 싶어."

"언젠가 말씀하셨던 마흔아홉 명의 여자들……."

"그래. 그걸로 내 동경이 좀 실현될 것 같아. 지금 그 준비를 착착 하고 있어. 나는 창작을 위해 지위와 재산, 그리고 목숨을 걸었지. 바보들은 웃을 거야. 하지만 나는 그걸 창조하기 위해 태어난 사람이지. 그런데 아케치라는 훼방꾼이 나타나서 경찰을 돕기 시작했어.

정말 걸리적거려. 그 녀석과 싸우는 건 어떻게 보면 차라리 고마운데 내게는 더 중요한 일이 있거든. 그런 놈과 얽힐 때가 아니야. 그러니까 나 스스로 죽어서 우선 상대를 안심시킬 계획인 거지."

"하지만 아직 잘 모르겠는 게 있어요. 이 관 뚜껑을 열어봐도 되나요?"

"되고말고. 실상 여기서 열어야 할 필요도 있고."

히라타는 자동차 수선용 도구를 사용해 관 뚜껑을 열고 한쪽 손에 든 회중전등으로 안을 들여다보았다.

"아, 전체적으로는 꽤 비슷한 느낌이네요. 하지만 얼굴이 좀 아무리 시체라도 이 얼굴을 구로야나기 박사라고 볼까요? 나미코시 경부나 노자키가 금방 알아차리지 않을까요?"

"그러니까 외과적으로 좀 손을 써야지. 자네는 용기가 있나?"

"용기요?"

히라타는 깜짝 놀라 어둠 속에서 박사의 얼굴을 돌아보았다.

"장소는 나중에 말하겠네. 그곳에 자동차로 이 관을 옮겨가서 시체만 버리고 돌아왔으면 하거든. 내일 하기로 하지. 하지만 이대로는 아니야. 내 대역을 제대로 못할 테니까. 다시 말해 내 역할을 대신할 수 있게 손을 써야지."

"어떻게요?"

"시체의 얼굴을 바꿔버리지 뭐. 얼굴뿐 아니야. 내 이 옆구리 상처 자국도 만들어야지. 자네가 할 수 있을까?"

"죄송합니다. 저는 선생님과 달라서 그런 취미는 없어요."

작은 악마는 역시 부르르 떨었다. 그는 이익 때문에, 그리고 자잘한 범죄를 저지르고 나면 느껴지는 허영심 때문에 박사의 일에 가담했지만 박사처럼 잔혹한 취미는 없었다. 피범벅으로 점철된 살인 예술의 삼매경은 이해할 수 없었다.

"그러니까 여기서 열어볼 필요가 있었던 거지. 자네가 할 수 없으면 내가 하지. 그렇게 떨 거 없어. 좀 색다른 맛을 느낄 수 있을 거야."

이미 뻣뻣해지고 말라비틀어지기 시작한 시체가 잡초 위에 내던져졌다. 회중전등의 둥근 빛 안으로 볼품없는 인형같이 비참하게 나뒹구는 시체가 보였다.

박사는 어둠 속에서 부스럭거리며 뭔가를 찾으러 돌아다녔다. 이윽고 쐐기모양의 돌덩이를 든 박사의 손이 위협하듯이 전등 빛에 나타났다.

그 손이 매우 탄력 있게 위아래로 두세 번 흔들리더니 무시무시한 기세로 시체의 얼굴을 세게 내리쳤다. 우지끈 소리가 날 정도였다.

두 노인

이야기를 좀 바꿔보자. 신주쿠新宿에서 두 시간 남짓 걸리는 곳에 오쿠타미奥多摩행 아오우메선青梅線 철로를 따라 H라는 작은 마을이 있었다. 다마가와多摩川강 상류의 계곡이 보이고, 강물이 흐르고 바람에 푸른 나뭇잎이 흔들리는 소리가 들리는 마을로 도시 가까이에서는 보기 힘든 산골 같은 고장이었다.

그 마을 외곽에 호랑가시나무로 된 낮은 산울타리가 둘러진 옛날식 초가집 한 채가 있었다. 품위 있는 노인이 주인이었는데 부엌일하는 할멈을 두고 자신은 다도나 화초 가꾸기를 하며 여유롭게 여생을 보내는 듯했다.

그 집으로 4~5일 전에 도시 출신의 아름다운 아가씨가 왔다. 노인의 딸은 아니었다. 그렇다고 노인 곁에서 시중을 드는 문란한 여자도 아니었다. 지인의 딸이 더위를 피할 겸 놀러온 듯했다.

집 뒤편 밭을 건너 2정 정도만 가면 깊은 계곡이 나왔는데 다마가와의 푸른 물결이 바위를 타고 몇 길 밑으로 세차게 떨어지고 있었다. 그 소리는 마치 수천 마리의 매미가 울듯이 조용한 마을 구석구석까지 쉴 새 없이 들렸다. 계곡 아래로 보이는 나뭇잎들 사이로 상쾌한 새소리도 들렸다.

아가씨는 아침 일찍부터 벼랑 끝에 서서 소리를 높여 노래를 부르기도 했다. 시골 사람들의 귀에는 익숙하지 않은 서양 음악이었다. 노랫소리는 계곡에 메아리쳐서 저 건너편 푸른 나뭇잎 사이로 유유히 사라졌다.

별로 나돌아 다니지도 않았건만 좁은 마을이었기에 도시 여자는 바로 사람들의 입방아에 올랐다.

"저 여자 활동사진 배우 후지 요코와 쏙 빼닮았네. 혹시 후지 요코 아니야?"

근처 정류장의 젊은 역무원들이 가장 먼저 눈치챘다.

"후지 요코라면 그 거미남이 노린다던?"

산촌에도 거미남의 공포는 전해졌다.

"그러네. 거미남이 무서워서 이런 곳으로 피신을 온 걸 수도 있겠네."

그들이 상상한 그대로였다. 사람들이 수군거리는 여자는 바로 후지 요코였다. 집요한 거미남의 마수를 두려워하던 촬영소 K소장은 H마을에 은둔하는 친척 노인에게 그녀를 숨겨달라고 부탁했다.

물론 가급적 사람들 눈에 띄지 않도록 주의는 했다. 노인을 비롯해서 여러 사람에게 이미 지겹도록 잔소리도 들었다. 하지만 그녀는 젊고 활기찬 아가씨였다. 더구나 거미남에게 상처를 입힐 정도로 결기도 대단했다. 그냥 집에 틀어박혀 있을 리가 없었다. 어스름한 아침 일찍부터 물이 흐르는 계곡에서 노래를 부르고 싶을 만도 했다. 그렇지 않아도 여름철이라 활짝 열린 창문 너머로 아름다운 아가씨가 보이는데 지나가던 마을 사람들이 관심을 가지지 않을 리 없었다.

위태위태했다. 혹시 이 은신처를 거미남이 알아내기라도 하면 큰일이었다. 도시와 달리 경찰력도 부족하거니와 이 집에는 힘없는 노인과 부엌일하는 할멈 단 두 사람밖에 없었다. 위급할 때 달려올 수 있을 만큼 인가가 가까이에 있는 것도 아니었다.

K소장은 나미코시 경부나 아케치 고고로와 의논한 후 이런 조처를 취한 것이겠지만 왜 이렇게 무모한 방법을 택했을까.

그러던 어느 날 이른 아침이었다. 거미남이 화장터에서 괴이한 일을 벌인 다다음 날이었는데, 일찍 일어난 노인이 툇마루에 앉아 벤치에 늘어놓은 나팔꽃 화분들을 보고 있던 참이었다. 울타리 밖에서 누군가 말을 걸어왔다.

"예쁘게 피었네요. 보기 좋습니다."

산울타리 너머로 안을 들여다보는 시골 영감의 상반신이 보였다. 낯선 얼굴이었지만 이 마을 어딘가에 사는 농부인가 보다 했다. 자잘한 가스리 무늬가 있는 닳아빠진 흰 목면 옷을 입고 새카맣게 때 묻은 자연목 지팡이를 짚고 있었다. 구부정한 허리에 비해 머리는 아직 희끗희끗한 정도였다. 얼굴에도 마찬가지로 희끗희끗한 수염이 나 있었으며 돋보기 안으로 눈곱이 잔뜩 낀 가는 눈을 껌뻑이고 있었다.

"아침 일찍 일어나서 꽃을 보는 낙으로 산다오."

노인이 활짝 웃으며 대답했다. 노인은 머리도 수염도 모두 하얗게 셌다. 그는 순백의 턱수염을 가슴까지 기르고 있어 시골 영감과는 비교가 안 될 정도로 품위 있어 보였다.

"나도 나팔꽃을 좋아하죠."

시골 영감은 말이 많았다.

"매년 피기는 하는데 여기 꽃과는 비교가 안 되네요. 건너편 저 끝에 유난히 크게 핀 꽃송이는 정말 볼 만하군요. 정성이 대단하신 것 같습니다."

"하하하하하, 꽃을 좋아하시는군요. 좀 들어와서 보시죠. 오늘 아침은 특별히 꽃이 많이 폈네요."

"눈이 어두워서요. 그럼 곁에 가서 자세히 좀 볼까요."

노인이 권유하자 시골 영감은 스스럼없이 마당 안으로 들어왔다.

"여기 앉으세요. 금방 차를 내올 테니까요."

노인이 툇마루에 자리를 내주자 시골 영감은 어이쿠 소리를 내며 앉았다.

그리고 한동안 나팔꽃 이야기가 끊이지 않았다. 두 사람 모두 아는 것이 많은 만큼 이야깃거리도 많았다. 벤치에 있는 화분으로는 만족할 수 없었는지 시골 영감은 마당을 한 바퀴 돌며 봉우리를 맺은 화분까지 세심하게 보고 다녔다.

"아, 혹시 이거 당신 물건 아닌가요? 여기 떨어져 있군요."

노인이 큰 소리로 말했다. 그때 두 사람 사이의 거리가 꽤 떨어져 있었다. 그건 나사[36] 소재의 구식 대형 지갑이었다.

....
36_ 羅紗. 두껍고 쫀쫀한 모직물로 양복지로 많이 쓴다.

"아, 그거요."

시골 영감은 허겁지겁 뛰어가 노인의 손에서 낚아채듯이 지갑을 가져갔다.

"하하하하하, 어지간히 중요한 물건인가 보네요. 꽤 무겁던데요."

"아닙니다. 별거 안 들어 있어요. 은화 같은 거였으면 좋을 텐데요. 으하하하하하."

그는 쑥스럽다는 듯이 얼버무렸다.

두 사람은 다시 툇마루로 돌아가 앉았다.

"아내분은요? 자녀분들과 함께 사시나요?"

시골 영감이 물었다.

"현직에서 물러난 후 혼자 삽니다. 아, 저 방이요?"

문틈으로 모기장 자락이 살짝 보였다. 상대가 그쪽을 힐끗 보자 노인이 덧붙여 말했다.

"도쿄에서 손님이 와서 말이죠. 친척 아가씨인데 젊은 사람이라 보시다시피 늦잠을 자서 골치죠. 하하하하하, 차라도 내올까요? 공교롭게 부엌일하는 할멈이 어젯밤에 며느리 집에 일이 생겨 다녀온다지 뭡니까. 그래서 불도 내가 피워야 해요."

"그러실 필요 없습니다. 저는 이만 가봐야죠."

"아닙니다. 저도 차를 마시고 싶어서 그러니 개의치 말고 더 놀다 가세요."

그러자 이 넉살좋은 시골 영감은 차 대접까지 받을 요량인지 다시 자리에 앉았다. 노인은 마당을 돌아 부엌으로 모습을 감췄다.

노인의 모습이 보이지 않자 시골 영감은 잠시 주변을 두리번거리며 돌아보다가 무슨 생각인지 툇마루로 올라갔다. 그리고 네 발로 기었다. 문틈으로 모기장이 보이는 안방을 향해 살금살금 다가가는 것이었다. 모기장 안에는 후지 요코가 자고 있었다. 대체 이걸 어떻게 설명해야 할까. 이 영감이 손버릇까지 나쁜 걸까. 아니면 다른 목적이 있어서 그런 걸까.

소리가 나지 않게 주의하면서 가까스로 맹장지[37]까지 다가간 시골 영감은 뱀처럼 고개를 쳐들고 맹장지 너머 모기장 안을 엿보았다. 요코는 물론 전혀 눈치채지 못한 채 곤히 자고 있었다. 그는 고양이가 쥐 노리듯 그 모습을 지그시 바라보았다.

"안타깝게도 마침내 올가미에 걸리셨군요."

별안간 목소리가 들려 뒤를 돌아보니 어느새 뒤에는 노인이 조용히 서 있었다.

"네? 뭐라고요?"

시골 영감은 딱 잡아뗐다. 그리고 기어서 툇마루로 돌아가면서 도망칠 틈을 노렸다.

"하하하하하, 소용없어요. 이래 봬도 뜀박질이라면 누구 못지않습니다."

두 사람은 서로를 노려보며 결국 처음에 있던 자리로 돌아가 나란히 앉았다.

....
37_ 襖. 방과 방 사이에 칸을 막아 끼우는 문.

"무슨 말씀이세요. 저는 그냥 잠시⋯⋯."

"하지만 후지 요코의 얼굴을 확인하러 집 안으로 들어가시지 않으셨습니까. 하하하하하, 언제 올까 계속 당신을 기다리고 있었습니다. 후지 요코, 아주 훌륭한 미끼죠. 그렇지 않습니까, 구로야나기 박사?"

순간, 타오르는 듯한 네 눈동자가 상대방의 마음을 깊숙이 꿰뚫을 것처럼 서로 노려봤다.

노인이 오른손을 획 뻗자 시골 영감의 희끗희끗한 수염이 날아갔다. 얼굴에는 다듬지 않은 진짜 수염이 남아 있었다. 그 아래 드러난 얼굴은 방금 그 농부 영감과는 비슷하지도 않은, 약삭빠르고 잔인한 구로야나기 박사였다.

"제아무리 거미남이라도⋯⋯. 아, 당신의 별명이 거미남인 것 같더군요. 정말 깜짝 놀랐습니다. 당신을 어떻게 보란 듯이 한 방 먹일까 생각하니 몹시 즐겁더군요. 으하하하하. 이거 미안합니다. 너무 반가운 나머지 그만."

"그러면 당신은⋯⋯."

"모르시겠습니까?"

"알다마다. 아케치 고고로, 맞지? 이런 어마어마한 계략을 꾸밀 사람은 그 녀석밖에 없어."

구로야나기 박사도 여간내기가 아니었기 때문에 상황이 이렇게 된 이상 전혀 동요하지 않았다.

"그렇게 칭찬을 해주시니 황송하군요. 추측하신 대로입니다. 하지만."

말하기 무섭게 노인은 변장용 수염을 모두 떼고 민낯 그대로의 아케치 고고로로 돌아왔다. 하지만 그사이에 아주 짧은 순간이긴 했지만 아케치에게 빈틈이 생겼다. 노회한 구로야나기 박사가 어찌 그 틈을 놓칠쏘냐.

"이걸로 내가 한발 앞선 셈이야."

아까 마당에 떨어뜨렸던 지갑 속에는 권총이 들어 있었다. 그는 아케치보다 먼저 권총을 꺼내들 여유가 있었다.

"자네, 잘 생각해봐. 맞대결하면 아예 싸움이 안 돼. 왜냐하면 자네는 정정당당한 신사야. 아무렇지 않게 사람을 죽일 수도 없고, 아예 살인조차 해본 적이 없을 테지. 그런데 나로 말할 것 같으면 살인을 위해 태어난 사람이나 다름없어. 알겠나? 이 권총은 위협하는 데 쓰는 물건이 아니야. 정말로 바로 쏴버릴 수도 있어. 어이쿠, 그럴 수는 없지. 자네가 품 안에서 권총을 꺼내는 동안 이 총구가 먼저 연기를 뿜을 거야. 위험해, 조심하라고."

아, 제아무리 아케치 고고로라도 이 사람에게는 두 손 두 발 다 들어야 하는 것일까. 과연 그는 대결에서 질 수밖에 없는가.

1분, 2분, 3분. 철천지원수와 같이 서로 말없이 노려보고만 있었다. 언제 끝날지 가늠할 수 없었다.

흉악한 악당이 굴복할 것인가, 명탐정이 패배할 것인가. 두 거인이 마침내 지척에서 마주하게 되었다.

격투

　구로야나기 박사는 과연 노회했다. 약간의 틈을 알아차리고 아케치보다 먼저 품 안에서 권총을 꺼내들더니 가까이 오면 쏠 자세를 취하고 마음껏 지껄였다. 도움을 청하려 해도 소리가 들릴 만한 곳에 인가가 없었다. 더구나 아직 어스름한 새벽이었다. 아케치라도 더 이상 어찌해 볼 도리가 없어 보였다. 하지만 이런 곤경에 빠졌는데 그는 어찌 저런 느긋한 표정을 짓고 있는 걸까.

　"하하하하하."

　아케치는 태연자약하게 웃으며 말했다.

　"권총 말씀인가요? 그거라면 저도 있습니다."

　그리고 품 안에 천천히 손을 넣었다. 위험하다. 상대는 이미 방아쇠에 손가락을 걸고 있지 않은가.

　"멈춰."

　구로야나기 박사는 상대의 무모한 행동에 깜짝 놀라 격렬히 소리쳤다.

　"허튼수작하면 바로 쏜다. 자네가 권총을 꺼내는 것과 자네의 넓은 이마에 구멍이 뚫리는 것, 둘 중 어느 편이 더 빠를까. 꼼짝하기만 해봐."

　하지만 아케치는 상대가 무슨 말을 하는지 이해가 가지 않는다는 듯이 느긋하게 말했다.

　"얼른 쏘면 되지 않습니까. 내가 이 권총을 언제 꺼낼까 고심할 일도 없을 테고."

말이 끝나기도 전에 아케치의 손이 품 안을 떠났다. 그리고 반짝이는 은색 물체가 살짝 보였다.

그걸 보자 참지 못하고 구로야나기 박사가 권총 방아쇠를 당겨버렸다.

하지만 어찌 된 일인가. 찰칵 하는 소리만 날 뿐 총이 발사되지 않았다. 반면 아케치는 이미 총을 쏠 자세를 하고 빙글빙글 웃고 있었다.

뜻밖에도 총이 고장 나버리자 구로야나기 박사는 깜짝 놀랐다.

'뭔가 음모가 있다.'

그런 생각이 들자 겨드랑이에서 식은땀이 마구 흐르는 것 같았다.

한 번 두 번 세 번 네 번. 그는 안절부절못하며 몇 번이고 방아쇠를 당겼다. 하지만 연기도 나오지 않고 소리도 나오지 않았다. 권총은 비어 있었다.

"하하하하하, 이제 아셨나요? 선수를 친 건 당신이 아니라 저라는 걸."

아케치는 권총을 든 채 웃었다. 물론 총을 쏠 생각은 없는 듯했다.

"제기랄."

박사는 입술을 흉하게 일그러뜨리며 욕설을 퍼부었다.

"그럼 아까 마당에서 지갑을 떨어뜨렸을 때……."

"드디어 알아차리셨군요. 물론 그때죠. 당신이 나팔꽃에 정신이 팔린 틈에 총알을 빼놓았습니다. 당신은 나를 그 정도 생각도 없는 멍청이로 보신 겁니까?"

아케치는 그렇게 말하고 왼손으로 소맷자락에서 총알을 꺼내 손바닥에 굴리며 보여주었다.

아케치는 지금 구로야나기 박사의 얼굴에 떠오른 표정을 그전에도 그 후에도 본 적이 없었다. 추악하다는 말로는 도저히 표현이 안 되는 무시무시한 표정이었다. 부릅뜬 눈가는 온통 검게 변했고, 넓은 이마에는 정맥이 불거져 피부병이라도 걸린 듯이 울룩불룩해졌으며, 검붉은 입술은 상처 입은 지렁이처럼 징그럽게 떨렸다.

"그럼 어쩌겠다는 건데."

"내가 저 툇마루 구석에 있는 밧줄을 가져오는 동안 꼼짝 않고 있으면 좋겠군요. 만약 조금이라도 움직이면 총을 쏠 거니까요."

"소용없을 걸. 과연 그런 일을 할 수 있을까? 네가 손을 뻗는 틈에 네 권총을 바닥에 떨어뜨리는 건 일도 아니거든. 하하하하하, 아케치 군, 과연 그 밧줄을 잡을 용기가 있을까? 자네 떠는 거 아니지?"

아케치가 툇마루 구석을 향해 한 걸음 떼자 구로야나기 박사도 얼른 한 걸음 다가갔다. 상대는 필사적이었다. 빈틈을 보여서는 안 된다. 바늘 끝만큼의 빈틈을 보여도 서로의 입장이 뒤바뀌지 않으리란 보장이 없었다.

바로 그때 떠들썩한 소동에 눈을 뜬 후지 요코가 안방에서 얼굴을 내밀었다. 아케치에게는 다행이었다.

"요코 씨. 밧줄요, 얼른 그 밧줄 좀."

깜짝 놀라 우두커니 서 있는 요코에게 아케치가 도움을 청했다.

요코는 다부지게 금세 사태를 파악하고 툇마루 구석으로 달려갔다. 거기 밧줄이 놓여 있었다. 그녀는 밧줄을 집어 들고 아케치의 왼손에 건네주려 했다. 하지만 지금 막 잠에서 깨어난 상태였다. 게다가 소란에 마음의 평정을 잃었다. 건네주긴 했지만 손이 약간 못 미쳤는지 밧줄이 땅에 떨어졌다.

아케치는 허겁지겁 몸을 굽혀 밧줄을 주우려 했지만 그때 생각지 못한 빈틈이 생겼다.

구로야나기 박사의 오른쪽 발이 허공을 날아오르는가 싶었는데 아케치의 권총이 2~3간 앞의 바닥에 구르고 있었다.

"으억."

이상한 비명 소리가 났다. 그리고 서로 뒤엉킨 두 남자가 바닥에 나동그라졌다. 나동그라질 때는 박사가 위에 있었다. 게다가 박사의 오른손이 아케치의 목을 쥐고 있었다. 시시각각 손끝이 필사적으로 아케치의 목을 졸라왔다.

요코는 자줏빛으로 멍들어 부어오른 아케치의 얼굴을 바라보았다. 단말마의 비명을 지르듯 허공을 움켜쥔 그의 두 손을 보았다. 더 이상 꾸물거리고 있을 때가 아니었다. 그녀는 맨발로 얼른 마당으로 뛰어 내려가 권총을 향해 달렸다. 그리고 권총을 주워서 조준을 하더니 냉큼 방아쇠를 당겼다.

주변이 엄청나게 진동하며 손에 격렬한 충격이 느껴졌다. 뿌연 연기 너머로 구로야나기 박사의 몸이 뒤로 젖혀지는 모습이 보였다.

총알이 표적을 벗어나 아슬아슬하게 상대의 다리를 맞춘 것이다.

살인마

대결은 끝났다. 거미남은 완전히 저항할 힘을 잃고 꼼짝달싹 못할 정도로 온몸이 꽁꽁 묶여 마당에 쓰러져 있었다.

요코는 자신이 쏜 권총에 맞아 바로 코앞에서 끙끙거리는 남자를 멍하니 바라보며 서 있었다. 마치 악몽을 꾼 것처럼 말로 표현할 수 없는 기분이었다.

아케치는 툇마루에 앉아 평소와 다름없이 정중한 말투로 발밑에 비참하게 쓰러져 있는 패자에게 이야기했다.

"구로야나기 씨, 이걸로 나와 당신의 승부는 확실히 결론이 난 셈입니다. 안 그런가요? 나와 당신의 관계는 깨끗이 청산된 거지요. 이제 남은 건 당신과 사회의 관계, 즉 경찰이 소관하게 될 문제입니다. 솔직히 그런 일에는 전혀 관심이 없어요.

당신이 알지는 모르지만, 나는 대부분의 경우 범인을 체포하지 않는다는 방침을 가지고 있습니다. 범인이 도망치든 말든

제3자에게 누를 끼치지만 않는다면 나는 모른 체하고 얼른 철수하는 게 내 방침이지요. 내 임무는 탐문이지 처벌이 아니거든요. 하지만 당신 같은 경우에는 그럴 수 없습니다. 당신은 뼛속까지 악마잖습니까. 풀어주면 얼마든지 부녀자를 유괴하고 살인할 것이 뻔하니까요. 당신에게는 인간의 마음 같은 건 없죠. 정말 원치 않는 일이지만 나는 당신이 형무소에 수감될 때까지 지키고 있을 책임이 있습니다."

"알았다. ……긴 말 필요 없으니까……빨리 순사나 불러."

거미남은 고통에 말을 잇지 못했다. 뜨문뜨문 귀찮다는 듯이 얼굴을 찡그리며 말했다.

"요코 씨. 마을 파출소에 좀 가주시겠습니까? 순사를 불러주시고, 가시는 김에 경시청의 나미코시 경부에게 전화로 알려주셨으면 하는데요."

아케치가 말을 하자, 멍하니 서 있던 요코는 얼른 정신을 차리고 대답했다.

"네, 다녀오겠습니다."

요코가 나가려 하는데 그때 얼핏 아케치의 머리에는 불안한 생각이 스쳤다.

"잠깐만요, 요코 씨."

그는 요코를 불러 세워놓고 구로야나기 박사의 얼굴을 뚫어질 듯 바라보았다.

"사실을 말해봐. 당신과 한패인 히라타는 어디 있지?"

"도쿄."

구로야나기 박사는 격투로 인한 피로와 상처 때문에 말을
하기도 귀찮은 모양이었다.

"도쿄? 거짓말 마. 당신이 그렇게 준비성 없는 사람인가?
만약 당신이 실패하면 2단계로 그 녀석이 뭘 하겠지. 자네 대신
요코를 유괴할 속셈 아니었나?"

아케치는 낮은 산울타리 너머로 주변 밭을 둘러보았다. 이른
아침이라 인적이 없었다. 하지만 아무래도 어딘가 밭고랑 밑에
약삭빠른 히라타가 기회를 노리며 숨어 있을 것 같았다. 요코를
혼자 보내는 건 위험하다. 그렇다고 이대로 있자니 이 집은
너무 외진 곳에 있었다. 지금 근처를 지나는 사람이 있을 것
같지 않았다.

"좋아. 그러면 이렇게 해야겠군. 요코 씨, 당신은 인내심이
강한 편이니까 여기 서서 이 권총으로 이 남자를 겨누고 지켜보
고 계십시오. 무서워할 거 없어요. 꼼짝 못하게 묶어놓았으니까
요. 게다가 다리에 상처를 입어 약한 상태 아닙니까. ……그래서,
만약 누군가가, 이를테면 이 자식과 한패가 와서 당신의 신변을
위협하면 무조건 권총을 이 자식 이마에 쏘는 겁니다. 아시겠
죠?"

아케치는 그 정도 경계태세면 문제없다고 생각했다. 요코는
상대를 두려워하기보다는 오히려 처참한 상처밖에 입히지 못한
자신의 행위를 분하게 생각할 정도였다. 그녀는 별로 두려운
기색 없이 아케치의 지시에 따랐다.

아케치가 급히 파출소로 달려간 이후 상처 입은 악마와 그

악마가 먹이로 노렸던 아가씨는 서로 입장이 바뀌는 기묘한 상태가 되었다.

그런데 매우 괴상한 일이 일어났다. 아케치가 자리를 비운 시간은 약 15분 정도였는데, 그 15분 동안 정말 말도 안 되는 일이 벌어진 것이다. 상식적으로는 도저히 판단할 수 없는 사태였다. 어떻게 실제로 그런 일이 일어났단 말인가.

아침 이슬로 촉촉해진 땅바닥에 밧줄로 칭칭 동여매진 채 진흙투성이가 되어 누워 있는 구로야나기 박사는 마치 기다란 짐짝처럼 보였다. 그 모습은 구로야나기 박사라는 엄숙한 이름으로 부르기조차 우스꽝스러울 정도로 비참했다.

검게 구멍이 뚫린 장단지에서 내뿜어진 피가 무릎 아래로 내 천川 자를 여러 개 그리며 줄줄 흘러내리고 있었다. 뼈가 부러지지도 않았고 대단한 상처는 아니었지만 아주 무참해 보였다. 그는 고통이 심한지 쉴 새 없이 얼굴을 찡그리며 낮게 신음했다.

요코는 지시대로 권총의 총구를 상대의 이마에 대고 웅크리고 앉아 있었다. 자신이 입힌 상처에서 줄줄 흘러나오는 선혈을 치료도 못해주고 그저 바라보고 있는 것은 아무리 강인하다 해도 여자인 그녀가 견디기 힘든 고통이었다.

한 번은 단도로 복부를 찌르고 또 한 번은 권총으로 다리를 쏘았으니 생각해보면 그녀는 두 번이나 이 남자에게 심한 상처를 입힌 것이다. 아주 집요하게 추적을 당하기는 했어도 그녀는 육체적으로 아무 상처를 입지 않았을 뿐 아니라 이 남자가 목적으로 삼았던 것조차 아직 빼앗기지 않았다.

다시 말해 정말 이상한 일이었지만 번번이 험한 꼴을 당한 사람은 먹이였던 그녀가 아니라 오히려 그녀를 노린 구로야나기 박사였다.

게다가 그는 지금 그녀 앞에 꼴사나운 모습으로 누워 있다. 그의 생사가 그녀의 생각에 달려 있었다. 권총 방아쇠에 걸어놓은 그녀의 손가락에 약간이라도 힘이 들어가기만 하면 이 희대의 흉악범, 일본 전역을 공포에 떨게 만든 악마는 바람에 먼지 날리듯 간단히 바닥을 구를 것이다.

아니다, 방아쇠에 손을 걸 필요도 없다. 이렇게 도망가지 못하게 감시하고 있기만 하면 이 남자는 10~20분 안에 순사의 손에 넘겨질 것이다. 그리고 그의 앞에는 미결수를 위한 무시무시한 감옥과 사형대가 기다리고 있을 것이다.

생각지도 못하게 입장이 뒤바뀌자 요코는 야릇한 감정이 생겼다. 한편으로는 우습기도 했다. 그리고 종내에는 근심이라고도 공포라고도 딱히 꼬집어 말할 수 없는 곤혹스러운 상태가 되었다.

그녀는 초조해서 가만있을 수 없을 정도였다. 1초 1초 시간이 지나는 것이 두렵기조차 했다.

악마는 죽은 듯이 입 다물고 있었다. 그의 몸에서 오직 살아 있는 부분은 다리의 상처에서 뿜어져 나오는 선혈밖에 없는 듯했다.

요코는 견딜 수 없어져 권총을 오비에 끼우고 소맷자락에서 새 손수건을 꺼냈다. 그리고 박사의 다리 쪽으로 돌아가서 얼른 상처를 동여맸다. 참혹한 모습을 가린 것이다.

악한은 자신의 다리에 요코의 손길이 닿는 것을 느끼고 몸을 바르르 떨었다. 요코가 붕대를 다 감아주자 그는 나직하게 "고맙소"라고 인사했다.

"당신 얼른 도망치세요. 어딘가로 가버리세요."

요코의 입에서 불쑥 예상 밖의 말이 튀어나왔다. 히스테리컬하게 그녀는 같은 말을 두세 번 빨리 반복했다. 하지만 그녀 자신은 그 말의 진정한 의미를 깨닫지 못한 듯했다.

"나는 더 이상 도망치고 싶지 않아. 당신이 어떤 생각으로 그런 말을 했는지는 모르겠지만."

박사는 내키지 않다는 듯이 의욕 없이 대답했다.

그 말을 들은 요코는 갑자기 박사의 몸에 달려들어 꽁꽁 묶인 포승줄을 풀기 시작했다.

"이 사람 대체 제정신인가. 아니면 내가 꿈을 꾸고 있는 건가."

박사는 밧줄이 풀리는 걸 보며 중얼거렸다.

완전히 자유의 몸이 되었어도 그는 서둘러 일어나려 하지 않았다. 그리고 의심스럽다는 듯이 요코의 얼굴을 물끄러미 올려다봤다.

"빨리요, 순사가 오기 전에 어디론가 도망쳐요. 그리고 두 번 다시 내 앞에 모습을 보이지 말아요. 빨리요, 빨리."

요코가 발을 동동 구르며 재촉했다.

그 말을 들자 박사는 몸을 반쯤 일으키고 히죽히죽 웃었다.

"그럼 도망가 보기로 할까요? 하지만 혼자서는 안 되죠."

"네?"

"당신과 함께 가는 게 아니라면 싫다는 의미겠죠."

그는 악마의 심성을 드러내며 뻔뻔스럽게 말하더니 불쑥 일어났다. 그는 무엇이 그녀를 그렇게 만들었는지 알 수 없었다. 그러나 히스테릭한 여자의 변덕에는 두 배의 값을 쳐줘야겠다고 그 순간 결심했다.

요코는 갑자기 악몽에서 깬 듯이 몹시 당황했다. 하지만 너무 늦었다. 박사는 이미 마비가 될 정도로 그녀의 오른손을 꽉 쥐고 있었다. 믿었던 권총도 어느새 박사의 손아귀로 넘어가 있었다.

기괴한 정사情死

요코는 박사에게 이끌려 억지로 밭두렁 길을 걷고 있었다. 이 살인마는 자력磁力을 가지고 있는 것 같았다. 단지 힘이 부족해서가 아니라 더 미묘한 무언가 때문에 요코는 전혀 저항할 수 없었다.

박사는 대체 어디로 도망칠 생각인지 반 정 정도 앞에 있는 벼랑을 향해 돌진했다. 벼랑 밑에는 다마가와강의 급류가 흘렀다.

눈 깜짝할 새에 벼랑 끝에 다다랐다. 더 이상 길이 없었다.

앞은 몇 길이나 되는 계곡이다.

거미남 구로야나기 박사는 깎아지른 벼랑에서 1~2자만 남겨 놓고 멈춰 섰다. 하지만 그녀는 박사의 기괴한 행동을 수상히 여길 여유조차 없었다. 그저 허탈한 마음으로 눈을 부릅뜨고 박사의 얼굴을 바라보고 있었다.

"알겠어요?"

박사가 아주 다정하게 말했다.

"처음부터 나는 이럴 계획이었어요. 중간에 훼방꾼이 있어 수고를 해야 했지만 결국은 계획대로 실행할 수 있게 되었군요. 이제 당신과 함께 여기서 뛰어내리려고요. 기쁘지 않겠어요? 그러니까 우리는 동반자살을 하는 거예요."

요코는 그 말이 귀에 잘 안 들어왔다. 물론 무슨 의미인지도 몰랐다. 다만 본능적으로 이루 말할 수 없는 공포가 마음속에서 울컥 올라오는 것이 느껴졌다.

"당신은 왜 내 포승줄을 풀었을까요? 그건 당신이 속으로 날 사랑했기 때문이죠. 스스로도 미처 몰랐던 당신의 마음이 나를 사랑하고 있었던 거예요. 당신은 겉으로는 나를 증오하고 두려워할지도 몰라요. 하지만 진짜 속마음은 오히려 나에게 강하게 끌렸던 거죠. 따라서 우리가 정사를 기도해도 조금도 터무니없는 일이 아니에요."

박사가 이상한 말을 했다. 하지만 요코는 그 말이 완전히 거짓은 아닌 것 같았다.

박사는 요코의 손을 잡은 채 벼랑 끝의 잎이 우거진 관목

숲을 헤쳐 가며 거기보다 조금 낮고 협소한 곳으로 내려갔다. 바위가 선반 모양으로 벼랑에서 튀어나와 있었다. 거기부터는 아래까지 더 이상 장애물도 없고 계곡 기슭까지 수직으로 깎아지른 절벽이었다.

그곳은 무성한 잎 때문에 그늘이 져서 어둑어둑했다. 하지만 구석에 가로놓인 이상한 물체를 분간 못할 정도는 아니었다.

요코는 언뜻 그걸 보고 너무 놀란 나머지 비명을 지르며 뒤로 물러서려 했다. 하지만 박사의 손가락이 아교처럼 그녀의 손목을 거머쥐어 몸을 마음대로 움직일 수 없었다.

거기에는 체격이며 옷이며 거미남과 한 치의 차이도 없는 남자가 누워 있었다. 다만 그에게는 얼굴이 없었다. 머리는 있었지만 눈도 코도 입도 형편없이 뭉그러져 온통 거무죽죽하게 변해 있었다. (두말할 것 없이 전에 화장장에서 훔쳐낸 시체를 히라타가 여기로 옮겨놓은 것이 분명했다.)

"내 분신을 봐요. 이 분신이 당신과 동반자살을 할 거예요. 나 같은 악당은 목숨도 몸도 하나가 아니에요. 보세요, 이 남자와 내가 어디가 다른가. 얼굴? 얼굴은 나도 뭉그러지면 이렇게 되겠죠. 그리고 당신의 칼에 찔린 복부의 상처도 감쪽같이 만들었어요. 다리의 총알자국은 이렇게 하면 되고요. ……."

박사는 그렇게 말하며 아까 요코에게서 빼앗은 권총으로 시체의 다리를 쐈다.

"이걸로 나와 다른 곳은 전혀 없게 되죠."

강렬하게 빛나는 악마의 눈이 꼼짝 못하는 요코를 바라보았다. 요코는 손목이 죄어오는 것을 느꼈다.

그녀는 어찌할지 몰랐다. 가장 불쾌하고 가장 무서운 악몽을 꾸는 것처럼 육체는 전혀 말을 듣지 않았다. 마음으로만 애타게 몸부림칠 뿐이었다.

＊ ＊ ＊

그로부터 10일쯤 지나서야 불가사의한 동반자살자들의 시체가 발견되었다. 시체의 발견이 늦어진 이유는 떨어진 장소가 사람들이 다니지 않는 벼랑 아래였기 때문이다. 바위가 갈라진 틈인 데다가 나뭇가지가 뒤덮고 있었기 때문에 위에서 보면 시체가 입은 기모노 자락조차 보이지 않았다.

발견자는 낚시를 즐기는 마을사람이었다. 어느 날 급류에서 헤엄치던 고기를 낚기 위해 돌아 돌아 계곡 아래로 내려가다가 벼랑 밑을 지나던 중 우연히 바위틈에 끼어 있는 시체를 찾아낸 것이었다.

남녀 두 사람의 뒤엉킨 살덩이가 바위틈에 끼어 썩어가고 있었다고 했다.

검시 결과, 남자는 거미남 구로야나기 박사, 여자는 후지 요코라고 밝혀졌다. 남자의 품 안에는 다음과 같은 유서가 있었다.

이 죽음은 경찰과 아케치 고고로에게 항복한다는 의미가 아니다. 나는 이 삶의 마지막 순간까지도 그들을 경멸하고 조소하고 있다. 내가 이겼다. 모든 것을 얻었다. 부도 명성도 그리고 마지막으로 이렇게 더할 나위 없는 연인까지도. 그녀는 지금 진심으로 나를 사모하게 되어(경들이 얼마나 놀라겠는가) 함께 얼싸안고 이 아름다운 자연의 품 안에서 영원히 잠들기를 바라고 있다.

길동무여, 이곳이 우리가 죽어 묻힐 곳이다. 승리의 기쁨이 넘치는 가운데 나는 달콤하고 아름다운 죽음의 나라로 간다.

시체는 두 구 모두 피부가 문드러져 전혀 얼굴을 알아볼 수 없었다. 특히 거미남은 추락할 때 바위 모서리에 부딪혔는지 얼굴 전체가 상처로 엉망이었다.

사람들은 느닷없이 닥친 뜻밖의 참사에 어처구니없어 하면서도 내심 안도했다. 특히 경찰 수뇌부는 어깨에 지고 있던 무거운 짐을 드디어 벗어버린 분위기였다.

경시청 내의 몇몇은 그 흉악범이 그렇게 쉽사리 죽을 리 없다며 의혹을 품기도 했다. 하지만 H마을뿐 아니라 그 어디에도 비슷한 행방불명자는 없었다. 도쿄의 대학 해부학 교실이나 자선병원을 비롯하여 시체를 취급하는 곳은 모조리 다 조사했으나 딱히 의심스러운 점이 발견되지 않았다. 게다가 그 후 시간이 흘러도 거미남의 수법으로 보이는 범죄가 전혀 일어나지 않았기에 결국 거미남의 최후라고 마무리되었다. 아직 공범인 히라타 도이치의 체포가 남았지만 두목인 거미남이 죽은 지금, 그의 존재는 그리 큰 문제가 아니었다.

아케치 고고로가 범인의 자살에 관해 어떤 견해를 가지고 있는지는 아무도 몰랐다. 심지어 나미코시 경부도 알지 못했다.

경부는 그 시체가 거미남이 틀림없다고 말하긴 했다. 신문기자들에게도 흉악한 악당의 갑작스런 죽음과 그의 불가사의한 심리 상태에 대해 예로부터 유명한 범죄자의 사례를 들며 긍정적으로 설명했다. 하지만 그의 행동은 일종의 속임수에 불과했다. 마음속으로 다른 생각을 하지 않으리라는 보장이 없었다.

나미코시 경부가 마지막으로 아케치 고고로와 만난 것은 거미남의 시체가 발견된 후 사흘이 지나서였다. 그 후로는 아무도 그의 소식을 아는 사람이 없었다(그가 H마을에서의 실책을 부끄러워하며 모습을 감추었다고 생각하는 사람도 있었다). 거미남의 죽음과 아케치 고고로의 행방불명은 연달아 일어났다. 범인과 탐정이 거의 동시에 이 세상에서 모습을 감춘 형국이었다.

나미코시 경부는 거기에 뭔가 특별한 의미가 있지 않을까 의심했다. 그러니까 그들이 마지막으로 이야기를 나누었을 때 아케치가 이상한 말을 했던 것을 기억하기 때문이다.

그때 왜 그랬는지 모르지만 아케치는 주머니에서 종이쪽지를 한 장 꺼내 경부에게 보여주었다. 거기에는 '아사쿠사구浅草区 S초……번지, 후쿠야마 쓰루마쓰福山鶴松'라고 연필로 적혀 있었다.

"이 종이쪽지는 구로야나기 박사의 데스크 위에 있던 메모에서 찢어온 것입니다. 박사가 요코의 단도에 찔려 누워 있을 때 쓴 것으로 추정됩니다. 그럴 만한 이유가 있고요. 그런데 이 후쿠야마 쓰루마쓰라는 사람은 당신도 잘 아시겠지요. 하나야시키[38] 같은 곳에서 이키닌교 독점 주문을 받는 유명한 인형사죠. 그 사람이 왜 인형사의 주소를 적어놓았을까요. 매우 흥미로운 사실이지요. 뭔가 어처구니없는 일이 일어날 듯한데요. 그런 생각이 들지 않습니까, 나미코시 경부?"

아케치가 그런 말을 했던 것 같다. 하지만 마침 그때 다른 손님이 와서 대화가 중단되는 바람에 더 이상은 듣지 못했다. 나미코시는 거미남이 이미 죽은 상황이라 메모에 무엇이 적혀 있든 그다지 문제 삼을 일은 아니라고 생각했다. 그래서 별 신경을 쓰지 않고 그대로 묻어두었는데 다시 생각해보니 그때 아케치가 한 말에 의외로 깊은 뜻이 내포되어 있는 듯했다.

파노라마 인형

거미남의 시신이 발견된 후 한 달쯤 지난 10월 초 어느 날, 아사쿠사구 S초의 인형사 후쿠야마 쓰루마쓰의 가게에 한 손님이 찾아왔다.

....
38_ 花屋敷. 아사쿠사 공원에 있는 유원지.

간절기용 톰비[39]에 촘촘한 유키 가스리 천[40]으로 된 홑겹바지와 시오세潮瀬 홑겹 하오리, 흰 버선, 펠트 조리草履 등 흥행사 같은 차림을 한 사십 대 남자였는데 다소 불쾌감을 주는 인상이었다. 복장은 화려했지만 화상을 입었는지 얼굴의 반 정도가 붉고 쭈글쭈글한 피부였다. 치아도 심한 뻐드렁니에 나머지는 전부 금니여서 히죽 웃을 때는 소름이 끼칠 정도로 섬뜩했다.

그가 주인을 만나고 싶다고 내민 명함에는 다음과 같이 인쇄되어 있었다.

> 쓰루미 유원지 파노라마관
> 소노다 다이조

파노라마관이라는 걸 보니 이키닌교를 주문하러 온 듯해서 주인인 쓰루마쓰는 손님을 얼른 방으로 모시고 가서 이야기를 나눴다. 소노다 다이조園田大造는 다음과 같이 용건을 밝혔다.

쓰루미鶴見 유원지에 파노라마관이 생길 예정이며, 나 소노다는 유원지 경영자이다. 이미 건물 외관은 완성되었고, 이제부터 내부 장식을 시작하는데 인형이 들어갔으면 한다. 기존에 만들어 놓은 낡은 인형이 섞여도 상관없으니 이번 달 안으로 시간을 맞춰줬으면 좋겠다.

"여기 도면을 만들어 왔으니 이런 형태로 제작해 주셨으면 합니다."

....
39_ トンビ. 일본 전통 외투.
40_ 結城絣. 유키 지방에서 나는 작은 점무늬나 줄무늬가 있는 질긴 명주천.

소노다는 그렇게 말하고 도면을 펼쳤다. 거기에는 각양각색의 포즈를 취하고 있는 마흔아홉 명의 여자들이 있었는데 모두 나체이거나 반나체였다.

"마흔아홉 개네요. 이달 안으로는 무리입니다. 게다가 이렇게 **알몸**이 많은데 더더욱 힘들죠."

인형사는 뜻밖에 엄청난 주문을 받자 당황해서 고개를 갸우뚱했다.

"예전에 만들어 놓은 얼굴이나 팔다리에 몸통만 새로 만들어 붙여도 된다니까요. 모양이 좀 **빠져도** 어둑어둑한 파노라마관이라서 별 상관없어요. 마흔아홉 개만 만들어주시면 됩니다."

잠시 실랑이가 오갔지만 결국 쓰루마쓰가 설득을 당했다. 기한만 맞춰주기로 하고 주문을 받은 것이다. 당장 견적이 얼마인지 알 수 없으니 소노다는 대충 예상 가격을 물어본 후 그 반액에 해당하는 수표를 써주었다.

"뒤에 인형 공장이 있나 보네요. 좀 구경해도 될까요?"

소노다는 어떻게 알았는지 상담이 끝나자 그런 부탁을 했다.

"공장이라고 할 정도는 아니지만 한번 보세요."

쓰루마쓰는 바로 승낙했다. 엄청난 주문을 해준 고객에 대한 대접의 의미에서였다. 그는 앞장서서 공방으로 소노다를 안내했다.

지저분한 바라크 건물 안으로 들어가니 마루방板の間에서 직공 몇 명이 일하고 있었다. 한쪽 봉당에서는 견습공들이 죽 늘어놓은 진흙 민머리에 노란 염료를 칠하고 있었다.

직공들은 인형 얼굴에 화장을 하거나 명암을 넣고 있었다. 한쪽에서는 머리카락을 심고 있었으며, 또 한쪽에서는 유리 안구를 넣고 있었다.

마루방에는 홍조를 띤 얼굴부터 창백한 얼굴까지 각양각색의 머리들이 데굴데굴 구르고 있었다. 그런가 하면 한쪽 벽에는 허연 팔 모형이 마치 무처럼 10~20개쯤 주르륵 걸려 있었다. 손가락을 쫙 펴고 있는 것도 있었고 허공을 부여잡으려는 것도 있었다.

소노다 다이조는 공장 안을 돌아다니며 흥미롭다는 듯이 구경했다.

"이야, 이건 섬뜩하네요. 인형머리에 안구만 있으니."

석고상같이 아직 색도 칠하지 않고 머리카락도 눈썹도 없는 새하얀 인형머리에는 안구만 그려져 있었는데, 그 검은 눈동자가 살아 있는 것처럼 소노다 쪽을 바라보고 있었다.

하지만 지금 인형 공장의 정경을 묘사하려는 것이 아니다. 독자 여러분은 인형이 아니라 사람, 그러니까 이 공장에서 일하고 있는 한 직공의 이상한 거동에 주목해주기 바란다.

그때 소노다 다이조는 인형에 정신이 팔려 인형을 만들고 있는 직공들을 전혀 눈여겨보지 않았기 때문에 눈치채지 못했지만, 공장 한구석에서 염료를 조합하고 있던 사십 세가량의 키가 훤칠하게 큰 직공이 소노다의 모습을 언뜻 보더니 갑자기 일손을 멈추고 화상을 입지 않은 쪽 얼굴을 뚫어지듯 바라보는 것이었다.

잠시 그 모습을 바라보던 직공은 마침내 무언가를 확인한 모양이었다. 그는 상대가 자신을 발견할까 봐 두려운지 얼굴을 숙였다. 소노다가 그의 옆을 지나갈 때도 염료의 조합에 열중하는 척하며 등을 구부정하게 굽히고 있었다.

소노다가 돌아가자 그는 천천히 공장을 나왔다. 그리고 주인인 쓰루마쓰를 찾아가서 방금 전 남자는 무슨 용무로 왔는지 물었다.

"그 사람요? 손님이죠. 쓰루미 유원지 파노라마관 담당자랍니다. 이달 안에 여자 나체 인형을 마흔아홉 개나 만들어 달라고 주문했습니다."

이상하게도 주인인 쓰루마쓰는 직공에게 윗사람을 대하는 것처럼 말했다.

직공은 소노다에 관해 꼬치꼬치 물었고, 그가 써준 수표까지 보여달라고 했다.

"고맙습니다. 아무것도 아니네요. 제가 착각을 했습니다. 정말 고맙습니다."

직공은 전혀 직공 같지 않은 말투로 뭔가 그렇게 기쁜지 연신 "고맙다"고 말하며 공장으로 돌아갔다.

주인인 쓰루마쓰는 뭐가 뭔지 모르겠다는 얼굴을 하고 신입 직공을 배웅했다. 그 직공은 급료를 받는 대신 도리어 막대한 사례금을 냈다.

직공의 본명은 몰랐지만 그가 결코 인형제작을 익히기 위해 공장에 다니지 않는다는 것쯤은 알고 있었다. 하지만 쓰루마쓰

는 이 신사 같은 직공의 진짜 목적이 무엇인지는 전혀 알지
못했다.

꿈틀거리는 촉수

그 후로부터 약 한 달 후인 10월 말, E여학교(불란서어를
정규과목으로 가르치는 유명한 여학교이다) 4학년인 와다 도시
코和田登志子라는 아름다운 아가씨가 진구가이엔神宮外苑의 널찍
한 산책로를 홀로 걷고 있었다. 청년회관에서 열리는 음악회에
다녀오는 길이었다. 친구들과 함께 갔지만 서로 방향이 달라
회관 앞에서 헤어진 후 석양이 으스름한 공원을 혼자 걷게
되었다.

만약 두 달 전이었다면 그녀가 이렇게 혼자 다니는 일은
없었을 것이다. 음악회에 가는 것조차 삼갔을지도 모르겠다.
그녀의 얼굴이 사토미 자매나 후지 요코와 매우 닮았기 때문이
다. 다시 말해 그녀도 거미남 소문 때문에 두려움에 떨었던
도쿄 여자들 중 한 명이었다.

사람이 너무 많아 빨리 빠져나오기도 힘들었을 뿐 아니라
여전히 귓가에 맴도는 음악의 감흥 때문에 친구와 둘이서 이야기
를 나누느라 회관에서 늦게 나오는 바람에 귀갓길에 올랐을
때는 이미 주위에는 다른 사람들의 모습이 보이지 않았다.

띄엄띄엄 서 있는 가로등에 하나둘 불이 들어오더니 어느새

어둠이 짙어졌다. 완만한 곡선으로 구획된 잔디밭에 드문드문 서 있는 나무들은 가로등 불빛이 반쪽만 닿으니 정말 으슥해 보였다.

도시코는 겁이 많은 편이 아니었지만 지금은 무서웠다. 자꾸 가슴에서 땀이 배어나오는 것만 같아 또각또각 구두소리를 내며 거의 뛰다시피 걸었다.

어느덧 건너편에 쇼센 정차역이 보였다. 주변에 켜진 환한 등불 때문에 그녀가 걷고 있는 숲에 이상한 모양의 검은 그림자가 드리우고 있었다. 도시코가 앞으로 걸음을 옮길 때마다 검은 그림자가 쑥쑥 자라 공중에 떠오르는 것처럼 보였다.

그런데 자세히 보니 나무 그림자 중 하나가 그녀의 보조와 안 맞게 움직이고 있었다. 이 불가사의한 현상에 그녀는 소름이 돋았다. 멈춰 서서 보니 다른 나무 그림자는 전혀 움직이지 않는데 유독 한 그림자만 유유히 움직이고 있었다. 심지어 그 그림자는 그녀에게 서서히 다가오고 있었다.

가까운 거리에서 보니 그 그림자는 양복 차림을 한 키가 아주 훤칠한 청년이었다. 머리 부분이 나무들과 섞여 이상하게 보였던 것이다.

도시코는 안도하며 길을 걸었다. 하지만 그것도 잠깐이었다. 이번에는 기분 탓이 아니라 훨씬 무서운 일이 일어났다. 훤칠한 청년은 그냥 길을 지나는 사람이 아니었다. 그는 마치 그녀가 나무 그림자 쪽으로 오기를 기다렸다는 듯이 그녀 앞으로 서서히 다가왔다. 그녀가 오른쪽으로 피하면 오른쪽으로 따라오고 왼쪽으로 피하면 왼쪽으로 따라왔다.

'이 사람, 불량배인가.'

도시코는 예전에도 그런 경험이 있었다. 그녀는 일부러 상대를 못 본 척하며 곁눈질하지 않고 원하는 방향으로 계속 걸었다. 하지만 이 청년은 여간내기가 아닌지 그 정도로는 끄떡도 하지 않았다. 그는 길을 막아서지는 않았지만 몸을 피해 서로 엇갈려 지나갈 때 손끝으로 소름이 돋을 정도로만 살짝 그녀의 팔을 건드렸다.

"잠깐만요."

그는 속삭이듯 말했다.

도시코는 어떻게 할까 생각해봤다. 불행히도 주변에는 지나가는 사람이 없었다. 멀리까지 들리게 소리를 지르거나 도망쳐봐야 소용이 없을 것 같았다.

"그렇게 입 다물고 있을 필요는 없어요. 별일 아니라니까요. 잠깐 같이 걷자고요."

청년은 뻔뻔하게 으름장을 놓듯 말했다.

"제가 좀 바빠서요."

도시코는 들릴까 말까 한 소리로 거절을 하고 다시 걸으려 했다.

"소용없어요, 도망치려 해도."

청년의 끈덕진 두 손이 도시코의 어깨를 잡았다.

"어, 뭐 하는 거예요?"

도시코는 필사적이었다.

"아무 짓도 안 합니다. 그냥 당신에게 경의를 표하는 겁니다."

청년은 그렇게 말하더니 갑자기 뒤에서 그녀를 끌어안아 꼼짝 못하게 하고는 얼굴을 가까이 댔다. 이상하게 끈적한 포옹이었다. 뜨거운 숨결에서 남자의 체취가 느껴졌다.

"사람 살려."

도시코는 마침내 비명을 질렀다.

그리고 거의 동시에 거친 남자 목소리도 들렸다.

"바보 같은 자식!"

그녀가 깜짝 놀라 뒤돌아보니 불량청년은 이미 바닥에 나뒹굴고 있었다. 재빠른 솜씨였다.

구세주는 가스리 무늬 기모노에 헌팅캡을 쓴 청년이었다. 그는 상대를 쓰러트린 것만으로는 분이 안 풀린다는 듯이 갑자기 그 위에 올라타서 연신 주먹질을 했다.

"내 주먹맛이 어떠냐."

불량청년은 아무 대답이 없었다. 그리고 저항하지 않은 채 그대로 맞고만 있었다.

"싱거운 녀석. 좋다, 이번만은 용서해줄 테니 당장 꺼져버려."

청년이 손을 떼자 불량청년은 냉큼 일어나서 어둠 속으로 조용히 모습을 감췄다.

"위험했어요. 이 주변에는 불량배가 많아서 조심하지 않으면 큰일 납니다."

청년은 도시코를 향해 부드럽지만 분명한 어조로 말했다. 그녀가 우물쭈물 겨우 감사인사를 하는데도 흘려듣더니 질문을 했다.

"음악회에 다녀오시나 보죠?"

"네."

도시코가 대답했다.

"저도 그렇습니다. S씨의 바이올린은 빠짐없이 매번 찾아들을 정도로 좋아합니다. ……그럼 저기까지 바래다 드리겠습니다. 쇼센을 타고 가시지요?"

우연이겠지만 도시코도 S씨의 팬이었다. 자신을 구해줘서 고마운 마음이었을 뿐 아니라 취향이 같다는 호감까지 생겨 이 청년이 친근하게 느껴졌다.

두 사람은 정류장까지 나란히 걸어갔다. 가는 동안 둘 사이에는 음악에 대한 대화가 끊이지 않았고, 어느덧 서로 친해졌다. 밝은 곳에서 보니 청년의 옷차림이 매우 고급스러웠고 멋져 보였다. 강해 보이는 근육질 팔과 쾌활하고 호감 가는 용모가 그녀의 주의를 끌었다.

전차를 기다리는 동안 서로 주소와 이름, 학교 등을 이야기했다. 청년은 R대학 조정부 선수이며 모가미最上 자작의 자제라고 했다.

"나는 메구로目黑, 당신은 이케부쿠로池袋니 신주쿠까지는 함께 가겠네요."

청년이 그렇게 말하자 도시코도 헤어지는 것이 못내 섭섭하다는 듯이 대답했다.

"네, 그러네요."

그리고 두 시간쯤 지난 후 메구로 정차역 근처의 어느 작은 카페 어두운 구석에서는 두 청년이 이마를 맞대고 소곤소곤 이야기를 나누고 있었다.

"잘 들어간 모양이네."

훤칠한 양복 차림의 청년이 말했다. 아까 진구가이엔 어두운 길에서 도시코를 덮쳤던 불량청년이었다.

"그럼 우선 백 량은 손에 넣은 거나 마찬가지네. 오늘까지 도합 삼백 량이니 나쁘지 않아."

대답한 사람은 놀랍게도 조금 전에 모가미 자작의 자제라고 자신을 소개하던 그 청년 아닌가. 불량청년을 때려눕힌 기모노 청년 말이다. 어찌 된 일인가. 그러면 지금까지 다 연극이었다는 말인가.

"낡은 수법인데 의외로 맹탕이더군. 아가씨가 혹 갔던데."

"으흐흐, 그야 나니까 그렇지."

"뭐야, 헛바람이 들어서는. 내 입장도 생각해보라고. 얻어터지질 않나 네놈 뻐기는 꼴이나 보질 않나. 미치겠군."

"뭐 그렇게까지 말하고 그래. 그저 돈 벌려고 하는 짓인데."

"그런데 계획이 뭐야? 실수가 있어서는 안 돼."

"걱정 마. 휴일인 11월 3일에 우리 집에서 음악회를 연다고 했지. 음악회에 그 여자도 참석할 테고, 내가 자동차로 메구로역까지 데리러 갈 거야. 11월 3일이면 바로 그날이니까. 절대 실수가 있어서는 안 돼."

"아니, 벌써 거기까지 이야기가 된 거야?"

"자작이니까. 요즘 귀족이면 먹힌다니까. 맹탕인 거지. 그럼 히라타 형에게 이 즐거운 소식을 알려볼까."

모가미 자작의 자제라는 청년이 자리에서 일어나 공중전화 박스로 들어갔다.

'히라타 형'이 누구겠는가. 와다 도시코가 거미남 취향의 여자라는 것을 아는 사람이라면 거미남과 한패인 히라타 도이치 밖에 더 있겠는가. 그렇다는 말은 두 청년의 케케묵은 트릭도 결국 거미남 구로야나기 박사의 명령을 받은 히라타 도이치가 불량청년들을 긁어모아 대대적인 부녀자 유괴행각을 꾸미려는 것 아니겠는가.

독자 여러분은 기억할 것이다. 과거에 노자키가 주운 도쿄 지도에 마흔아홉 개의 표시가 있었던 것을. 구로야나기 박사는 거미남의 독수에 걸릴 살인 후보자를 표시한 것이라는 암시를 주었다.

짐작컨대 모가미라는 청년의 계획도 결국 이 마흔아홉 명 유괴 참살 계획의 일부에 불과하지 않을까. 마흔아홉 명이다. 마흔아홉 명이라면 한 달 전에 인형사 후쿠야마 쓰루마쓰를 찾아갔던 얼굴의 반이 화상 상처인 음침한 인물 역시 여자 인형을 마흔아홉 개 주문했다. 과연 우연의 일치일까. 혹시 거기에는 잔혹함이라면 만족할 줄 모르는 거미남의 전율할 만한 간계가 감춰져 있는 것 아닐까.

"11월 3일이라면 바로 그날이니까."

모가미 청년은 이상한 말을 흘렸다. 대체 그날은 무엇을 의미

할까. 혹시 그날이 바로 괴물 거미남의 마지막 범죄가 이 세상에 드러나는 날을 말하는 것 아닐까. 다시 말해 상상을 초월한 음란지옥 잔혹지옥이 드러나는 날.

긴급 유괴

같은 시기, 시내 각처에서 비슷한 일이 일어났다. 아마 히라타 도이치가 동원한 패거리들이 거미남이 제공한 높은 보수를 받고 움직인 것이리라. 속칭 연파軟派로 통하는 잘생긴 불량청년 무리는 이상하리만치 열심히 그 일에 매달렸다.

수법은 자칭 모가미라는 불량청년이 썼던 것과 대동소이했다. 예술이라든가 학문, 작위, 남성적 근력 등을 미끼로 꾀어낸 후 매우 교묘한 연극(트릭)을 펼쳤다. 유혹당한 여성들은 예외 없이 '11월 3일'에 불량청년들과 음악회나 활동사진, 아니면 근교로 함께 피크닉을 가기로 단단히 약속했다. 아, '11월 3일' 그날이 되면 대관절 이 세상 구석구석에서는 어떤 악행이 자행될 것인가.

11월 2일이 되었다. 그러나 히라타가 거느린 불량청년이 아무리 많다 할지라도, 또 아무리 잘생기고 악랄하다 할지라도 그렇게 짧은 시간에 쉰 명에 가까운 여성들을 유혹하는 것은 불가능했다. 이미 11월 2일인데, 그러니까 내일이면 '11월 3일'이 되는데 아직도 스무 명의 아가씨가 고스란히 남아 있었다.

용의주도한 거미남이 이 사태를 예상하지 못했을 리 없다. 그에게는 마지막까지 남은 아가씨들을 한꺼번에 수급할 비상수단이 준비되어 있었다.

명령이 떨어지자 히라타가 비밀 전화망을 돌려 수십 명의 불량청년들에게 비책을 전달했다. 그들은 시내 십여 군데를 분담해서 각자 자기가 맡은 장소로 갔다.

그렇다고 '긴급 유괴' 사례들을 여기 일일이 다 늘어놓을 수는 없다. 작가는 그중 하나만 기술하겠다. 독자 여러분은 이를 통해 나머지도 추측할 수 있을 것이다.

도쿄에 사는 사람들이라면 거의 매일 밤 요란한 소방차 사이렌 소리를 들어도 아무렇지 않게 생각한다. '에도의 꽃'[41]이 일종의 관용구가 된 이래 사람들은 화재에 무신경해졌다. 시바芝에 사는 사람, 고지마치에 사는 사람, 간다에 사는 사람 가릴 것 없이 매일 밤 화재 소식을 듣는다. 도쿄에서는 화재의 계절이 되면 매일 밤 몇 군데, 많으면 십여 군데 장소에서 크고 작은 화재가 일어난다.

아직 본격적인 화재의 계절은 아니었지만 11월 3일 밤에도 도쿄 시내의 십여 군데 장소에서 화재가 났다. 화재에 익숙한 도쿄 사람들은 그런가 보다 하며 의심도 하지 않았고, 신문에서도 별달리 문제 삼지 않았다. 하지만 표면적으로는 특별할 것

41_ '화재와 싸움은 에도의 꽃.' 당시 도쿄에는 지방에서 상경한 남성들의 비율이 높아 싸움이 자주 일어나고, 목조건물이 밀집되어 있었으므로 화재가 빈번히 발생해 만들어진 말.

없는 이 사소한 화재의 이면에는 정말 오싹한 음모가 숨겨져 있었다. 나중에 그 진상을 들은 시민들은 악마의 기발한 간계에 경악해서 자기도 모르게 비명을 질렀다.

그날 밤 십여 군데의 장소에서 거의 같은 사태가 발생했다. 그걸 하나하나 기술하는 것은 지루하다. 우시고메牛込구 H초에서 일어난 사태 하나만 봐도 나머지는 모두 유추할 수 있을 것이다. 따라서 우시고메구의 예만 이야기해 보면…….

바람이 약하게 불던 어두운 밤이었다. 그 바람결을 타고 날아다니는 불길한 흑조黑鳥처럼 H초의 검은 판자 울타리 주변을 어슬렁거리는 그림자가 있었다. 한 명, 두 명, 세 명 소곤소곤 이야기를 나누더니 흩어지고, 그러다가 또 한데 모였다.

새벽 2시, 순찰을 도는 경관의 발소리가 멀어지기를 기다리는데 불쑥 한 사람이 쓰레기통 뒤에서 모습을 드러냈다. 보호색처럼 어둠에 묻히게 검은 옷을 입은 청년이었다. 그는 판자 울타리에 난 옹이구멍에 눈을 대고 엉거주춤한 자세로 집 안을 엿보았다.

옹이구멍으로 보니 울타리 안에는 폭이 2간쯤 되는 좁은 안마당이 있었고, 검은 판자가 대어진 안채 벽면이 우뚝 솟아 있었다. 창문으로도 빛이 전혀 새어나오지 않아 주변이 어두웠지만 청년의 눈에는 판자 벽 밑에 숯가마니가 세워져 있는 모습이 어렴풋이 희미하게 보였다.

청년은 무슨 신호를 기다리는지 꼼짝 않고 귀를 기울이고 있었다. 그런데 때마침 그 집 대문 쪽에서 휘파람 소리가 한

번 들렸다. 이어서 다른 방향에서도 또 휘파람 소리가 들렸다. 청년이 기다렸던 신호였다.

그는 성냥을 그었다. 조그만 면 뭉치 같은 것에 불이 옮겨 붙었다. 한쪽 손이 크게 원을 그리자 푸른빛이 울타리를 넘어 영혼처럼 하늘을 날더니 안채 판자에 세워진 숯가마니 위로 떨어졌다.

청년이 다시 엉거주춤한 자세로 돌아가 옹이구멍으로 엿보니 숯가마니 위에서 반딧불 같은 어렴풋한 빛이 금방 꺼질 듯 타고 있었다. 하지만 잠시 후 팍 소리를 내면서 붉은 화염으로 변해버렸다. 불이 옮겨 붙은 숯가마니 속에는 석유가 스며든 톱밥이 들어 있었던 것이다. 시뻘건 불길이 뱀 혓바닥같이 안채의 판자벽을 날름날름 삼켜버렸다.

20분 후에 그 집의 삼면에서 분출하는 검은 연기와 선명한 불길이 어두운 하늘로 치솟았다.

"불이야."

별안간 뜬금없는 외침이 들렸다.

방화를 한 세 청년은 대문 쪽에 모여 문이 열리기를 기다렸다.

집 안 사람들이 그제야 눈을 떴는지 우당탕 문을 여는 소리와 여자 비명 소리, 미닫이문에 부딪치는 소리가 요란하게 났다. 그리고 네 명의 남녀가 고꾸라지듯이 거리로 뛰어나왔다.

"불이야, 불이야."

비통한 외침이 들리고, 소란스럽게 개 짖는 소리가 났다. 웬만해서는 치지 않는 화재경보 종소리까지 울렸다.

어느 집 할 것 없이 대문이 열리고 사람들이 마구 뛰어나왔다. 무슨 말인지 모를 고함 소리, 물건을 옮기는 소리, 붉은 화염을 배경으로 도망치는 그림자 군단. 어느새 화재가 난 집 문 앞은 몹시 혼잡해졌다.

당황한 가족들은 서로 흩어졌다. 부모의 모습을 놓친 미모의 아가씨만 혼자 남아 벌벌 떨며 붉은 화염과 뒤엉킨 군중들을 망연자실 바라보고 있었다.

세 청년 중 한 명이 그 아가씨 뒤로 살며시 다가가서 다급한 목소리로 고함쳤다.

"아가씨, 위험해요. 빨리요, 빨리. 아버님이 부르세요. 이쪽으로 오세요."

그는 아가씨의 손을 잡아끌고 가다시피 해서 1정쯤 떨어진 길모퉁이로 데려갔다.

그곳에서 대기하고 있던 자동차 앞좌석에는 나머지 두 청년이 운전기사와 조수처럼 나란히 있었다. 이 얼마나 무모한 수법인가. 그들은 결국 아가씨 한 사람을 유괴하기 위해 여러 채의 집이 재가 되어도 상관없다는 것 아닌가. 이런 말도 안 되는 수법은 거미남이 아니고서야 생각할 수도 없고 기도할 수도 없는 것이리라.

아가씨는 생각할 겨를도 없이 무심결에 자동차에 탔다. 그리고 차가 10정이나 달릴 때까지도 상황을 파악하지 못했다. 그녀가 겨우 상황을 파악했을 때는 이미 입에 재갈이 물려져 있어 도움을 구하고 말고 할 것도 없었다.

이 아가씨가 후지 요코, 그러니까 거미남이 노리던 여자들과 닮은 용모라는 것은 말할 필요도 없었다.

그날 밤, 그와 같은 방화와 유괴가 도쿄 시내 각 구에 걸쳐 십여 군데 장소에서 벌어진 것은 이미 말했다. 거미남은 이런 방법으로 예정했던 마흔아홉 명을 하나도 빠짐없이 전부 수중에 넣을 수 있었다.

악마의 미술관

한편 쓰루미 유원지 파노라마관은 11월 1일 밤에 인형 설치와 여타 장식을 끝냈다. 2일에는 흥행 전시물 내용 검열을 받았고, 화가, 문학자, 비평가, 신문기자 등 유명 인사를 수백 명 초청하여 4일에 화려한 개관식을 거행할 계획이었다.

파노라마관 개관식은 거미남의 마지막 허영이었다. 그는 역사상 유례없이 품위 있고 아름다운 대학살로 악행의 막을 내림으로써 자신의 악마 같은 생애를 장식하려 했다.

3일 밤, 정확히 말하면 4일 새벽 3시였다. 그러니까 히라타 도이치의 후배 불량청년들이 앞서 말한 방화와 유괴를 저지른 후의 이야기이다. 소노다 다이조(그가 거미남 구로야나기 박사라는 것은 말할 필요도 없다)는 혼자 파노라마관 관람석에 앉아 스스로 고안해낸 기괴한 관내 풍경을 하염없이 바라보고 있었다.

보이는 곳마다 현실의 공간을 초월한 하나의 완전한 세계가 끝없이 펼쳐져 있었다. 분명 현세에 존재하지만 현세를 망각하게 할, 꿈에 비견되는 불가사의한 우주가 있었다.

직경 15간쯤 되는 원형건물의 내부를 이음새 없이 빙 누르고 있는 캔버스 벽, 야외 같은 흙바닥, 천장을 가린 관람석 돌출지붕, 그리고 그 위에 설치된 인공광원. 이 단순한 트릭이 건물 내부라는 개념을 없애버리고 대신 끝없는 광야처럼 보이는 환각을 만들어냈다. 사라지지 않는 신기루였다.

그 세계는 전반적으로 죽음의 쪽빛과 피의 다홍빛 조명이 이리저리 교차되어 섬뜩하게 비추고 있었다. 그 아래 참혹한 지옥도가 생생하게 펼쳐졌다. 피비린내 나는 혈지血池, 불길이 솟는 화탕지옥火湯地獄, 바늘산, 칼산刀山, 무수한 뱀 혓바닥처럼 검붉게 타오르는 지옥불의 화염, 게다가 헤아릴 수 없이 많은 여자들의 핏기 잃은 푸르스름한 나체가 발버둥치고 있었다.

이른바 창백한 살덩이들의 산이었다. 전방에 있는 마흔아홉 명의 몸은 실물과 같은 이키닌교였고, 그 뒤로 수없이 보이는 벌거벗은 여자들은 실물같이 그려진 유화였다. 파노라마의 신기한 점은 실물과 그림의 경계를 사라지게 하여 시야가 끝없이 펼쳐지는 것이었다. 그래서 무수한 살덩이들이 정말로 죽어가는 여자들처럼 입체적이고, 고통스럽게 꿈틀대는 것처럼 보였다.

시뻘건 우뭇가사리같이 질척거리는 혈지에는 몸통도 없는 인형머리들이 잉어처럼 입을 떡 벌리고 고통스럽게 숨 쉬고 있다.

괴로워하며 칼산을 뒹구는 여자들의 푸르스름한 몸은 죽은 사람답지 않게 너무 풍만했고, 매끈매끈한 인형 피부는 쪽빛과 다홍빛 조명을 받아 윤기 있게 반짝거렸기에 고뇌로 뒤틀린 자세가 이상하게 요염해 보였다.

지옥불의 화염에 몸을 거꾸로 던진 여자들은 머리와 가슴이 땅속에 가려지고 허리 아래 부분만 하늘을 향해 뻗어 있었다. 마치 화염과 경쟁하듯 무수한 다리들이 하늘 높이 허우적거렸고 허벅지는 비틀려 있었다.

그런 온갖 자세를 한 푸르스름한 살덩이들이 서로 애벌레처럼 뒤엉켜 시야 앞에 끝없이 펼쳐지다가 종국에는 먹구름이 낀 어두운 하늘로 녹아 들어갔다.

이 무슨 불경스러운 광경이란 말인가. 말 그대로 악마의 전시였다. 검열관이 용케도 이런 전시를 통과시켜준 듯했다. 물론 그의 교활한 트릭이 준비되어 있었기에 가능한 일이었다. 그는 이 파노라마를 지옥의 모진 고통이 아니라 중생을 구해내려는 아미타여래의 도래에 중점을 둔 작품같이 꾸며놓았던 것이다. 그러니까 지옥의 광경을 첨가한 것은 아미타여래의 공덕을 눈에 띄게 하기 위해서였으며, 오히려 권선징악의 지옥극락이야말로 전시의도였다고 기막히게 둘러댄 것이다.

배경 하늘 위쪽의 자줏빛 조명 때문에 자운紫雲이 길게 깔린 것 같았고, 금가루를 입힌 삼존불은 눈부시게 도드라져 보였다. 이런 금가루 후광은 칼산이나 혈지에 있는 망자들의 살덩이 위에도 뿌려져 있었다.

거미남 소노다 다이조는 스스로 창조해낸 이 사악한 예술에 빠져 황홀경을 즐기고 있었다. 그러다 문득 정신을 차려 보니 언제 왔는지 그의 등 뒤 어두운 곳에 심복인 히라타가 서 있었다.

"아무리 봐도 질리지 않네요."

히라타가 짓궂은 미소를 머금고 말했다.

"나는 지금 이 인형이 정말 사람을 대신해서 허우적대며 괴로워하는 광경을 상상하고 있는 거야."

얼굴의 반이 붉어진 소노다 다이조가 가구라지시[42]처럼 금니를 드러내며 대답했다.

"이제 멀지 않았죠. 이미 다 준비했어요. 예정대로 마흔아홉 명입니다. 한 명도 빠짐없이 모두 암실에 가둬두었어요. 이제 여기로 끌고 와서 옷을 벗기고 인형과 바꿔놓기만 하면 돼요."

"아가씨들 상태는 어때?"

"손발을 묶고 재갈을 물려놓았으니 꼼짝달싹 못하겠죠. 암실 속에 짐짝처럼 빼곡하게 넣어놓았으니 꼼지락거리기도 힘들 거예요. 저쪽 문을 열고 이리로 끌고 오기만 하면 돼요. 저항 같은 건 아무도 못해요."

"좋았어. 그럼 만사 오케이인 모양이군. 그럼 자네 쪽은 준비가 끝났나?"

"네, 다 처리되었습니다. 도와준 녀석들에게 다 지불했고 남은 돈은 오천 엔 정도예요. 이걸로 마음껏 즐기고 보름쯤

....
42_ 神楽獅子. 신에게 제사 지낼 때 쓰는 사자탈.

후에 선생님 뒤를 따르겠습니다. 지옥에서 뵙죠."

"그런 말 하지 말고 도망쳐 보면 어떨까. 비행기를 타고 중국 같은 곳에 가면 되잖아. 나는 자네를 길동무 삼고 싶지 않네."

"네, 한번 생각해보죠."

"나처럼 황산으로 얼굴을 지지면 도쿄에 남아 있을 수도 있지."

"네, 그것도 생각해보죠. 저는 미리 정해놓는 걸 싫어해서요. 어떻게 되겠죠."

히라타 도이치는 정말 타고난 불량청년이었다.

이제 인형 정리가 시작되었다. 파노라마관에는 입구 쪽에 터널 같은 어두운 길이 있었는데 그 양쪽에 창고 같은 빈방이 하나씩 있었다. 그중 한 방은 마흔아홉 명의 피해자들이 있었고, 다른 한 방은 인형을 넣기 위해 비워두었다.

히라타는 마지막 임무를 수행하는 중이었다. 소노다와 함께 땀을 흘려가며 파노라마 전시장에서 창고까지 몇 번이나 왕복했는지 모른다.

매끈거리는 피부, 요염한 곡선, 옮기면서도 심장이 뛰지 않는 인형이라는 생각이 들지 않을 정도로 잘 만들어져 있었다. 하지만 급히 만든 거라서 대부분 마구 다루면 머리가 떨어지거나 손발이 빠졌다. 그중에는 벤케이처럼 덩치 큰 남자의 몸통에 여자의 머리를 붙여 놓고 하늘하늘한 흰옷을 입혀 놓은 인형도 섞여 있었다.

"이상하네요. 이 주변에 아직 하나가 더 남아 있어야 하는데,

선생님이 옮기셨어요?"

히라타는 인형이 없어졌다고 텅 빈 전시장을 이곳저곳 살피러 다니며 소리쳤다.

"아니. 나는 여기 있는 건 손도 대지 않았는데."

"이상하네. 인형이 스스로 걸을 리도 없고, 왜 없을까. 왠지 느낌이 안 좋네."

히라타는 묘한 얼굴로 두리번거리며 주변을 둘러보았다.

거미남 소노다 다이조도 히라타가 그러는 걸 보자 순간 섬뜩해졌다. 뭐라 형언할 수 없는 불안이 악마처럼 그의 마음속을 가로지르는 듯했다.

"하하하하하."

하지만 그는 갑자기 웃음을 터뜨렸다.

"가슴이 덜컹했네. 다 네 기분 탓이야. 나는 지금 저 방에서 인형의 수를 세고 왔어. 마흔아홉 개 다 있더군. 네가 착각한 거야. 이런 어두운 곳에서는 배경과 같은 그림이 우글우글 많잖아. 없는데 아직 있다고 착각을 한 거지. 별일 아니야."

소노다는 이상하게 **정색**을 하며 구구절절 설명했다. 히라타가 아니라 마치 자기 자신에게 타이르는 것처럼 들렸다.

"아마 그렇겠죠? 없어진 것처럼 보이는 거겠죠. 그런데 파노라마라는 게 기분이 여간 섬뜩한 게 아니군요. 저조차 착각을 하게 된다니까요."

히라타는 아직도 겁이 나는 것처럼 주위를 두리번거리며 말했다.

"그만해. 이제 됐어."

거미남은 눈에 보이지 않는 누군가를 지우려는 듯이 애써 쾌활하게 이야기했다.

"그럼 이제부터야. 내 가엾은 마흔아홉 명의 아가씨들이 인형을 대신할 때가 왔지. 자네, 상상할 수 있겠나. 나는 저 아가씨들의 옷을 벗기고 채찍을 휘두르며 짐승처럼 이리로 마구 몰고 올 거야. 그리고 독가스를 살포하지. 누런 연기가 살아 있는 생물처럼 바닥을 기어 아가씨들에게 다가갈 거야. 비명이 들리지 않을까.

괴로운 나머지 하얀 살덩이가 굴러다니겠지. 기가 막힌 단말마적 나체 춤이지 않겠나. 미친 듯이 실컷 춤을 추고 나면 가엾게도 아름다운 아가씨들은 이 지옥의 배경에 걸맞게 고통스럽게 일그러지고 뒤틀어진 표정을 지으며 일부는 혈지에, 일부는 바늘산 기슭에 쓰러져 하얀 육체가 푸르스름해지고 자줏빛으로 변하면서 딱딱하게 굳는 거지."

그는 있는 대로 금니를 드러내며 악마처럼 웃었다. 그 모습이 파노라마 지옥도에 영락없이 잘 어울렸다. 악행에 익숙한 불량 청년 히라타조차 섬뜩한 나머지 털이 쭈뼛 서는 것 같아 자신도 모르게 눈을 감았을 정도였다. 거미남은 도취되어 계속 혼잣말을 했다.

"이제 내일이다. 내일 오후 1시다. 내 마지막 예술을 관람하러 수백 명의 구경꾼들이 올 거야. 그것도 모두 감식안을 가진 명사들이지. 그들이 이 놀라운 세계를 보겠지. 이 작은 건물 안에 숨겨진 또 다른 우주를 여행하는 거야. 그리고 비로소 '사악한 아름다움'이란 어떤 것인지 이해하겠지. 이 지옥의 세계를 내가 한번 설명해보겠네.

이 인형들을 보십시오. 참 잘 만들어지지 않았습니까. 이 입, 이 손, 이 눈. 그러면서 나는 아가씨들의 입술을 마구 문질러 보기도 하고, 다리도 들어 올리고, 피부도 꼬집어 보여줄 거야. 하나하나 차례로 마흔아홉 명을 모두. 그러면서 여길 보세요, 여기도. 그렇게 말하겠지. 아, 당대의 구경꾼들이 깜짝 놀라는 얼굴이 눈에 선하네."

거미남은 쪽빛과 다홍빛 조명이 비치는 가운데 괴물 같은 얼굴을 일그러뜨리며 더없이 유쾌하게 지옥의 웃음을 선사했다.

탐정인형

파노라마관은 유원지 한구석의 별도 구획이라 문이 아예 따로 설치되어 있어 유원지에 입장하지 않는 사람이라도 파노라마관만 구경할 수 있었다. 이렇게 자유롭게 드나들 수 있는 출입구가 피해자들을 반입한 비밀의 통로였다.

히라타도 누가 수상하게 여길지도 모른다는 걱정 없이 이 문을 통해 어딘지 모를 어둠 속으로 사라졌다.

거미남 소노다 다이조는 히라타를 배웅한 후 출입구의 미닫이 문을 닫고 자물쇠를 채웠다. 혹시 훼방꾼이 들어오지 않도록 경계한 것이다. 문을 완전히 걸어 잠근 넓은 파노라마관 안에는 마흔아홉 명의 피해자를 제외하면 거미남 혼자 있었다.

그는 가느다란 채찍을 손에 들고 창고에 만들어 놓은 암실로 들어갔다.

잠시 후 얼굴이 비슷비슷한 미모의 아가씨들이 한 사람씩 밧줄과 재갈에서 풀려났다. 그리고 실오라기 하나 걸치지 않은 알몸으로 날카로운 채찍 소리와 함께 암실 밖으로 내몰렸다. 모두 마흔아홉 명. 누구는 이제 마지막이라는 듯이 울부짖고, 누구는 죽은 사람처럼 쓰러져 엎드려 있고, 누구는 격한 적의를 가지고 거미남에게 덤벼들었다. 하지만 마흔아홉 명이 힘을 합쳐도 거미남의 손에 들려 있는 총과 채찍에는 대적할 수 없었다. 아가씨들은 채찍질에 쫓기고 총구의 위협에 시달리며 파노라마 전시장으로 가는 통로까지 갔다. 그들은 터널같이 좁고 캄캄한 구멍으로 들어갈 수밖에 없었다.

우스꽝스러운 나체 행렬이 마치 쫓기는 가축 떼처럼 파노라마 전시장으로 이어졌다.

칠흑 같은 터널을 지나자 여자들의 시야에는 쪽빛과 다홍빛을 한 환상의 세계가 펼쳐졌는데, 섬뜩하게도 불길한 지옥 같은 것이 보였다. 꺄악. 공포의 절규가 터져 나왔다. 하지만 뒤에서 가차 없이 채찍을 휘두르며 자꾸 앞으로 몰고 갔기에 멈춰설 겨를도 없었다.

"맘대로 소리를 질러 봐. 하지만 그 소리는 밖으로 절대 새어나가지 않아. 만약 새어나간다 해도 그걸 들을 사람이 없어. 여기는 넓은 유원지 안의 숲속이잖아."

거미남은 아가씨들의 비명 못지않게 큰 소리를 질러댔다. 그는 쉴 새 없이 채찍질을 하며 나체의 여자들을 한 사람 한 사람 적당한 장소로 몰아넣었다.

채찍 소리, 살덩이들의 난무, 비명의 교향악, 으르렁거리는 가구라지시의 반짝이는 금니, 기분 째지는 악마의 웃음소리. 파노라마관이라는 별세계가 차츰 쪽빛과 다홍빛으로 물들어가는 가운데 살아 있는 사람들의 진짜 지옥도가 펼쳐질 시간이 왔다.

* * *

바로 그때 마흔아홉 개의 인형을 아무렇게나 던져 놓은 컴컴한 창고 방에서 정말 이상한 일이 일어났다.

구석에 구르고 있던 인형들 중에는 시간이 부족했는지 덩치가 큰 남자 몸통에 흰옷을 입혀 여자 머리를 대충 끼워놓은 것도 있었다. 그런데 어둠 속에서 그 인형이 용수철처럼 벌떡 일어난 것이다.

일어나기만 한 것이 아니다. 옆의 인형들을 탕탕 치더니 벽을 짚어가며 걸었다. 흰옷 인형은 입구로 나가 터널을 빠져나가더니 몽유병자처럼 파노라마 전시장으로 들어갔다.

산발한 검은 머리 사이로 흰 벽같이 하얀 얼굴이 드러났는데, 거기에 다홍빛 조명이 비춰지자 유리 눈동자가 눈부시게 깜빡거렸다. 그리고 입술 한쪽이 약간 실룩거리는가 싶더니 얼굴에 이루 말할 수 없이 기분 나쁜 조소를 띠었다.

인형이 아니다. 살아 있는 사람이었다. 마흔아홉 개의 인형 중에 살아 있는 사람이 한 명 섞여 있었던 것이다. 아까 히라타 청년이 이상하다고 말했듯이 착각이 아니었다. 살아 있는 인형은 옮겨지기 전에 몰래 자기 발로 창고까지 걸어간 것이다.

수상한 인형은 신기할 정도로 잽싸게 거미남의 등 뒤로 다가섰다. 그리고 거미남이 움직일 때마다 몸을 재바르게 피하며 그를 그림자처럼 따라다녔다. 거미남은 아무 눈치도 채지 못했다. 그는 마흔아홉 명의 아가씨들의 어질어질한 살덩이들에 홀려 채찍을 휘두르며 거의 무아지경이 되어 있었다.

드디어 기회가 온 듯했다. 거미남이 더 이상 돌아다니지 않고 멈춰 섰다. 인형은 손을 앞으로 뻗었다. 손가락 사이에 흰 면 같은 것이 보였다. 그 흰 물건은 전광석화처럼 빠르게 거미남의 코와 입을 막았다. 10초, 20초……마침내 거미남의 흐느적거리는 몸이 인형의 두 손을 빠져나가 쓰러졌다. 마취약이 악마를 잠재운 것이다.

＊ ＊ ＊

이러고 있으면 안 된다. 어서 어서. 마음속에서 뭔가 울컥 치밀었다. 수미睡魔와 싸워, 끝까지 싸워야 해. 거미남은 흐릿한 눈을 떴다. 마흔아홉 명의 아가씨들은 아까와 마찬가지로 울부짖으며 도망치려고 우왕좌왕했다. 지옥불은 조금도 수그러들지 않고 활활 타고 있었으며, 화탕지옥도 여전히 부글부글 끓어올랐다. 아무런 변화도 보이지 않아 시간이 얼마만큼 흘렀는지 알 수 없었다. 거미남은 팔목에 찬 시계를 보았다. 하지만 언제 정신을 잃었는지 기억이 나지 않았기에 대체 시간이 얼마나 지났는지 알 수 없었다.

"아, 내가 너무 기쁜 나머지 현기증으로 쓰러졌나 보네. 아무 일도 아니군."

거미남은 고작 몇 초밖에 안 지났다고 생각하는 모양이었다. 물론 수상한 인형의 출현도 마취약도 전혀 눈치채지 못했다. 사실을 말하자면 그는 한 시간 정도 잠들어 있었다. 그가 몇 초라고 느낀 이유는 수상한 인형의 지시에 따라 마흔아홉 명의 아가씨들이 기가 막히게 연기를 잘했기 때문이다. 그렇다면 한 시간 동안 무슨 일이 일어났을까. 그리고 수상한 자동인형은 누구일까. 이제 곧 알게 될 것이다.

그건 그렇고 거미남 소노다 다이조가 비틀비틀 일어났다. 잠시 후 그는 다시 채찍을 휘두르고 고함을 치며 아가씨들을 적당한 자리에 배치했다. 아가씨들은 울부짖으면서도 의외로 그의 명령을 순순히 따랐다.

"아가씨들, 드디어 마지막 순간이 왔어. 광란의 춤을 출 때가 온 거야. 마음껏 춤을 춰봐. 마음껏."

거미남은 말도 끝내지 않고 미친 듯이 터널로 달려가더니 문을 꽉 닫고 밖에서 자물쇠를 채웠다. 그리고 한 바퀴 돌아

파노라마 배경 뒤로 나타났다. 거기에는 상자같이 생긴 한 평짜리 작은 방이 있었다. 그는 그 방으로 들어가서 모퉁이 쪽에 작은 유리가 끼워진 둥근 창으로 안을 들여다보았다. 파노라마 전시장이 한눈에 보였다. 쪽빛과 다홍빛 조명 속에서 꿈틀거리는 마흔아홉 명의 벌거벗은 여자들의 모습이 손에 잡힐 듯이 보였다.

거미남은 벌겋게 상기된 뺨을 짐승 같은 웃음으로 일그러뜨린 채 연신 입술까지 핥아가며 즐거워 미치겠다는 듯이 작은 방 벽에 설치된 작은 버튼을 눌렀다. 그리고 둥근 유리창에 얼굴을 딱 붙이고 뚫어져라 앞을 응시하며 전시장 내의 변화를 살폈다.

버튼은 전시장 관람석 바닥에 설치해놓은 살인가스 발생장치와 연결되어 있었는데, 한 번만 누르면 장치 안에 들어 있는 약품들이 마구 섞이게 되었다.

잠시 후 관람석 밑의 어두운 곳에서는 무수한 누런 뱀들이 머리를 쳐들고 기어 나오는 것처럼 마구 연기가 뿜어져 나왔다. 뱀들은 땅바닥을 기어 사방팔방으로 퍼지며 서로 엉켰다. 그러다가 종국에는 누런 파도로 변하더니 서서히 마흔아홉 명의 벌거벗은 아가씨들 쪽으로 다가갔다.

독가스의 위협에 아가씨들은 모두 비명을 질러대며 몸을 웅크리고 배경화에 달라붙었다. 하지만 독뱀들의 걸음은 빨랐다. 독뱀들은 금세 아가씨들의 발치로 다가가 발목에서 장딴지, 허벅지, 엉덩이, 배로 피부를 타고 계속 기어 올라갔다. 그리고 거미남이 말하는 광란의 춤이 시작되었다.

마흔아홉 개의 유연한 살덩이와 살인 독가스가 벌이는 비통한 싸움이었다. 연기를 마시고 목이 메어 기침을 하는 사이 가슴 속에서 비명이 터져 나왔고, 술에 취한 듯 손발을 마구 흔들어대 며 춤을 추었다. 거미남은 벌거벗은 마흔아홉 개의 육체가 종횡 무진 뛰어다니는 장관을 보며 환희가 절정에 달했다.

누런 연기는 점점 강렬해지더니 바닥과 배경까지 완전히 덮어버렸다. 그리고 둥근 천장까지 타고 올라가 꼭대기에 있는 통풍구로 빠져나갔다. 거미남이 들여다보는 유리창도 구름 속 같았다. 연기로 막혀 더 이상 파노라마의 전경을 볼 수 없게 되었다. 하지만 벌거벗은 여자들이 창 바로 앞에서 뛰어다닐 때는 뿌연 연기 때문에 더 거대해 보이는 몸들이 마치 안개 속의 거인이나 수족관 속의 괴상한 물고기처럼 섬뜩하게 뭉개져 서 흐릿하게 보였다.

하지만 거미남은 이 신기한 광경을 오래 즐길 수 없었다. 누런 독가스는 적과 아군의 경계를 무너뜨리고 벽으로 새어나와 그가 숨은 작은 방까지 침투했기 때문이다. 그는 그 가스의 성질을 잘 알고 있기에 연기가 실낱만큼만 새어 들어와도 벌벌 떨었다. 그는 손수건으로 코를 막고 황급히 작은 방을 나갔다. 복도를 달려 파노라마관 밖으로 나가서 입구의 큰 문을 폐쇄했 다. 그리고 무서운 것을 피하듯 건물에서 떨어진 숲속으로 달려 갔다.

수마를 의지로 물리쳤던 그였지만 여기까지가 한계였다. 그 는 숲속으로 달려가 풀밭에 털썩 쓰러졌다. 아직 완전히 깨지 않은 마취약이 그의 신경을 서서히 마비시켰다.

그는 아무렇게나 드러누워 고개를 들고 파노라마관 건물을 바라보았다. 어스레하게 동이 트는 하늘을 가르며 괴물같이 시커멓게 솟은 원형 건물의 꼭대기에서 희미하게 피어오르는 누런 연기. 아, 저 둥근 지붕 밑에는 단말마적 고통이라는 말처럼 마흔아홉 개의 뒤틀린 살덩이가 나뒹굴고 있을 것이다. 그렇게 생각하니 한없이 만족스러웠다. 하지만 희미한 슬픔이 가슴 한가득 퍼져갔다. 앞을 보고 있던 고개가 푹 떨궈졌다. 희대의 악마는 완전히 곯아떨어졌다.

대단원

정오 전에 파노라마관의 수위와 매표원이 출근하여 숲속에서 숙면을 취하고 있는 소노다 다이조를 발견했다.

흔들어 깨우자 개관식 시간이 다가왔다고 생각한 거미남은 허둥지둥 파노라마관 문을 열었다. 그새 독가스는 완전히 통풍구로 빠져나갔겠지만 혹시 몰랐다. 수위에게 안으로 들어가지 말라고 하고, 문이란 문, 창이란 창은 다 활짝 열어놓고 남아 있을지 모르는 가스를 밖으로 뺐다. 거미남도 건물 밖의 매표구에 앉아 관람객들이 올 때까지 안에 들어가지 않았다.

일하는 사람들에게 관람객을 대하는 태도 등을 교육시키는 동안 약속한 시간이 되었다. 수백 통의 초대장을 보냈지만 실제로 온 사람은 백 명도 안 되었다. 하지만 그중에 K촬영소 소장 K씨나 경시청 나미코시 경부의 얼굴도 섞여 있는 것을 보고 거미남은 이루 말할 수 없이 만족스러워했다(사실 이 두 사람은 다른 이유 때문에 왔다는 것이 나중에 밝혀졌다). 유명한 문학가나 신문기자들도 있었다. 기괴한 화풍으로 유명한 신진 서양화가의 모습도 보였다.

거미남 소노다 다이조는 준비한 모닝코트로 갈아입고 손님들을 파노라마 전시장으로 안내했다. 사람들은 다소 오싹한 느낌을 받으며 몸을 구부리고 컴컴한 터널을 지나갔다. 터널을 빠져나가니 둥근 관람석이 있었다. 소노다는 관람객들에게 의자를 놓을 공간이 없었다고 정중하게 양해를 구하며 잠시 그 자리에 서 있어달라고 부탁했다.

파노라마 전시장은 별세계의 느낌을 극대화하기 위해 일단 암흑에 가깝게 만들어 놓았다. 반딧불처럼 희미하게 타오르는 지옥불을 제외하면 어떤 조명도 없었다. 관람객들은 어둠 속에 스스로 환상을 그려 넣었다. 뭔가 기괴한 것을 보게 되리라는 예감 때문인지 그들은 이상하게 긴장했다.

이윽고 거미남이 스위치를 하나씩 누르자 장내는 점차 밝아졌다. 우선 죽음의 그러데이션을 보여주는 쪽빛, 다음에는 선혈을 내뿜는 듯한 다홍빛, 마지막에는 길게 깔리는 자줏빛 구름, 그리고 그 위로 떠오르는 금빛 아미타여래상.

자세히 보면 칼산이 있었다. 혈지도 있었고, 화탕지옥도 있었다. 그리고 저 멀리에는 애벌레처럼 꿈틀거리는, 수를 헤아릴 수 없는 벌거벗은 여자들의 산이 있었다. 관람객들 사이에서 감탄의 탄식이 흘러나왔다.

사람들을 가장 놀라게 한 것은 전경에 있는 나체 인형들의 고뇌하는 모습이었다. 인체구조상 가능할 것 같지 않은 온갖 해괴망측한 모습을 하고 있었다. 몸을 자유자재로 움직일 수 있는 대담무쌍한 댄서조차 도저히 시도할 수 없을 것 같은 난무를 살덩이들이 추고 있는 듯했다. 소심한 관람객들은 너무 잔혹하고 음란해서 무심결에 얼굴을 돌릴 정도였다.

거미남이 득의양양해질 만했다.

그는 관람객들 앞에 서서 장황한 인사말을 늘어놓았다. '사악한 아름다움'에 관한 그의 지론을 말하고 이 파노라마가 그러한 아름다움을 얼마나 잘 구현해낸 전시물인지 설명했다. 그 스스로가 사악한 예술가이며, 이 파노라마관은 사악한 아름다움의 최고봉이라고 주장했다.

인사말이 끝나자 그는 울타리를 밀어 파노라마 전시장 흙바닥으로 내려가더니 고통스러워하는 인형 곁으로 다가갔다.

"제가 가장 정성을 들인 것은 이 인형들의 몸입니다. 지옥 같은 고통으로 뒤틀린 젊은 아가씨들의 아름다운 모습이죠. 여길 봐주세요. 죽은 사람의 피부가 얼마나 매끄러운지 이 탱글탱글한 탄력을 보세요."

그는 음산한 미소를 띠우며 인형의 두 팔을 잡고 높이 들었다. 그리고 관람객들의 얼굴에서 눈을 떼지 않은 채 인형을 잡은 손을 놓아버렸다. 인형이 아닌 실제 인육의 신비한 탄력을 보여주기 위함이었다.

하지만 이게 어찌 된 일인가. 인형 팔이 동체에서 떨어져 나와 덜그럭 덜그럭 바닥에서 구르는 소리가 들리는 것 아닌가. 이 인형만 마무리 공정이 제대로 안 된 건가. 아니다, 그건 말도 안 된다. 거미남은 당황해서 옆에 있는 인형 목을 쥐고 표정을 확인하기 위해 비틀어 위로 잡아당겨 보았다. 그랬더니 목이 쑥 빠져버리는 게 아닌가. 이것도 사람이 아니라 원래 있던 진흙인형에 불과했다. 그런데 아까 독가스 속에서 미친 듯이 단말마의 무도를 추던 진짜 아가씨들의 시체는 전부 어디로 간 걸가.

거미남의 당혹감은 극도에 달했다.

그는 황급히 세 번째 인형을 향해 달려갔다. 그것 역시 진흙인형인지 확인 차 팔을 잡고 잡아당겨 보았는데 뜻밖에도 그건 인형이 아니라 따뜻한 피가 흐르는 사람이었다. 흰옷을 걸치고 화장을 했으며 긴 머리를 휘날리고 있었지만 남자가 틀림없었다. 근육이 불거진 두 팔에서 남성의 강한 근력을 느낄 수 있었다.

거미남은 너무 놀라 슬금슬금 뒷걸음질을 쳤다.

말할 필요도 없이 아까 거미남을 잠에 빠뜨렸던 수상한 자동인형의 소행이었다. 남자 인형은 벌떡 일어났다. 다홍빛 조명은 그의 하얗게 분칠한 얼굴을 밝게 비쳤다. 붉게 물든 얼굴, 굳게 다문 입, 감은 눈. 그는 눈을 서서히 뜨더니 점차 커지면서 거미남을 노려보았다. 일그러진 입술이 섬뜩하게 빙긋 웃었다.

"누구냐, 너는."

거미남은 두 손으로 상대의 눈빛을 가리며 맥 빠진 목소리로 웅얼거렸다.

"모르시겠습니까. 이 목소리를 들어본 적이 있으시잖습니까."

남자 인형이 조용히 대답했다.

"안다. 아케치, 고고로다. 네놈이 결국……."

거인과 괴인은 다시 마주하게 되었다. 네 개의 눈동자가 적의로 불탔고 서로 몸을 잠식하듯이 격렬한 빛을 내뿜었다. 두 사람은 입을 꾹 다문 채 언제까지고 서로 노려보기만 했다. 관람객들도 점점 사태를 깨닫고 입을 꾹 다문 채 마른침을 삼키고 있었다.

수상한 인형 아케치 고고로가 마침내 입을 열었다.

"하하하하하, 아시겠습니까. 어떻게 내가 여기에 나타났는지. 당신은 지금 이 의문을 푸느라 괴로워하고 있겠지요. 별거 아닙니다. 당신의 작은 부주의 때문이지요.

첫째, 데스크 위에 인형사 후쿠야마 쓰루마쓰의 주소가 적힌 쪽지를 그냥 남겨 두었더군요. 둘째, 내가 그 쓰루마쓰의 인형공장 직공으로 변장한 것도 모르고 마흔아홉 개의 나체 인형을 주문하더니 내게 여기 인형을 설치하는 것까지 맡기셨습니다. 따라서 내가 당신의 대대적인 음모를 알아차린 것은 전혀 신기한 일이 아닙니다. 당연한 수순이지요. 하하하하하, 아시겠습니까."

"그러니까 당신이 아가씨들의 시체와 인형을 바꿔놓은 거로군."

거미남은 일단 놀란 것이 진정되자 원래처럼 넉살좋게 물었다.

"아가씨들의 시체라니요?"

아케치는 태연자약하게 반문했다.

"내 독가스를 마시고 죽은 마흔아홉 명의 아가씨들 시체 말이지."

"역시 그렇군요. 당신은 아직 아무것도 모르시는 모양이군요. 착각도 유분수입니다. 당신은 다행히 여기서는 살인죄를 범하지 않았습니다. 이렇게 말하면 못 알아들으시려나요. 다시 말하죠, 당신이 아까 잠깐 잤다고 했잖습니까. 아마 당신은 잠깐 잔 것처럼 느꼈겠지요. 하지만 실제로는 한 시간 이상 잤습니다. 한 시간만 주어지면 그동안 할 수 있는 일이 많습니다. 관람석 밑의 가스 발생장치를 연극무대에 사용하는 무해한 연기 발생장치로 바꾸는 것도 가능하지요. 그리고 마흔아홉 명의 아가씨들과 그 무해한 연기에 고통 받는 척해 달라고 부탁하는 것도 가능하고요."

"그러면 그게 아가씨들의 연극이었다고?"

거미남은 도저히 믿기지 않는다는 듯이 소리를 빽 질렀다.

"네, 그렇습니다. 그 아가씨들은 당신이 특별히 골라서 그런지 연기를 아주 잘하더군요. 하하하하하. 아가씨들은 당신이 숲속에서 숙면을 취하는 사이 모두 자택으로 돌아갔습니다. 지금쯤은 부모님께 어젯밤의 모험담을 이야기하고 있을지 모르죠.

어쨌든 그 아가씨들 대신 이 인형들을 진열해놓았습니다. 저도 '사악한 아름다움'을 모르는 사람은 아니잖습니까."

길고 긴 침묵이 이어졌다.

사람들은 세상에 더없이 흉악한 범죄자 거미남이 고통과 절망의 표정을 짓고 있는 것을 바라보았다. 보는 것만으로도 참혹했다.

거미남은 미동도 하지 않고 아케치 고고로를 쏘아보고 있었다. 하지만 그의 오른손이 눈에 보이지 않는 속도로 조금씩 주머니가 있는 허리춤으로 다가가는 것이 보였다. 거기에는 권총이 들어 있었다.

아케치는 그것도 모르는 것처럼 우두커니 서 있었다. 위험하다.

빈틈없는 나시코미 경부는 그렇게 생각하고 울타리를 뛰어넘어 순식간에 거미남의 뒤로 달려들었다. 하지만 바로 그 찰나의 순간 권총은 악당의 손에 쥐어졌다. 차가운 금속이 번쩍 빛나자 으악 하며 관람석에서는 공포의 절규가 터져 나왔다.

"걱정 마. 나는 자네들에게 목숨을 달라고 하지 않았어. 나는 졌어. 아케치 군 때문에 완전히 패배한 거야. 이 자리에서 도망치는 건 식은 죽 먹기야. 하지만 이미 도망치고 싶은 마음이 사라졌어. 이 패배의 수치만으로도 충분하지. 나는 깨끗이 악마의 생애를 마감하고 싶어."

뜻밖에 거미남은 적이 아니라 자신의 머리로 총구를 향했다.

"잠깐."

나미코시 경부가 고함치며 권총을 든 손을 부여잡았지만 때는 늦었다. 이미 방아쇠 소리가 났다.. 하지만 찰칵 하는 소리뿐 연기도 총알도 나오지 않았다. 거미남은 쓰러지지 않고 여전히 서 있었다.

"걱정하지 마십시오. 총알은 내가 미리 권총에서 빼놓았습니다."

아케치가 빙글빙글 웃으며 고백했다.

비참한 사람은 거미남이었다. 그는 거듭되는 모멸감에 새파랗게 질렸다. 사람들은 자기도 모르게 부들부들 떨었다. 그들은 아직까지 이 세상에서 지금 거미남이 지은 표정만큼 무서운 모습을 본 적이 없었다.

"망할 놈."

그는 폭발할 것 같이 소리를 지르며 아케치 고고로에게 덤벼들었다. 하지만 냉정한 아케치가 분노에 물불 안 가리는 거미남 뜻대로 될 리는 없었다. 그는 몸을 피하고 공격 태세를 갖췄다. 동시에 나미코시 경부와 관람객들 사이에 섞여 있던 세 형사가 아케치를 보호하려고 가세하였다.

아케치 때문에 사람들이 한쪽으로 몰렸기 때문에 빈틈이 생겼다. 거미남이 의도한 바였다. 그는 아케치에게 덤비는 척하다가 돌연 방향을 틀어 5~6간 앞에 있는 칼산으로 돌진했다.

거기에는 수십 자루의 칼들이 하늘로 솟아 있었다. 거미남은 일단 뛰어올랐다. 그리고 두 팔을 벌리고 한껏 큰 소리를 지르며 날카로운 칼 위로 몸을 날렸다.

나미코시 경부가 달려갔을 때에는 이미 악당의 호흡은 멈춰 있었다. 심장이 검 하나에 정면으로 찔렸던 것이다.

관람객들은 너무 잔혹해서 세대로 쳐다보지 못했다. 아케치 고고로조차 입술에 핏기를 잃고 고개를 돌렸다.

희대의 악당 거미남일지라도 지금 이 순간은 한낱 미물에 지나지 않았다. 그는 칼산 위에 만신창이가 되어 있었다. 모닝코트 등에는 거대한 고슴도치처럼 십여 자루의 칼끝이 우후죽순처럼 솟아 있었고, 그 안에서 거무스름한 액체가 철철 흘러나왔다.

이 무슨 인과응보란 말인가. 학자 살인마 거미남은 그가 창조한 파노라마 지옥의 검에 스스로 처형당한 것이다.

작가의 말

트릭이 언급된 부분이 있으니
주의하시기 바랍니다.

1. 「탐정소설 10년」 중

연재를 시작한 달이 언제였는지 기억나지 않는다. 잡지도
남아 있지 않기에 확인하기 애매한 상황이다. 아마 가을 무렵에
시작했던 것 같다. 그렇다면 「누구」보다 먼저 썼을 것이다.

절필 끝에 펜을 잡고 「음울한 짐승^{陰獣}」, 「애벌레^{芋虫}」, 「압화
와 여행하는 남자^{押絵と旅する男}」, 「벌레^蟲」를 썼다. 그중 일부는
호평을 받았지만 아무래도 스스로 자신이 없었다.

무엇보다 그 작품들은 진정한 탐정소설이 아니었고, 히라바
야시 하쓰노스케[1] 씨가 말하는 소위 변격물^{變格物}로도 시대에
뒤떨어진 듯했다. 매번 비슷비슷한 작품만 쓰다 보니 내 자신이

....

[1] 平林初之輔1892~1931. 추리작가 겸 문학평론가. 프롤레타리아 문학운동 이
     론가로도 유명하다. 1928년 『신청년』 11월호에 발표한 「「음수」 그 외」라는
     글에서 란포가 본격물에서 벗어나 끊임없이 독자가 예상치 못하는 것을
     보여주려고 집착한다고 비판하였다.

증오스러웠다. 음침한 이야기나 마음 한구석을 집요하게 들춰내는 이야기는 더 이상 인기가 없었다. 그와는 반대로 밝은 난센스적 흥미가 청년 독자들을 사로잡았다. 『신청년新靑年』이 정통 탐정소설을 경시하기 시작했다.

내 경우도 작품 자체는 옛날 스타일이라 별 볼 일 없었지만 어쨌든 독자를 확보한 작가이기 때문에 원고를 의뢰한다는 느낌이 들었다. 나는 신세대 독자들의 마음을 이해할 수 있었지만 거기에 맞출 수는 없을 것 같았다.

간단히 말하자면 나는 너무 서운한 나머지 자포자기의 심정이된 것이다. 일반 문단에서도 자연주의 시대의 성향을 가진 작가들이 잇달아 통속소설로 몰렸다. 그런 데에는 여러 이유가 있겠지만 간단히 설명하자면 자포자기 아니었을까. 세상이 달라졌다고 나 같은 사람이 주제넘게 그런 말을 하는 것도 우습지만 그런 분위기는 일개 탐정작가에게도 영향을 주었다. 사회주의소설이 아니라면 난센스 소설, 그 두 종류만 허용될 것 같은 시대였다. (이 무렵의 심경에 대해서는 수필 「정통 탐정소설의 시대는 지나갔다」에 더 자세히 적었다.)

얼마 전까지도 고단샤가 너무 통속적인 것만을 요구하였기 때문에 작가들 사이에서는 고단샤 잡지에 글을 쓰는 것을 부끄럽게 여기는 풍조가 있었다. 고단샤에서도 그 점을 알고 작가들에게 더 끈질기게 글을 써달라고 하는 듯했다.

나는 오사카에 살던 시절 『킹キング』 편집부에서 먼 길을 찾아온 이래 계속 고단샤에서 원고 의뢰를 받았다. 하지만 그동안은

글을 쓴다면 『신청년』이 최우선이었기에 고단샤 일은 늘 생각대로 되지 않았다.

한편으로는 나 역시 고단샤를 경원하는 풍조에 젖어 있기도 했다(지금 되새겨보니 참으로 우스운 일이다. 그러나 그런 마음은 소설가들에게는 오히려 바람직한 것인지도 모른다). 또한 내가 과연 고단샤가 선호하는 '남녀노소 누구에게나 환영받을 만한' 소설을 쓸 수 있을지 걱정도 되었기에 5-6년 동안은 의뢰에 응하지 않았다.

하지만 그 무렵 고단샤의 추격은 매우 급박해졌다. 그중에서도 『고단구락부講談俱楽部』의 세가와 마사오瀬川正夫 군은 놀랄 만한 재능을 가졌다. 가만 지켜보니 고단샤에는 고단샤만의 신념이 있었다. 노마 세이지[2] 사장의 열정과 인망이 고단샤의 열정적인 기풍을 만들어냈다. 수백 명의 직원들이 하나의 마음으로 일했다. 다른 잡지사 직원에게는 볼 수 없는 면이 있었다. 아침 8시에서 밤 11시, 12시까지 회사를 위해 일했다. 그 사람들에게는 가정생활의 여가조차 없는 듯했다. 고단샤가 생활의 전부였다. 고단샤가 가정이기도 했다.

그런 마음이 내게 영향을 미친 것인지도 모른다. 또한 앞서 말했듯이 자포자기의 기분 역시 하나의 동기가 되었는지도 모른다.

둘 중 어느 쪽이든 나는 갑자기 기고를 하고 싶어졌다. 하지만

....
2_ 野間清治1878~1938. '잡지왕'으로 불리는 고단샤 창업주.

'남녀노소'를 대상으로 한 작품은 자신이 없어서 다소 잔혹한 장면이 포함될 수 있다고 양해를 구하고, 처음에는 구로이와 루이코[3]와 모리스 르블랑[4]을 적절히 섞은 듯한 작품을 목표로 집필했다. 쓰고 보니 그간 풍문으로 들었던 불쾌한 일들은 전혀 없었다. 고단샤는 수정을 예사로 요구한다는 소문이 있었지만 나는 한번도 그런 기색을 느끼지 못했다. 게다가 기자들의 태도도 다른 잡지보다 훨씬 정중했다. 그것이 고단샤의 방침이라는 것도 알게 되었다.

물론 『거미남』은 결코 '남녀노소'가 즐길 만한 작품은 아니었다. 게다가 탐정소설 애독자들에게는 시시한 모험괴기소설일 수도 있었는데 반응은 의외로 좋았다. 뜻밖에도 아이같이 순수한 찬사가 작가에게 자주 날아왔다. 고단샤에서는 자주 각 잡지별로 독자 투표를 해서 반응을 조사하는데, 거기서도 가장 많은 표를 얻었다. 기자들은 한껏 작가를 치켜세워주었다. 나도 꽤 기분이 좋아졌던 것은 사실이다.

그런 것에 중독되어 결국 나는 고단샤파가 되었다. 내부의 모습을 볼수록 고단샤에는 탄복할 만한 점이 있다는 것을 알게 되었다. "너무 고단샤 편만 든다"고 하쿠분칸 사람들에게 놀림을

3_ 黒岩涙香1862~1920. 『철가면鉄仮面』, 『암굴왕巌窟王』, 『유령탑幽霊塔』 등 서양 탐정소설을 번안하여 일본에 소개했으며, 『천인론天人論』 등의 평론집을 남겼다. 1892년 직접 창간한 일간지 <요로즈초호万朝報>는 그의 번안소설들 뿐 아니라 정계의 스캔들을 가차 없이 폭로하는 기사를 게재하는 것으로도 유명했다.

4_ Maurice Leblanc1864~1941. 프랑스 추리소설가. 괴도 뤼팽 시리즈는 코난 도일의 셜록 홈즈와 쌍벽을 이루며 세계적인 명성을 얻었다.

받았다. (1932년 5월)

2. 도겐샤 『에도가와 란포 전집』 후기 중

고단샤에서 나오는 잡지에 처음으로 쓴 소설이다. 그 무렵 고단샤는 노마 세이지 사장의 방침대로 남녀노소 누구나 쉽게 읽을 수 있어야 한다는 조건을 붙였다. 게다가 종종 수정을 요구한다는 소문도 있었던 탓에 작가들 사이에는 고단샤 기피 풍조가 있었다.

나도 기피하는 작가에 속했는데 『고단구락부』 편집자인 세가와 마사오가 오랜 기간 우리 집으로 종종 찾아와서 정말 참을성 있게 설득했다. 나는 편집자의 끈질긴 집념에 마침내 두 손을 들고 집필하기로 했다. 그리고 처음으로 『고단구락부』에 연재를 하게 된 것이 이 소설이었다.

고단샤는 통속성을 중시했기에 아르센 뤼팽과 루이코를 잘 섞어 써보려 했으나 생각대로 되지 않았다. 결과적으로 고단샤에서 발행한 책인데도 나중에는 에로틱하고 그로테스크한 내 작품이 되긴 했지만, 처음에는 그런 각오로 임했다. 그래서 고단샤 첫 작품인 『거미남』에는 어느 정도 루이코 식의 작풍이 남아 있다.

그러나 소문과는 달리 내 경우는 수정을 요구한 적이 한번도 없었으며, 편집자들의 태도도 다른 출판사에 비해 매우 정중한 데다가 원고료도 상당히 높았다. 그런 연유로 나는 고단샤파가 되었고, 고단샤 잡지들에 연재를 계속했다. 『거미남』이 그 시초가 된 작품이었다.

　이 소설은 1957년에 영화화되었다. 영화계 중견인 시노 가쓰
조篠勝三 씨가 신영화사新映畫社 창립 작품으로 제작했다. 후지타
스스무藤田進, 오카 조지岡讓司, 미야기 지카코宮城千賀子, 가와카미
게이코河上敬子가 출연했다. 그해부터 다음 해에 걸쳐 간토와
간사이 모두 다이에이大映계 영화관에서 상영을 했던 기억이
난다. (1961년 1월)

옮긴이의 말

난쟁이 사건 이후 3년이 흘렀습니다. 그동안 중국을 거쳐 인도를 여행하던 아케치 고고로도 드디어 돌아왔습니다. 그가 귀국 후 처음으로 맞닥뜨리게 될 상대는 거미남이라는 희대의 살인마입니다. 거미남은 자신의 취향에 맞는 여자만을 골라 잔혹하게 살해한 후 신체의 일부를 석고상으로 만들거나 수족관의 인어로 전시를 합니다. 그뿐 아니라 그를 쫓던 경찰과 범죄학자에게 살인 예고를 하며 극장형 범죄를 저지를 정도로 범행이 대담합니다. 「난쟁이」에서 진일보한 악당이라 할 수 있는데 이에 따라 아케치 고고로 역시 변화를 거듭합니다.

논리적인 추론은 여전히 빛나지만 그는 언제든지 변장과 총격전도 불사하는 보다 활동적인 탐정이 됩니다. 물론 이러한 변화는 지붕 추격전을 보여주던 「난쟁이」에서 예고되긴 했지만 증거를 조목조목 나열하며 범인과 두뇌게임을 벌이던 아케치 고고로는 이미 추억 속의 인물이 된 듯합니다.

학자적인 면모를 보였던 과거에 비해 훨씬 활동적인 탐정이 될 수밖에 없는 것은 그가 상대해야 하는 악당들이 점점 강해진다는 예고이기도 하겠지요.

『거미남』은 첫 신문 연재작이었던 「난쟁이」를 끝낸 후 자기 혐오에 빠져 절필을 선언하고 방랑을 떠났던 란포에게 새로운 전기를 마련해준 작품입니다.

사실 방랑에서 돌아온 그가 재기할 수 있었던 것은 절치부심 끝에 쓴 「음울한 짐승」 덕분이었습니다. 1인 3역의 대담한 트릭과 허를 찌르는 결말, 기괴하고 환상적인 분위기로 란포의 대표작 중 하나가 된 「음울한 짐승」으로 란포는 다시 주목을 받게 되지만 정작 자신은 그러한 변격물에 싫증을 내게 됩니다.

「난쟁이」 때와 마찬가지로 그가 추구하는 것은 여전히 새로운 경향의 탐정소설이기 때문입니다. 그런 그에게 때마침 새로운 기회가 생깁니다. 바로 고단샤에서 발행하던 대중잡지 『고단구락부』에 『거미남』을 연재하게 된 것입니다.

란포가 『거미남』에 관해 이야기하면서 고단샤 첫 작품이라는 점을 강조하는 데에는 이유가 있습니다. 「거미남」은 대중성을 표방하는 고단샤의 방침대로 '남녀노소 누구에게나 환영받을 만한' 소설이 되지는 못했지만, 『신청년』과는 달리 탐정소설에 익숙하지 않은 독자들이 대상이었습니다. 따라서 좀 더 대중적인 화법이 필요했기에 작품 자체가 변화를 겪을 수밖에 없었습니다.

란포는 『거미남』에서 구로이와 루이코와 모리스 르블랑을 참조하여 보다 대중적인 모험활극으로 이야기를 풀어갔고 이 전략은 적중했습니다. 이야기를 시각적으로 조직하는 문장을 구사했던 「난쟁이」와는 달리 초기 단편들과 같이 변사가 해설하듯 화자가 소설 중간 중간에 개입해서 상황을 정리해주는 방식으로 다시 돌아간 것도 이와 무관치 않아 보입니다.

또한 『거미남』에서 가장 특징적인 것은 '명탐정 대 악당'이라는 대결 구도입니다. 희대의 악당 거미남의 멈출 줄 모르는 악행과 그의 정체를 간파한 명탐정 아케치 고고로의 박진감 넘치는 일대 대결이라는 구도가 대중적인 성공과 더불어 압도적인 호평을 받자 란포는 한동안 악당들을 진화시켜가며 소설을 씁니다.

『거미남』 연재가 끝난 다음 달부터 바로 연재를 시작한 「마술사」, 「황금가면」, 「괴인이십면상」 등이 대표적이라 할 수 있습니다. 「D자카 살인사건」에서 아케치 고고로가 처음으로 등장한 이후 「난쟁이」와 「누구」까지 명탐정 아케치 고고로라는 인물이 형성되는 과정이라면, 『거미남』 이후의 아케치 고고로 시리즈는 악당의 진화가 그 중심에 있다고 할 수도 있을 것입니다.

하지만 『거미남』이 무엇보다도 매혹적인 것은 반전에 반전을 거듭하는 흥미진진한 이야기를 지극히 대중적인 화법으로 풀어가면서도 「음울한 짐승」과는 또 다른 의미에서 란포적인 것을 아낌없이 보여주고 있기 때문입니다.

「파노라마섬 기담」의 인공 낙원과 수필 「영화의 공포」에서 토로했던 근대적 시각매체에 대한 공포와 매력은 『거미남』의 이야기 구조 안에 더없이 적절히 안착되어 있는데, 그 장면들을 번역하면서 느꼈던 전율은 정말이지 한동안 잊지 못할 것입니다.

2019년 1월

이종은

작가 연보

1894년
- 10월 21일 미에三重현 나가名賀군 나바리초名張町에서 아버지 히라이 시게오平井繁男와 어머니 기쿠きく의 장남으로 태어남. 본명은 히라이 다로平井太郎.

1897년(3세)
- 아버지의 전근으로 나고야名古屋 소노이초園井町로 이사. 평생 이사가 잦았으며 그 회수가 총 46회에 달함.

1901년(7세)
- 4월 나고야 시라가와 진조소학교白川尋常小学校 입학.

1903년(9세)
- 이와야 사자나미巖谷小波의 동화에 심취. 어머니가 읽어준 기쿠치 유호菊池幽芳의 번안 추리소설『비밀 중의 비밀秘密中の秘密』을 학예회에서 구연하려다 실패. 환등기에 매혹되었으며 이후 렌즈와 거울에 빠짐.

1905년(11세)
- 4월 나고야 시립 제3고등소학교名古屋市立第3高等小学校에 입학. 친구와 등사판 잡지 제작.

1907년(13세)
- 4월 아이치 현립 제5중학愛知県立第5中学에 입학. 여름방학 때 피서지인 아타미熱海에서 구로이와 루이코黒岩涙香가 번안한『유령탑幽靈塔』을 읽고 감탄. 나쓰메 소세키夏目漱石, 고타 로한幸田露伴, 이즈미 교카泉鏡花의 작품을 읽기 시작.

1908년(14세)
- 활자를 구입하여 잡지를 제작. 아버지는 히라이 상회平井商店를 창업.

1910년(16세)
- 친구와 만주 밀항을 위해 기숙사를 탈출, 정학처분을 받음.

1912년(18세)

- 3월 중학교 졸업.
- 6월 히라이 상회의 파산으로 고등학교 진학을 포기. 일가가 한국의 마산으로 이주.
- 9월 홀로 귀국하여 와세다대학早稻田大学 예과 2년에 편입.

1913년(19세)

- 3월 <제국소년신문帝国少年新聞>을 기획하여 소설 집필 시도.
- 9월 와세다대학 정치경제학과에 입학.

1914년(20세)

- 친구들과 회람잡지 『흰 무지개白紅』를 제작. 가을에 에드거 앨런 포, 코난 도일 등 해외 탐정소설에 흥미를 가짐.

1915년(21세)

- 아르바이트를 하며 해외 추리소설 탐독. 코난 도일 번역을 위해 고대 로마 이래 암호를 연구. 가을에 탐정소설 초안 기록을 수제본 『기담奇譚』으로 엮음. 습작으로 「화승총火繩銃」 집필.

1916년(22세)

- 8월 와세다대학을 졸업. 미국에 가서 탐정작가가 되려는 꿈을 단념하고 오사카의 무역회사 가토양행加藤洋行에 취직.

1917년(23세)

- 5월 이즈伊豆의 온천장을 방랑. 다니자키 준이치로谷崎潤一郎의 『금빛 죽음金色の死』에 감동, 이후 사토 하루오佐藤春夫와 우노 고지宇野浩二의 작품들을 가까이함. 「화성의 운하火星の運河」를 집필.

1918년(24세)

- 미에현 도바조선소鳥羽造船所 기관지 편집을 맡음. 도스토옙스키에 경도.

1919년(25세)

- 2월 도쿄에 상경. 동생들과 혼고本郷 단고자카団子坂에 헌책방 산닌쇼보三人書房를 개업했으나 1년 만에 폐업. 사립탐정, 만화잡지 『도쿄퍽東京パック』 편집장, 중화소바 노점상 등 여러 직업을 전전. 겨울에 조선소 근무 중 알게 된 사카테지마坂手島 출신의 무라야마 류村山隆와 결혼.

1920년(26세)

- 2월 도쿄시 사회국에 입사. 만화잡지에 만화를 기고.
- 5월 조선소 시절 동료와 지적소설간행회知的小說刊行会를 창설, 동인잡지『그로테스크グロテスク』를 기획하였으나 좌절. 한자를 달리 표기한 江戸川藍峰를 필명으로 사용.「영수증 한 장」의 바탕이 되는「석괴의 비밀石塊の秘密」착수.
- 10월 오사카로 이주. 오사카 <시사신문사時事新聞社> 기자로 재직.

1921년(27세)

- 2월 장남 류타로隆太郎 탄생.
- 4월 상경하여 일본공인구락부日本工人俱楽部 기관지 편집장으로 취업.

1922년(28세)

- 7월 오사카 아버지 집에서 기거.「2전짜리 동전二銭銅貨」과「영수증 한 장一枚の切符」을 집필.『신청년新青年』에 기고.

1923년(29세)

- 4월『신청년』에 고사카이 후보쿠小酒井不木 추천사와 함께「2전짜리 동전」게재. 7월호에는「영수증 한 장」게재.
- 7월 오사카 <마이니치신문사毎日新聞社> 광고부에 취직.

1924년(30세)

- 6월『신청년』에「두 폐인二廢人」게재.
- 10월『신청년』에「쌍생아双生児」게재.
- 11월 전업 작가가 되기로 결심하고 오사카 <마이니치신문사> 퇴사.

1925년(31세)

- 1월『신청년』신년증대호에「D자카 살인사건D坂の殺人事件」을 게재.
- 2월『신청년』에「심리시험心理試験」게재 이후 편집장 모리시타 우손森下雨村이 기획 연속단편을 제안, 이후「흑수단黒手組」(3월호),「붉은 방赤い部屋」(4월호),「유령幽霊」(5월호),「천장 위의 산책자屋根裏の散歩者」(8월 여름증대호) 등을 발표.
- 4월 오사카에서 요코미조 세이시横溝正史와 탐정취미회探偵趣味会를 발족.
- 7월 슌요도春陽堂에서 단편집『심리시험』발간.
- 9월 아버지 히라이 시게로 사망.『탐정취미探偵趣味』창간호 발간.
- 10월『구라쿠苦楽』에「인간의자人間椅子」발표.

- 11월 JOAK(현 NHK) 라디오에서 「탐정취미에 관하여」를 방송. 대중문예작가21일회大衆文芸作家二十一日会에 참가, 『대중문예大衆文芸』 창간.

1926년 (32세)

- 1월 『선데이 마이니치サンデー毎日』에 「호반정 살인湖畔亭事件」, 『구라쿠』에 「어둠 속에서 꿈틀대다闇に蠢く」 연재 시작.
- 2월 <아사히신문朝日新聞>에 「난쟁이一寸法師」 연재 시작.
- 7월 『신소설』에 「모노그램モノグラム」 게재.
- 10월 『신청년』에 「파노라마섬 기담パノラマ島奇談」 연재 시작. 『대중문예』에 「거울지옥鏡地獄」 게재.

1927년 (33세)

- 3월 나오키 산주고의 연합영화예술협회 제작의 <난쟁이> 개봉. 시모도츠카下戸塚에 하숙집 치쿠요칸築陽館 개업.
- 6월 자신의 작풍에 절망해 절필을 선언하고 일본해 연안을 방랑.
- 10월 헤본샤平凡社판 현대대중문학전집 제3권 『에도가와 란포집』 발간, 16만 부 이상이라는 판매기록 수립. 교토, 나고야를 방랑.
- 11월 『대중문예』 동인들과 함께 대중문예합작조합인 단기샤耽綺社 결성.

1928년 (34세)

- 8월 『신청년』에 「음울한 짐승陰獣」 연재 시작, 인기를 얻음.

1929년 (35세)

- 4월 고사카이 후보쿠 사망 후 『고사카이 후보쿠 전집』 간행에 매진.
- 6월 『신청년』에 「압화와 여행하는 남자押絵と旅する男」 게재.
- 8월 『고단구락부講談倶楽部』에 「거미남蜘蛛男」 연재 시작. 국내외 동성애문헌 수집에 착수.

1930년 (36세)

- 1월 『문예구락부文芸倶楽部』 「엽기의 말로猟奇の果」 연재 시작.
- 7월 『고단구락부』에 「마술사魔術師」 연재 시작.
- 9월 『킹キング』에 「황금가면黄金仮面」 연재 시작. <호치신문報知新聞>에 「흡혈귀吸血鬼」 연재 시작.

- 10월 고단샤講談社에서 『거미남』 출간, 인기리에 판매.

1931년(37세)
- 5월 헤본샤판 『에도가와 란포 전집』 전 13권으로 발간 시작.
- 8월 에스페란토어 역본 『황금가면』 발간.

1932년(38세)
- 3월 집필을 중단한 후 각지를 여행.
- 11월 오카도 부헤이岡戸武平가 대필한 『꿈틀거리는 촉수蠢く触手』를 신초사新潮社에서 발간.
- 12월 이치가와 고다유市川小太夫가 「음울한 짐승」을 연극으로 상연.

1933년(39세)
- 1월 오츠키 겐지大槻憲二의 정신분석연구회精神分析研究会에 참가.
- 11월 『신청년』에 「악령惡靈」 연재 시작(3회로 중단).
- 12월 『킹キング』에 「요충妖虫」 연재 시작.

1934년(40세)
- 1월 『히노데日の出』에 「검은 도마뱀黑蜥蜴」 연재 시작. 『고단구락부』에 「인간표범人間豹」 연재 시작.
- 9월 『중앙공론中央公論』에 「석류柘榴」 발표.

1935년(41세)
- 1월 『란포 걸작선집』 전 12권 헤본샤에서 발간 시작.

1936년(42세)
- 1월 『소년구락부少年倶楽部』에 「괴인이십면상怪人二十面相」 연재 시작.
- 4월 『탐정문학探偵文学』 4월호 에도가와 란포 특집호 발간.
- 5월 평론집 『괴물의 말鬼の言葉』 슌주샤春秋社에서 발간.

1937년(43세)
- 9월 『히노데』에 「악마의 문장悪魔の紋章」 연재 시작.

1939년(45세)
- 1월 『고단구락부』에 「암흑성暗黒城」 연재 시작. 『후지富士』에 「지옥의 어릿광대地獄の道化師」 연재 시작.
- 3월 슌요도 일본문학소설문고로 발간된 『거울지옥』 중 「벌레蟲」가 반전反戰 성향이 있다는 이유로 삭제 명령. 은둔생활 결심.

1941년(47세)

- 군부에 협조하지 않았다는 이유로 작품 출판이 금지됨. 신문기사 등 자료를 모아 『하리마제연보貼雜年譜』 제작 시작.

1942년(48세)
- 1월 『소년구락부』에 고마츠 류노스케小松龍之介라는 필명으로 「지혜의 이치타로知惠の一太郎」 연재 시작.

1943년(49세)
- 11월 『히노데』에 과학 스파이 소설 「위대한 꿈偉大なる夢」 연재 시작.

1945년(51세)
- 4월 가족과 후쿠시마福島로 소개疎開.

1946년(52세)
- 4월 탐정작가 친목회인 토요회土曜숲 창설.
- 10월 「심리시험」을 원작으로 한 영화 <팔레트 나이프의 살인 パレットナイフの殺人> 상영.

1947년(53세)
- 6월 탐정작가클럽 창설, 초대회장으로 취임, 회보 발행. 각지에서 탐정소설에 관해 강연.

1948년(54세)
- 8월 쇼치쿠松竹 영화사 제작 <난쟁이> 개봉.

1949년(55세)
- 1월 『소년少年』에 「청동의 마인青銅の魔人」 연재 시작.

1950년(56세)
- 3월 <호치신문>에 「단애断崖」 연재 시작. 「흡혈귀」를 원작으로 한 다이에이大映 영화사 제작 <에지의 미녀永柱の美女> 상영.

1951년(57세)
- 5월 이와야쇼텐岩谷書店에서 평론집 『환영성幻影城』 발간.

1952년(58세)
- 7월 탐정작가클럽 명예회장으로 추대.
- 11월 미군기관지 『성조기Stars and Stripes』에 아케치 고고로가 일본의 홈즈로 소개.

1954년(60세)
- 6월 오사카 <산케이신문>에 「흉기凶器」 게재. NHK라디오 연속드라

마 「괴인이십면상」 방송.
- 10월 에도가와 란포상 제정. 이와야쇼텐에서 『탐정소설 30년』 발간. 슌요도에서 『에도가와 란포 전집』 전 16권 발간 시작.
- 11월 쇼치쿠 영화사 제작 <괴인이십면상> 개봉.

1955년(61세)
- 1월 「도깨비 환희化人幻戲」, 「그림자남影男」, 「십자로十字路」 집필. 쇼치쿠 영화사 제작 <청동의 마인> 개봉.
- 2월 신토호新東宝 영화사 제작 <난쟁이> 상영.
- 4월 『오루 요미모노ォール読者』에 「달과 수첩月と手袋」 게재.

1956년(62세)
- 3월 닛카츠日活 영화사 제작 <죽음의 십자로死の十字路> 개봉. J. 해리스 번역, 영문 단편집 발간.

1957년(63세)
- 8월 <파노라마섬 기담> 토호東宝극장에서 개봉.

1961년(67세)
- 10월 도겐샤桃源社판 『에도가와 란포 전집』 전 18권 발간 시작.

1963년(69세)
- 1월 사단법인 일본추리작가협회 창설, 초대회장 취임.

1965년(71세)
- 7월 28일 뇌출혈로 사망.

ⓒ 도서출판 b, 2019

아케치 고고로 사건수첩 3

거미남

초판 1쇄 발행 | 2019년 1월 31일

지은이   에도가와 란포
옮긴이   이종은
펴낸이   조기조
펴낸곳   도서출판 b | 등록 2006년 7월 3일 제2006-000054호
주소   08772 서울특별시 관악구 난곡로 288 남진빌딩 302호
전화   02-6293-7070(대)
팩시밀리   02-6293-8080 | 홈페이지 b-book.co.kr
이메일   bbooks@naver.com

ISBN 979-11-87036-70-8   (세트)
ISBN 979-11-87036-73-9   04830

값 | 12,000원